# FINAL FANTASY® XI
ONLINE

## DAS LIED DES STURMS

Miyabi Hasegawa

Die Deutsche Bibliothek – CIP-Einheitsaufnahme
Ein Titeldatensatz für diese Publikation ist bei der
Deutschen Bibliothek erhältlich.

Dieses Buch wurde auf chlorfreiem, umweltfreundlich
hergestelltem Papier gedruckt.
In neuer Rechtschreibung.

„FINAL FANTASY XI: Das Lied des Sturms" von Miyabi Hasegawa
Übersetzung © 2006 Panini Verlags GmbH,
Rotebühlstraße 87, 70178 Stuttgart.
Alle Rechte vorbehalten.

Japanische Originalausgabe: „FINAL FANTASY XI: Wind of Pray"
by Miyabi Hasegawa,
Ilustrations by Eiji Kaneda.


First published in Japan in 2003 by ENTERBRAIN, INC., Tokyo.
German translation rights arranged with ENTERBRAIN, INC.
through Tuttle-Mori Agency, Inc., Tokyo.

Übersetzung: Kaoru Iriyama-Gürtler
Lektorat: Gabi Hoffmann
Redaktion: Mathias Ulinski, Holger Wiest
Chefredaktion: Jo Löffler
Umschlaggestaltung: tab indivisueil, Stuttgart
Satz: Greiner & Reichel, Köln
Druck: Nørhaven Paperback A/S, Viborg, DK
Printed in Denmark

ISBN 10: 3-8332-1455-4
ISBN 13: 978-3-8332-1455-4
1. Auflage, November 2006

**www.paninicomics.de/videogame**

FINAL FANTASY XI ~ Das Lied des Sturms ~
mit Illustrationen von Eiji Kaneda

Peta (Perutata-Porutata-Prompta)
Eine Schwarzmagierin vom Stamm Tarutaru. Sie kam zusammen mit Jed nach Bastok und bildet mit Al und Iris ein Bündnis. Ihr Alter ist unbekannt.
Jed (Gerald)
Ein Rotmagier vom Stamm Elvaan. Äußerlich schweigsam und barsch, doch sein Gemüt ist sanft und scheu. Er ist ein Meister der Schwertkunst und mit Peta unterwegs auf der Suche nach Abenteuern.

**Iris**

Eine Weißmagierin vom Stamm Hume. Sie reist mit Max zusammen. Sie ist etwa zwei Jahren jünger als Al und ausgesprochen hübsch. Allerdings verfügt sie über ein äußerst explosives Temperament.

**Al (Alfred)**

Ein junger Kämpfer vom Stamm Hume. Auf der Suche nach Abenteuern, kommt er nach Bastok. Unterwegs wird er von einem Goblin überfallen und von Iris und Max mit knapper Not gerettet.

Max (Maximus)
Ein Ritter vom Stamm Galka. Er ist ein hervorragender Kämpfer und groß wie ein Baum. Er ist eine Art Ersatzvater für Iris, seit ihre Eltern unter grausamen Umständen verschwanden.
Shera (Mirth Sheratte)
Räuberin vom Stamm Mithra. Selbsternannte Schatzjägerin. Verführerisch und unglaublich sexy. Sie schließt sich Als Bündnis an. Die Gründe dafür kennt nur sie selbst.

# FINAL FANTASY® XI
ONLINE

## DAS LIED DES STURMS

MIYABI HASEGAWA

Dino

# Inhalt

# PROLOG

## Iris

Die Küste von Gustaberg besaß keinen Sandstrand. Sie bestand nur aus schroff aufragenden Klippen. Das Ödland war mit groben Felsbrocken übersät und endete direkt im Meer – so als hätte es jemand mit einem gewaltigen Messer abgeschnitten. Die Wellen tosten dort gegen die Felsen, und von weit oben sah man die weiße Linie aus Gischt, die sich an den Klippen entlangschlängelte, als eine gezackte Grenze zwischen Land und Meer. Dort oben am Klippenrand ragte ein großer Felsbrocken empor, der ausschaute, als würde er jeden Moment ins Meer stürzen. Kam man einige Schritte näher, konnte man erkennen, dass der Felsen fast dreimal so groß wie ein Mensch war.

Dahinter stand ein Junge. Er trug einen nagelneuen Lederharnisch und hielt ein Kurzschwert in der rechten Hand. Wahrscheinlich war auch das Schwert noch nie benutzt worden, denn die Klinge glänzte silbern im Licht der Sonne. Er wirkte jung. Vielleicht 16 oder 17. Er atmete heftig.

*Beruhige dich, Alfred!* Alfred – Al – wischte sich mit der noch freien linken Hand einen großen Schweißtropfen von der Stirn. Seine hellen braunen Haare klebten in seinem Gesicht. Einige lose Strähnen hingen direkt vor seinen kastanienbraunen Augen.

Die Sommersonne hatte ihren Zenit fast erreicht. Es war drückend heiß. Aber der Schweiß auf seiner Stirn rührte wohl nicht nur von der Hitze her. Betrachtete man den winzigen Spalt zwischen den Klippen und dem riesigen Felsbrocken genauer, so bemerkte man dort eine merkwürdige Kreatur. Al versuchte sich gerade, um den Fels herum an das Wesen anzuschleichen.

Es hatte einen Körper, der so dünn wie ein Stock war und völlig weiß. Er bestand aus vielen elastischen Gliedern, die mit Gelenken verbunden waren, sodass es sich gut schlängeln konnte. Mit einem Wort: Es glich einem riesigen Wurm. Es war ein Steinfresser. Auch während Al ihn anstarrte, fraß der Steinfresser weiter. In dem kreisförmigen Maul, das sich an der Spitze des Körpers befand, blitzten unzählige spitze, nach innen gerichtete Zähne. Sie waren so mächtig, dass sie selbst Felsen zermalmen konnten. Mit diesen Zähnen biss sich die Kreatur eben durch den steinigen Grund. Um ihr Maul herum befanden sich vier Tentakel, die sie wie Harpunen in den Boden bohrte, und während der Rest des Körpers hin und her schlängelte, grub sie sich in die Erde. Die abartigen Geräusche, die der Steinfresser beim Zerkauen seiner Speise machte, drangen in Als Ohren, der die genaue Position des Steinfressers auskundschaftete. Dessen Mahlzeit dauerte schon eine Weile an. Bis jetzt, so schien es, konnte sich Al dem Steinfresser nähern, ohne von ihm registriert zu werden.

Ein Seufzer der Erleichterung drang über Als Lippen. Ein Steinfresser war ein Gegner, den ein unerfahrener Kämpfer auf keinen Fall unterschätzen durfte. Zudem war es Als erster Kampf.

*Vielleicht hätte ich mir besser einen Tunnelwurm als Kontrahenten ausgesucht,* schoss es ihm durch den Kopf. Sein Herz klopfte laut, und sein Körper zitterte leicht. *Nein, das ist nicht die Angst! Das ist die Erregung vor dem Kampf! Und los geht's!*

Sein Schwert fest im Griff, trat er aus dem Schatten des Felsens, wo er sich versteckt hatte.

In diesem Moment sprang ihm die Landschaft von jenseits der Klippen in die Augen. Plötzlich verschwand die bräunliche Erde, und stattdessen erstreckte sich ein blauer Teppich direkt vor ihm. Das Meer. Ihm wurde schwindlig. Al war im Gebirge aufgewachsen und sah die See zum ersten Mal so nah. Weit in der Ferne entdeckte er eine verschwommene Linie, die das Blau des Himmels vom Blau des Meeres trennte. Der Horizont. Das wellenlose blaue Meer vermischte sich dort mit dem wolkenlosen blauen Himmel. Von oben nach unten, von links nach rechts, sodass es ihn fast überwältigte: Blau, blau, blau. Erst jetzt drang das Rauschen der Wellen, die dort unten gegen die Klippen peitschten, an seine Ohren. Wieder stieg ihm der typisch starke Geruch des Meeres in die Nase, den er eine Weile nicht mehr wahrgenommen hatte.

Zwei, drei Atemzüge vielleicht. So lange blieb er stehen. *Mann, es ist jetzt nicht die richtige Zeit zum Träumen!* Al zwang sich, seine Aufmerksamkeit von diesem Anblick zu lösen und wendete sich wieder dem Steinfresser zu. *Gut, er hat mich noch nicht gesehen …*

Al rieb sich die feuchten Hände am Panzer ab und wischte sich den Schweiß von der Stirn. Erneut umklammerte er das Schwert. In dieser Position hob er langsam die Waffe. Er stieß sich kräftig vom Boden ab und wollte loslaufen. Genau in diesem Augenblick flog etwas an ihm vorbei. Al schwenkte langsam wie eine schlecht geölte, maschinengesteuerte Puppe zur Seite.

Zwischen dem riesigen Fels und den Klippen war noch etwas. Oder besser gesagt – jemand! Verdeckt vom Felsen, war er bisher nicht sichtbar gewesen. Er machte genau dieselbe Bewegung wie Al. Langsam drehte er ihm den Kopf zu. Ihre Blicke trafen sich.

Anders als Al, hatte er anstatt eines Schwertes eine Rute in der Hand.

Al erkannte, dass das, was da gerade an ihm vorbeigeflogen war, eine Angelschnur war.

Der andere drehte nur seinen Kopf, die Bambusrute aufs offene Meer gerichtet, die Angelschnur baumelte im Wasser. Seine Augen, die nur aus riesigen Pupillen zu bestehen schienen, starrten Al an. Die hängenden Ohren flatterten heftig.

Im ersten Augenblick sah er aus wie ein niedlicher

Hund – ein großer Hund allerdings mit einem dichten Fell. Bekleidet war er mit einem zerfetzten Gewand; so hockte er da und angelte. Auf dem Rücken trug er ein zusammengerolltes Bündel. Es war eigentlich ein friedvoller Anblick. Wenn es sich bei diesem Wesen nicht ausgerechnet um einen Goblin gehandelt hätte!

Plötzlich kam Bewegung in die Kreatur. Sie warf ihre Angelrute weg und hob eine Axt.

„GRRR!“ Der Goblin stürmte kreischend auf Al zu.

*Ich schaffe es nicht!* Al bekam eine Gänsehaut.

Die Axt des Goblins näherte sich seiner Schulter.

Al hatte sie genau im Blick. Er trat einen Schritt zurück und versuchte, der schartigen Klinge zu entkommen, indem er seinen Körper zur Seite drehte.

Die Axt kam angerauscht. Dicht neben seiner Wange zischte die Schneide vorbei.

Er konnte ihr nicht völlig entgehen! Es war unmöglich, seine Schulter noch weiter aus der Gefahrenzone zu bringen. Er konnte nicht weiter nach hinten ausweichen, weil er sich einen Moment zu spät in Bewegung gesetzt hatte. *Verdammter Mist!*

Heftige Schmerzen schossen durch seinen Arm. Für einen kurzen Moment verlor er das Bewusstsein. Seine Beine knickten ein. Als er auf den Boden fiel, rollte er sich seitwärts ab.

An der Stelle, wo Al soeben noch gelegen hatte, schmettert sogleich die Axt des Goblins in den Boden.

Ein kleiner Stein splitterte ab und riss Als Wange auf. Er bemühte sich, sich aufzurichten, aber dazu reichte seine Kraft nicht aus. Er hatte kein Gefühl mehr in dem verwundeten Arm. Das Schwert löste sich aus seiner Hand, und er blickte auf seinen Arm, wo er den weißen Knochen in der weit geöffneten Wunde schimmern sah. Hastig drückte er die klaffende Stelle mit der linken Hand zusammen, doch die heftige Blutung hörte nicht auf. Er empfand keine Schmerzen. Er hatte gar kein Gefühl mehr. Er spürte nur sein feuchtes, lauwarmes Blut, das ihm über die Hand rann. Sein Blickfeld verengte sich. Wohl wegen des Blutverlustes verschwamm ihm alles vor den Augen.

Mit letzter Kraft warf er einen Blick auf den Goblin, der direkt vor ihm stand, und er bemerkte, wie dieser das an der Axt klebende Blut ableckte. Dabei schaute er immer wieder zu ihm herüber.

Es schien so, als ob der Goblin ihn hämisch angrinste.

*Er kommt!*

Genau in dem Moment, in dem die Kreatur ihre Axt erneut erhob, um Al endgültig zu erledigen, rief eine Stimme hinter dem Goblin: „Hey, du, armseliger Fischer! Hier ist deine Beute!“

Darauf ertönte ein hässliches Geräusch, als ob zwei Metallstücke zusammenstießen. Erst später erfuhr Al, dass dieser Ton entstand, wenn man ein Schwert gegen einen Panzer schlug.

„Hey, hey, hey! Hierher, du dummes Hündchen!“

Provoziert von dem unangenehmen Geräusch und der Stimme drehte sich der Goblin um. „GRR!“ Er wendete sich seinem neuen Gegner zu, der sich von hinten näherte und hob seine Axt – und in dieser Haltung verharrte er bewegungslos. Noch ein Augenblick – dann brach ein gequälter Schrei tief aus der Brust des Goblins hervor, und die Kreatur fiel krachend auf Al nieder. Bei genauer Betrachtung sah man, dass seine Brust von einem Schwertstoß zerfetzt worden war. Mit aufgerissenen Augen starb der Goblin auf der Stelle.

*Bin ich in Sicherheit?* Al atmete erleichtert auf.

In sein Blickfeld schob sich ein von Blut getränktes beidhändiges Langschwert, dann der Schatten eines großen Wesens, aus dessen Faust das Schwert nach unten ragte. Ein großer Mann, eingehüllt in eine weißsilbern glänzende Ritterrüstung.

Al vergaß, für einen Moment zu atmen.

Der gepanzerte Mann besaß einen Körper wie ein Bär. Er war mit Sicherheit um mindestens einen Kopf größer als Al. Überdies war er gar kein Mensch. Seinen ganzen Körper bedeckten borstige Haare, und er hatte einen dicken Schwanz – wie eine Eidechse. Er gehörte zum Stamm der Galkas.

„Iris, ich überlasse ihn dir.“ Der Galka-Ritter hatte gesprochen.

„Ja“, erwiderte eine sanfte Stimme. Die Stimme eines

Mädchens. Dann hörte Al Worte von wunderbarem Klang. Wie die süße Melodie eines Liedes.

An seinem verwundeten Arm verspürte Al ein merkwürdiges Gefühl. Er ließ seinen Blick von dem Galka-Ritter wegschweifen und betrachtete seine Verletzung. Ohne dass es ihm aufgefallen war, umgab ein weiß schimmernder Glanz seinen Arm. Trotz seiner geringen Kenntnisse vermutete er, dass es sich dabei um einen Heilzauber handelte. Er spürte eine angenehme Wärme, so als ob eine sanfte Prise seinen Arm streichelte. *Wahnsinn ...!*

Gerade noch hatte die Wunde einem tiefen Spalt geglichen. Auch wenn man es jetzt wegen des vielen Blutes nicht mehr sah – gleich nach dem Hieb war der weiß schimmernde Knochen ganz genau zu erkennen gewesen. Jetzt hatte die heftige Blutung bereits aufgehört. Der rosafarbige Boden des Spalts hob sich langsam, während Al darauf starrte.

Der Knochen, das Fleisch und die Sehnen regenerierten sich von innen. Die dünnen Adern wuchsen von beiden Seiten des Spalts zusammen und gruben sich in das geschwollene Fleisch.

Bald nachdem Al seine Finger wieder bewegen konnte, spürte er schließlich Schmerzen in der Wunde. Diese gingen über in ein leichtes Pochen, das schließlich einem Gefühl der Taubheit wich. Als das weiße Schimmern weg war, blieb von der Wunde nur eine rote Linie auf der Haut zurück. Auch diese verschwand nach einigen Momenten.

„Es ist besser, wenn du nicht gleich aufstehst."

Trotz dieser Warnung richtete er seinen Oberkörper auf und fühlte sofort einen leichten Schwindelanfall. Der Blutverlust forderte seinen Tribut. „Da... Danke schön." Wenigstens brachte er diese Worte über die Lippen. Hätte Al das nicht geschafft, obwohl ihm gerade jemand das Leben gerettet hatte, würde er sicher von seiner strengen Großmutter und seiner Mutter zu Hause in seinem Heimatdorf einiges zu hören kriegen.

„Du brauchst dich nicht zu bedanken. Es ist selbstverständlich, dass wir Abenteurer uns gegenseitig helfen. Aber hier an dieser Küste ist *ihr* Territorium, wusstest du das nicht? Du solltest nicht leichtsinnig an einen solchen Ort kommen." Bei dem Wort *ihr* zeigte der Galka-Ritter auf den Goblin.

„So ist es! Genau wie mein Onkel sagt. Du bist zu unbesonnen", bekräftigte das Mädchen, als es hinter dem Rücken des Ritters hervortrat. Sie kniete nieder, hob Als Schwert auf, und – als ob sie Al am Reden hindern wollte, der ihr am liebsten sogleich widersprochen hätte – hielt sie ihm mit beiden Händen sein Schwert vor das Gesicht. Das kurze Schwert, das Al hatte fallenlassen. Es war ein wertvolles Stück, das er zusammen mit seinem Lederpanzer gekauft hatte, als er das Dorf verließ. Es war sehr teuer gewesen.

*Ein Glück, dass es nicht im Meer gelandet ist!*, dachte er bei sich.

„Brauchst du es nicht mehr?“, fragte das Mädchen und guckte ihn herausfordernd an.

„Doch!“ Mit mürrischem Gesicht nahm er sein Schwert entgegen. *Hoffentlich bin ich nicht gerade rotgeworden!*

Die schwarzen Augen des Mädchens verursachten Al einiges an Herzklopfen. Große, rabenschwarze Augen. Wie Obsidian – was zwar ein sehr gewöhnlicher Vergleich war, aber noch der beste, der Al in dieser Situation einfiel. Und genau diese Augen musterten ihn jetzt unverwandt.

Zum ersten Mal schaute er sie genauer an. Das Mädchen hatte ein wunderschönes Gesicht. Vielleicht war sie ein oder zwei Jahre jünger als Al. In seinem Dorf gab es kein einziges Mädchen von solcher Schönheit. Ihr schwarzes Haar glänzte im Schein des Sonnenlichts wie Ebenholz. Ihr Gesicht dagegen war zart und weiß. Doch nicht so weiß wie bei einer Kranken, sondern sehr lebhaft. Das geschmeidige Haar fiel auf ihre Schulter und bedeckte auch den Kragen ihrer weiten weißen Robe. Als sie sich ihm näherte, fiel ihr Haar weich wie Seide in ihre Stirn. Unwillkürlich überkam ihn der Wunsch, sie an den Haaren zu ziehen. Jetzt endlich konnte er einen gleichaltrigen Jungen in seinem Heimatdorf verstehen, der ein Nachbarmädchen mit Pferdeschwanz ständig an den Haaren gezupft hatte. Ein Mann konnte wohl nicht anders, als das Haar einer Frau zu berühren, sobald sein Blick darauf fiel. Dass das nicht unbedingt auf jedes Haar zutraf, daran dachte Al noch nicht. *Sie ist schon … ziemlich … hübsch.* Das liebliche Lächeln des Mädchens ließ sein Herz eine Spur heftiger schlagen. Er vergaß völlig, dass sie ihn gerade noch „unbesonnen" genannt hatte.

Bevor sein Herzschlag sich beruhigen konnte, öffnete das Mädchen den Mund: „Ich schätze, du bist noch ein Neuling unter den Abenteurern, weil du ein solches Spielzeugschwert hast, stimmt's?", das Mädchen hob ihren Stock vom Boden auf, richtete sich auf und stemmte ihre Hand in die Hüfte. „Unbesonnen bist du. Du kannst ja noch nicht mal die Stärke deines Gegners richtig einschätzen!", höhnte sie herablassend und warf sich vor ihm mächtig in die Brust.

„Wa…, was geht dich das an, Kleine?!" Von der Schärfe ihrer Worte wurde Al fast wieder schwindelig. Ein solches Gesicht und dann diese Art zu sprechen – das verstieß gegen jede Regel des Anstands!

„Wage es nicht, so mit mir zu sprechen, du Herumtreiber! Ich habe einen Namen. Ich bin Iris. I-RIS!" So dozierte sie mit erhobenem Zeigefinger, wie eine Mutter, die ihr Kind ermahnte.

Al fand das ziemlich unverschämt. „Dann nimm du bitte zur Kenntnis, dass ich auch einen Namen, habe:

Alfred! AL-FRED! Ich bin nicht hierhergekommen, um gegen einen Goblin zu kämpfen. Ich hatte nicht damit gerechnet, auf einen Goblin zu treffen." Die zweite Hälfte seiner Rede verpuffte kläglich. Was sie gesagt hatte, war ja vollkommen richtig. Außerdem war ihm seine Ausrede vor dem Ritter, der neben ihr verharrte, peinlich. Wenn dieser Galka ihn als Neuling behandelt hätte, hätte er es einfach hingenommen …

„Und warum bist du hierhergekommen?", erkundigte sich der Ritter.

„Weil … Achtung … hinter Euch!"

Im Rücken des Ritters bildete sich eine Staubwolke.

Der Boden, der zunächst kreisförmig eingestürzt war, erhob sich im nächsten Moment, dann sprang ein weißer, dünner Körper heraus: Der Steinfresser!

Genau in dem Augenblick, als Al aufschrie, griff der Galka-Ritter bereits zum Schwert, das er auf den Rücken geschnallt hatte, kehrte sich um und hieb mit seiner Waffe im Bruchteil eines Augenblicks diagonal nach unten.

Der schrille Laut des Steinfressers malträtierte das Trommelfell. Ein klägliches Geheul, bei dem man sich am liebsten die Ohren zuhalten wollte.

Den Körper in zwei Teile getrennt, fiel der Steinfresser zu Boden. Seine Tentakel zappelten noch einige Male wie im Krampf, dann bewegten sie sich nicht mehr.

Al konnte es kaum glauben, wie man dieses gewaltige Schwert mit solcher Geschwindigkeit führen konnte. *Wahnsinn!* Al stieß den Atem aus, den er für einen Moment angehalten hatte, dann stand er auf, zückte das Messer, das an seiner Hüfte hing, und näherte sich dem Steinfresser.

„Hey, was hast du denn vor?", rief Iris hinter ihm, aber Al erwiderte nichts.

Es ging schneller, wenn er es ihr einfach zeigte.

„Du bist also auf der Suche nach Erzgestein?" Der Galka-Ritter schien verstanden zu haben.

Al zog den hinteren Teil des Steinfressers, der noch im Boden begraben war, heraus, dann stieß er ihm sein Messer in den Leib. Mit einer fließenden Bewegung wollte er ihn aufschlitzen, doch dieser Körper war viel härter als gedacht.

„Mit so einem Messer geht das nicht. Nimm dieses!"

Al ergriff das Kurzschwert, das der Galka ihm reichte und dessen Klinge fast dreimal so lang war wie eine Faust. Das Kurzschwert war in einem ausgezeichneten Zustand, denn es war durch den harten Körper des Steinfressers gedrungen wie Butter. Unglaublich scharf!

Im Körper des Steinfressers hatten sich die zerkauten Felsen zu matschigem Schlamm verwandelt. Die kleinen Tiere und Insekten, die darin steckten, waren größtenteils bereits verdaut.

Iris beobachtete, wie Al seine Hand in den Brei hineintauchte und darin herumwühlte, während sie ihre Hände vor den Mund hielt und ein Gesicht zog, als müsste sie sich gleich übergeben. Sicher war das kein besonders angenehmer Anblick.

Al spürte etwas Festes, griff zu und zog es heraus.

Als er seine Faust öffnete, jubelte Iris, ohne es zu wollen. „Wie schön!"

Auf seiner Handfläche lag ein glänzender Stein. Ein schöner, roter Metallstein. Betrachtete man ihn im Sonnenschein, glänzte er, als schwebten Flammen in ihm. Er war von ziemlich hoher Reinheit. Ein fast runder Klumpen, doch auch einige ebene, kristallartige Flächen waren zu sehen.

„Ein Kristall ist das nicht, oder?", forschte Iris, deren Äußerung man entnehmen konnte, dass sie eine Magierin war.

„Nein. Ein Zink-Erz. Er gehört zur Sorte der Hochrot-Zinkerze. Ein ziemlich großes Stück. Von guter Qualität", erläuterte der Galka, als ob er ihr Unterricht erteilen wollte.

Al nickte zustimmend. Er würde wohl als Edelstein durchgehen. Gut, dass es kein wertloser Stein war! Er hatte Glück, schon bei seiner ersten Jagd ein solches Stück ergattert zu haben.

„Er ist wirklich wunderschön!" Ihre schwarze Augen glänzten, als sie den Stein in Als Hand betrachtete.

Sie schien völlig vergessen zu haben, woher dieser Stein kam – Al machte ein säuerliches Gesicht und musste unwillkürlich lachen.

So verlief die erste Begegnung von Al und Iris.

# KAPITEL · 1

# Max

Der Holzrahmen knirschte, als das Fenster geöffnet wurde.

„Wie lange willst du eigentlich noch pennen? Steh endlich auf!“

Durch das Geschrei erwachte Al schließlich. Die Stimme fegte die letzten Reste seines Traumes hinweg. Es war ein sehr schöner Traum gewesen, dachte Al. Widerwillig öffnete er seine Augen einen kleinen Spalt.

Am Fenster stand ein Mädchen. Über ihre Schulter schien die Morgensonne herein und ließ das schwarze Haar glänzen. Sie fixierte Al, der noch auf seinem Bett lag, stemmte ihre Hand in die Hüfte und setzte ein genervtes Gesicht auf. „Jetzt mach schon! Los! Raus aus den Federn!“

„Wer … Was willst *du* denn von mir …?

Das Mädchen zog die Augenbrauen hoch. „Schon hat er vergessen wie ich heiße“, murmelte sie.

Nein. Natürlich konnte Al sich erinnern. Aber …

„Hey … ähm … du!“

Al zog eine Grimasse, als wollte er sagen: *Wer hat hier wessen Namen vergessen?*

Da räusperte sich das Mädchen. „A… Alfred, so heißt du. Stimmt's? Ich weiß schon …“

„Guten Morgen, Iris.“ Genau, ihr Name war Iris! Sie

war das Mädchen, das sein Leben gerettet hatte, als er auf dem Ödland von Gustaberg fast getötet worden war. Sie war in Begleitung dieses beeindruckenden Galka-Ritters unterwegs gewesen und war Weißmagierin, die den Heilzauber „Heilen" beherrschte. Ja, sie war seine Lebensretterin. Eigentlich stand er tief in ihrer Schuld. Aber sie war einfach … zu frech. Seufzend richtete Al sich auf.

„Na, hör mal! Wie siehst du denn aus?"

„Hä?"

Die Wolldecke war verrutscht und hatte den Blick auf seinen Oberkörper freigegeben. Er hatte nichts an. Als er zurückgekommen war, hatte er seine Kleidung einfach unordentlich auf den Boden geworfen und war gleich ins Bett gefallen. Schließlich war es Sommer. Und es war sehr warm.

„Hier, fang!"

Mit diesem Wort flog ein großer Sack auf Als Gesicht zu. Erschrocken fing er ihn auf. Er spürte das beträchtliche Gewicht in den Händen. Wenn er ihm direkt ins Gesicht geflogen wäre, hätte es übel ausgehen können.

Er merkte, dass es nicht sein eigener Rucksack war; denn der stand noch im Zimmer.

„Mein Onkel und ich warten in der Gaststätte auf dich …", erwähnte Iris kurz, drehte sich auf dem Absatz um und verließ das Zimmer. Bang! Mit einem ziemlich lauten Knall fiel die Tür zu.

„Was wollte die eigentlich von mir …?“ Den schweren Sack noch im Arm schüttelte Al nachdenklich den Kopf.

Al zog sich an und verließ sein Zimmer. Als er die Tür der Gaststätte öffnete, wurde er schon vom hinteren Tisch aus gerufen. Al näherte sich.

„Herr …“, stammelte er zurückhaltend.

Der Galka hob den Blick und sagte mit einem Nicken: „Mein Name ist Maximus.“

„Der Größte …?“

Zwar schien er selbst für einen Galka-Ritter außergewöhnlich groß zu sein, aber die Namensgebung war doch etwas simpel, fand Al.

„Diesen Namen haben mir die Hume gegeben. In meinem Stamm werde ich anders genannt.“

„Ich verstehe …“

„Na ja. Aber der Name ist nicht schlecht. Es ist doch ein schönes Gefühl, die Nummer Eins zu sein. Besonders wenn diese Einschätzung von den Hume kommt!“

Al schien es, als ob sich in diese Worte ein bitterer Unterton mischte. „Äh … Herr Maximus …“

„Du kannst mich ruhig *Max* nennen, Alfred“, lachte er, wobei er beide Mundwinkel weit nach oben zog.

*Das sieht aus, als würde ein Bär lachen*, dachte Al. Allerdings hatte er bislang noch keinen lachenden Bären getroffen. „Äh … bitte nennt mich einfach Al, Herr Max! Kann ich Euch irgendwie behilflich sein?“

„Ja, ich habe eine Bitte an dich. Davor wollte ich dich aber erst mal fragen, Al, ob deine Angelegenheit schon erledigt ist?"

Al wurde klar, dass Max von dem Zink-Erz redete und nickte: „Ja, vielen Dank für gestern. Ihr habt mir sogar noch den richtigen Weg gezeigt."

„Also wirklich! Das war echt dämlich von dir! Wie kann es denn sein, dass du nicht mal das Haus deines Auftraggebers kennst?", mischte sich Iris sofort ein.

„Ich kann nichts dafür! Ein Mädchen namens Cornelia hat mir den Auftrag vermittelt, und ich habe mich mit dem Auftraggeber selbst gar nicht getroffen!"

„Und deshalb wusstest du zwar seine Adresse, aber wo die genau sein soll, hast du nicht überprüft?"

„Genau! Ist das so schlimm?"

„Ich sage nicht, dass es *schlimm* ist. Ich sage nur, dass es dämlich ist. Wie wolltest du denn ohne Stadtplan das Haus finden?"

Iris streckte ihm ihre Gabel mit einem aufgespießten Pilz entgegen. Sie schwenkte sie ihm fröhlich vor der Nase hin und her und summte: „Dummer, dummer Al …"

„Ich war doch gerade erst in dieser Stadt angekommen!"

Durch Als laute Stimme aufmerksam geworden, drehten sich die anderen Gäste in der Gaststätte alle gleichzeitig zu ihnen um. So sahen sie sich gezwungen, die

Konversation für eine Weile ruhen zu lassen und sich schweigend mit dem Essen zu beschäftigen.

Innerlich spann Al seine Ausrede aber fort. *Ich hatte ja keine Wahl. Gleich nach meiner Ankunft in der Stadt wurde ich darum gebeten …*

+ + +

Es war früher Morgen, genau einen Tag zuvor. Al war seit Stunden auf der Straße unterwegs und musste sich immer wieder den Schweiß abwischen. Der Weg führte ihn mitten durch das Ödland von Gustaberg. Obwohl die Sonne noch nicht sehr hoch stand, war es schon sehr heiß.

Da er die Hitze lieber vermieden hätte, war er noch vor Sonnenaufgang zu seiner Reise aufgebrochen, doch er schien die Sache ein bisschen unterschätzt zu haben. Wenn es wenigstens ein paar grüne Fleckchen gäbe, bei deren Anblick sich die Augen erholen könnten, wäre es etwas angenehmer, dachte er. Aber auf dem Ödland befand sich nicht mal ein Flecken Gras, geschweige denn ein Baum. Sein Rucksack schien mit jedem Schritt schwerer zu werden.

Al seufzte und guckte hoch. Am Ende der Straße erblickte er endlich das Tor von Bastok. Er konnte kaum glauben, was er da sah. Bei diesem imposanten Anblick blieb ihm glatt für eine Weile der Mund offenstehen.

Der Berg, der vor ihm emporragte, war durch eine Art Tunnel durchbrochen worden. Am Eingang des Tunnels war das Tor errichtet worden. Das Tor, das zur Republik Bastok führte. Es sah genauso aus, wie es ihm beschrieben worden war. Der Berg, der die Stadt umzingelte, diente gleichzeitig als Burgmauer.

„Irre!“

Diese Festung hatte vor 20 Jahren sogar dem Krieg mit den Tiermenschen, dem so genannten Kristall-Krieg, standgehalten. Al erinnerte sich an die Geschichte dieses Landes, die er von seiner Großmutter gehört hatte, die Erzählerin war. Nach diesem Land hatte sich Al gesehnt seit er ein kleines Kind war. Es war das Land, in dem sich die Abenteurer trafen. Ohne dass es ihm bewusst wurde, lief er schneller. Er erreichte das Tor und durchquerte den dunklen Tunnel. Dann plötzlich öffnete sich der Blick. Vor seinen Augen lag ein breiter Fluss.

Das war bestimmt der Fluss Dalba, der Bastok durchfloss. Am Ufer entlang erstreckte sich eine kreideweiße Stadtlandschaft.

Al bemerkte einen Steg, der in den Fluss hineinragte. Ein Steg, an dem ein großes Schiff andocken konnte.

*Dieser Steg ist vielleicht …!*

In diesem Augenblick ertönte vom östlichen Himmel ein grelles Geräusch. Al schreckte aus seinen Gedanken und schaute auf.

*Es kommt!*

Das, was er schon so lange sehen wollte, wonach er sich ewig gesehnt hatte, kam hinter dem Berg hervor geflogen und erschien am östlichen Himmel. Da war es! Einer seiner Kindheitsträume! Er hatte jedoch nicht damit gerechnet, es gleich bei seiner Ankunft zu sehen.

Sein Herz schlug so heftig wie eine Tempelglocke. Allein dafür hatte es sich gelohnt, sein Heimatdorf zu verlassen. Die Motorengeräusche, die die Luft vibrieren ließen, malträtierten sein Trommelfell. Am Anfang war es noch im Gegenlicht geflogen, doch nun, je näher es kam, desto genauer konnte Al seine beeindruckende Form wahrnehmen.

„Das Flugschiff!"

Al, der bisher nur gewöhnliche Flussschiffe gesehen hatte, erkannte es gleich. Es glich wirklich einem fliegenden Schiff. Abgesehen von den prachtvoll verzierten Bordwänden unterschied es sich kaum von den Schiffen, die auf dem Fluss in seiner Heimat fuhren. Nur war es viel größer. Auf dem Deck hätte man ohne weiteres zwei Häuser bauen können. Was dieses Gefährt zum Flugschiff machte, waren die riesigen Flügel, die anstelle von Masten angebracht waren. Sie wirkten wie umgekippte Windmühlen.

*Propeller*, so hießen sie. Großmutter hatte es ihm beigebracht. Vorn und hinten befand sich jeweils ein großer Propeller. Kleinere Propeller gab es noch rechts und links, und noch ein paar am Heck des Schiffes. Sie drehten sich mit einem lauten knallenden Geräusch. Langsam wurde es leiser. Die Geschwindigkeit der Propeller nahm ab, sodass man die Form der Flügel begutachten konnte. Das Flugschiff landete behutsam auf dem Fluss und wirbelte dabei zahlreiche Wellen auf. Vor Als Augen brauste es langsam auf den Steg zu. Die Zugbrücke, auf der bis vor Kurzem noch die Menschen hin und her gelaufen waren, hob sich, ohne dass Al es mitbekam. Die Propeller hörten langsam auf, sich zu drehen, sodass das knallende Geräusch verebbte. Am Steg wendete das Flugschiff leise, um sich für den nächsten Flug bereit zu machen. Dann blieb es still liegen.

*Ich möchte unbedingt damit fliegen*, wünschte Al sich sehnlich. Er hatte eigentlich gedacht, er würde schon damit zufrieden sein, es nur zu betrachten, doch jetzt, da er es gesehen hatte, war er nicht mehr zu halten. Langsam wurde ihm bewusst, dass er die Stadt mittlerweile bereits betreten hatte. *Seltsam!* Wie war es möglich, dass eine wehrhafte Festungsstadt wie diese illegale Einwanderer nicht kontrollierte? Zwar war auch Al Staatsbürger von Bastok, aber es war kaum möglich, dass die Torwächter ausgerechnet ihn kannten, der in einem einfachen Provinzdorf lebte. Al drehte sich um und entdeckte, dass die Torwächter auf ihrem Platz standen.

Sie schienen Al nicht bemerkt zu haben. Oder sie hatten ihn zwar registriert, hielten ihn aber für harmlos. Nein, die Torwächter waren mit etwas anderem beschäftigt.

„Warum darf ich die Stadt nicht verlassen?“, fragte ein Mädchen trotzig und wütend. Sie war etwas älter als Al. Sie hatte schönes langes Haar und trug ein wunderschönes Kleid, wie Al es in seinem Dorf noch nie gesehen hatte. Nachdem sie eine Weile mit den Torwächtern gestritten hatte, gab sie schließlich auf und wandte sich ab. Ihr Blick traf sich mit dem von Al.

„Hey du! Deinem Aussehen nach zu urteilen, bist du ein Abenteurer, stimmt's?“

„Ja, äh, das … bin ich.“

Von ihr so direkt angeguckt zu werden, ließ Als Herz wieder stark klopfen, jedoch anders als beim Anblick des Flugschiffs. Jetzt schlug sein Herz so heftig, dass er fürchtete, es könnte ihm zum Mund herausspringen.

Der Name dieses Mädchens, das Al angesprochen hatte, lautete Cornelia.

+ + +

„Also wirklich! Männer sind so was von einfach gestrickt …“, meinte Iris kopfschüttelnd, als Al seine Geschichte zu Ende erzählt hatte.

„Was hätte ich denn machen sollen? Ich kann doch jemanden, der meine Hilfe braucht, nicht einfach im Stich lassen“, erwiderte Al, als wäre es eine Ausrede. Nun ja, es *war* eine Ausrede.

Cornelia hatte Al gebeten, für einen Freund in Not Erzgestein zu finden. Allerdings hatte er es nur geschafft, einen Brocken Zink-Erz aufzutreiben. Das Erz sollte er dann in einem Geschäft namens „Himmelskristall“ abliefern. Al konnte sich zwar an den Namen erinnern, aber die genaue Lage, die eigentlich das Wichtigste war, wusste er nicht.

„In einer fremden Stadt ist es doch selbstverständlich, dass man sich erst mal einen Stadtplan besorgt und die Lage überprüft, oder?!“

„Ich hab’ nun mal nicht daran gedacht.“

„Das ist wirklich das Allerletzte, dass man sich deswegen verläuft und sich von Onkel Max führen lassen muss.“

„Jetzt halte doch endlich mal die Klappe!“, entfuhr es Al.

„Igitt, wie eklig! Schrei doch nicht so herum! Deine Spucke spritzt ja bis zu mir!“, schrie Iris zurück, und Al verstummte.

In Begleitung von Max, hatte Al den „Himmelskristall“ aufgesucht und für das Zinkerz ein Buch bekommen. Auf der ledergebundenen Vorderseite stand handschriftlich „Palborough-Minen-Sage“. Dieses Buch hatte Al einem Galka gebracht, der in der Nähe der Gaststätte „Nest der Fledermäuse“ wohnte. Dieser Galka hieß Parraggoh. Max hatte Al zu seinem Haus geleitet. Und Iris, die mitkommen musste, hatte ständig gemeckert, sie wäre sehr müde.

„Das heißt, Herr Parraggoh ist derjenige, der laut Cornelia der ‚Freund in Not' ist?", fragte Iris nach.

„Davon gehe ich aus", entgegnete Al.

„Aber dafür machte Herr Parraggoh kein besonders glückliches Gesicht, nicht wahr?"

Al musste Iris zustimmen. Parraggoh hatte sogar geseufzt, als er den Namen *Cornelia* gehört hatte.

„Glaubst du, sie sind wirklich Freunde?"

„Jedenfalls ist sicher, dass Parraggoh dieses Buch wollte."

Als Parraggoh das Buch an sich genommen hatte, bedankte er sich bei Al und gab ihm ein sehr bescheidenes Trinkgeld. Er ergriff das Buch ganz behutsam und sagte, er hätte danach schon seit Langem gesucht. Und als er schon gedacht hätte, es endlich gefunden zu haben, hätte er es doch wieder um ein Haar verpasst, und jemand hätte es dem „Himmelskristall" verkauft. Er wollte es dem Laden zwar wieder abkaufen, doch der „Himmelskristall" hätte dafür anstelle von Bargeld Edelsteine aus Gustaberg verlangt. Parraggoh sah sich also zu einer „Edelsteinsuche" gezwungen. Als er fast die verlangte Menge zusammenhatte, zog er sich bei einem Unfall einen Knochenbruch zu.

„Wenn er bloß verletzt war, hätte er doch darauf warten können, bis es wieder verheilt war, oder?", gab Iris zu bedenken – und damit hatte sie eigentlich recht.

„Talib, der Besitzer des ‚Himmelkristalls', ist alles andere als ein ehrlicher Mann. Keiner kann mit Sicherheit sagen, ob er so lange gewartet hätte. Es wäre durchaus möglich gewesen, dass er das Buch einfach jemand anderem verkauft hätte", erklärte Max.

„Wie kann man denn so etwas tun?! Parraggoh hatte doch schon eine Anzahlung gemacht, oder?"

Max lächelte den empörten Al mitleidig an.

„Leider gibt es kaum Hume, die den Galkas gegenüber besonders ehrlich sind. Al, du bist ein aufrechter Kerl."

War das etwa nicht ganz selbstverständlich? Al konnte das alles nicht begreifen. *Sei ehrlich den anderen Menschen gegenüber*, so hatten seine Eltern und seine Großmutter es ihm beigebracht – buchstäblich *eingebläut*. Hatte er mal gelogen, bekam er kein Essen, eine Tracht Prügel und wurde in die Scheune gesperrt – sozusagen das vollständige, dreigängige Menü der Strafen. Bei der Erinnerung daran zitterte Als Körper.

„Es existiert kaum ein Hume, der einen Galka seinen ‚Freund' nennen würde. Wir Galkas sind bei ihnen nicht besonders beliebt. Abgesehen von den Abenteurern."

„Das ist doch selbstverständlich. Schließlich hängt unser Leben voneinander ab. Wo kämen wir hin, wenn wir einander nicht vertrauen könnten?!", äußerte Iris nachdrücklich und schlug einmal kräftig auf den Tisch. Die Teller, die dicht nebeneinander standen, stießen zusammen und schepperten laut.

Angesichts der wütenden Iris erwachte Al aus seinen Gedanken und starrte sie mit großen Augen an.

„Was denn?!", fragte Iris gereizt.

„Hä? … nichts Besonderes!"

„Hey du! Bist du vielleicht auch so einer, der die anderen nur nach ihrem Aussehen beurteilt!? Dann kannst du was erleben!", sie sprang auf und packte Al am Kragen.

„He, ich kriege keine Luft mehr … warte, nein so bin ich nicht!"

„Iris! Beruhige dich!"

Die Stimme von Max brachte Iris wieder zu sich, und sie löste ihre beiden Hände von Als Hals.

„Oh!"

*Was heißt hier ‚oh!'*, dachte Al. Für einen Moment wäre er fast in Ohnmacht gefallen.

„Was soll das überhaupt? Findest du, dass es angebracht ist, wenn eine Weißmagierin einen Menschen umbringt? Das war ein Missverständnis, klar?! Außerdem bin ich nicht ‚hey, du', sondern Alfred. Das habe ich dir schon mal gesagt!" Al zeigte Iris, die sichtlich verlegen war, ein wütendes Gesicht. In Wahrheit fand er sie nach dieser Aktion sogar noch ein bisschen sympathischer, weil sie sich über die Ungerechtigkeit dieser Welt so aufregen konnte, aber das behielt er lieber für sich.

„Die Galkas, die ich bisher kennengelernt habe, waren alle Abenteurer und hatten ein Bündnis mit den Hume. Mir wäre nie in den Sinn gekommen, dass sie miteinander im Streit liegen. Ich bin eher überrascht von dem, was Herr Max erzählt hat“, gab Al zu.

Daraufhin entschuldigte sich Iris mit leiser Stimme.

Die drei stocherten wieder für eine Weile schweigend in ihrem Essen. Eine peinliche Stimmung machte sich breit.

„Denn alle wurden unter denselben Tränen geboren … Trotzdem …“, platzte Iris ohne Erklärung heraus.

Al hob den Kopf.

Iris starrte ihn fragend an: „Weißt du nicht, wovon ich spreche?“

„Doch, klar … der Mythos der Altana.“

Iris nickte.

Diesen Mythos kannte sogar Al. Jeder, der in Vana’ diel lebte, sollte ihn eigentlich kennen. Die fünf Stämme, die auf zwei Kontinenten in Vana’ diel siedelten – Hume, Galka, Elvaan, Mithra und Tarutaru – wurden alle zusammen das „Volk von Altana“ genannt. Denn dem Mythos zufolge waren sie aus fünf Tränen der Göttin Altana geboren. Diese Geschichte hatte Al mehrere Male von seiner Großmutter gehört.

„Die Göttin Altana hat einst eine Träne vergossen. Diese Träne teilte sich in fünf Tropfen, während sie vom Himmel fiel und auf die Erde von Vana’ diel traf. Der größte Tropfen wurde zum Stamm Galka, der kleinste zum Stamm Tarutaru", rezitierte Iris eine Strophe aus dem Mythos.

„Ein Tropfen, der lang und schmal gefroren auf den Boden fiel, …", fuhr Al fort, „… wurde zum großen, schlanken Stamm Elvaan, nicht wahr? Und der Tropfen, der als erster den Boden erreichte, wurde zum flinken Stamm Mithra, und der Tropfen, der bis zum Ende rund blieb, wurde zum Stamm Hume, der in jeder Hinsicht begabt war, stimmt's?"

Der Mythos von der Göttin Altana wurde, so sagte man, bei allen fünf Stämmen in gleicher Weise überliefert, obwohl sie unterschiedliches Aussehen und Temperament besaßen. Jeder Geschichten-Erzähler in jedem Stamm tradierte den gleichen Mythos.

„Im Mythos, der bei den Galkas überliefert ist, wurde aus dem fünften Tropfen der Stamm Galka. ‚Aus dem größten Tropfen wurde der Stamm Galka, der in sich alles enthält', so ungefähr heißt es", fügte Max mit bitterem Lächeln auf dem Gesicht hinzu.

Wahrscheinlich setzte also jeder Stamm sich selber an die letzte Stelle und nahm auf diese Art und Weise für sich in Anspruch, der wichtigste Stamm zu sein. So wurde der Mythos doch ein kleines Bisschen verändert.

Iris seufzte tief. „Ist das nicht lächerlich?"

*Aber wirklich*, dachte Al zustimmend. Nach dem Essen wurde Dufttee gereicht. In der Tasse befand sich eine herrlich riechende, gelbe Flüssigkeit. Eine Teesorte, die es in Als Heimatdorf nicht gab. Vorsichtig setzte er die Tasse an den Mund. Der Duft war zwar erstklassig, aber der Geschmack war verdammt bitter.

Iris lachte, als Al sein Gesicht verzog.

Im morgendlichen Licht entspannte sich die Atmosphäre. Um diese Stimmung nicht zu zerstören, sprach Al in spaßhaftem Ton: „Ich war heute Morgen schon ziemlich überrascht. Ich wurde vorher noch nie mit einem Schildstreich geweckt.“ Al hob den Sack hoch, den er mitgebracht hatte. In dem Sack befand sich ein Schild. Er wollte ihn zurückgeben.

Iris machte ein verwundertes Gesicht und schüttelte den Kopf.

„Was willst du denn damit? Er gehört doch dir ...“

„Hä?“, machte Al. Damit hatte er nicht gerechnet, deshalb kam nur ein seltsames Krächzen aus seinem Hals.

„Hast du es ihm noch nicht erzählt, Iris?“, wunderte sich Max.

„Na ja, nein, weil ...“ Iris, die sich plötzlich an etwas zu erinnern schien, wurde rot.

„Als ich zufällig gerade an einem Auktionshaus vorbeikam, wurde dieses Ding recht günstig angeboten“, erläuterte Max. „Es ist zwar nur ein Schild aus Holz, aber da du erst am Anfang deiner Abenteurer-Laufbahn stehst, könntest du mit einem schwereren Schild sowieso noch nichts anfangen. Dieser ist genau richtig für dich."

„Was?! Das kann ich unmöglich annehmen!" Erst rettete Max ihm das Leben, und dann wollte er ihm auch noch einen Schild schenken? Al schüttelte heftig den Kopf.

Da sagte der Galka-Ritter in beschwörendem Ton zu ihm: „Hör gut zu, Al! Ein Krieger ist die erste Linie der Verteidigung. Du musst deine Kameraden schützen. Das kannst du nur, wenn du nicht fällst. Wenn du fällst, gefährdest du die ganze Gruppe."

Die Worte des Galkas verfehlten ihre Wirkung nicht. „A … aber …"

Als Al immer noch zögerte, zeigte ihm Max wieder sein Bären-Lächeln. „Ich sage ja nicht, dass ich ihn dir umsonst gebe, mein Junge. Ich habe dir doch erklärt, dass ich eine Bitte an dich habe."

Al nickte automatisch. Er war bereit, alles zu akzeptieren. Er merkte nicht, dass Iris ihn freundlich anlächelte.

„Ich habe eine Verabredung mit meinen alten Kameraden. Unter Umständen kann ich für eine Weile nicht in die Stadt zurückkommen. Deshalb möchte ich, dass du dich so lange um Iris kümmerst."

Al spuckte fast den Dufttee aus, von dem er gerade getrunken hatte. Er hustete heftig.

„Wie eklig!", rief Iris, verzog das Gesicht und brachte ihre Tasse in Sicherheit. Sie lachte sogar.

Al starrte sie böse an. „A… aber wartet! Warum ausgerechnet ich?“

„Dir kann ich vertrauen.“

Al war für einen Moment sprachlos. Es freute ihn natürlich, von diesem Ritter so etwas gesagt zu bekommen. Aber trotzdem …

„I… ich bin in diese Stadt gekommen, um als Abenteurer zu leben.“

Das Leben als Abenteurer bestand im Wesentlichen aus dem Kampf mit den Tiermenschen. Die Tiermenschen, wie die Goblins oder die Orks, bekannten sich zur Dunkelheit und hassten alle fünf Stämme des Volks von Altana. Bei jeder Gelegenheit suchten sie den Kampf mit ihnen. Das Volk vor dieser Bedrohung zu schützen, hatten sich die Abenteurer auf ihre Fahnen geschrieben, und seitdem wurde der Krieg mit den Tiermenschen tagtäglich fortgeführt. Auch jetzt, irgendwo.

Selbstverständlich wollte Al in Zukunft an diesem Krieg teilnehmen. „Ab jetzt muss ich viel und hart trainieren. Für eine Frau habe ich …“, Al hatte sich verplappert. Erst als es schon zu spät war, entdeckte er das gefährliche Glühen in Iris’ Augen. Al spürte einen dicken Kloß im Hals, und in ihm schrillten sämtliche Alarmglocken.

„Was bildest du dir eigentlich ein?!“, zischte sie.

„Äh, … ich …“

„Auch ich muss ein hartes Training durchlaufen, und

zwar als Weißmagierin. Ich verfüge sogar über wesentlich mehr Erfahrung als du. Ich bin kein unerfahrenes Küken, so wie du!“

Das konnte Al sich natürlich nicht bieten lassen. Sein Blut kochte. „Auf mich wartet das Krieger-Training. Da geht es um Leben und Tod. Wirf das nicht in einen Topf mit deinen Zauber-Übungen!“

Das Krieger-Training bedeutete vor allem eins: Kämpfen! In der Nähe der Stadt Würmer oder wilde Tiere jagen. Es bestand aus praktischen Kampfübungen mit lebenden Gegnern. Dabei ging es oftmals um Leben und Tod. Wer nicht aufpasste, endete schnell als Leiche. Aber wer stattdessen untätig herumhockte, hatte sein Geld irgendwann aufgebraucht. Dann starb er wahrscheinlich vor Hunger. Beides war schrecklich, aber es war besser, in einem Kampf zu fallen, als zu verhungern. So dachte Al.

„Ja, ja, verstehe. Da geht es natürlich um Leben und Tod. Aber eins wollen wir doch mal festhalten! Wenn es mich nicht gäbe, wärst du schon längst tot. Und zwar noch vor deinem ersten Kampf.“

„Mmm …“

„Nur, falls du es bereits vergessen haben solltest: Wer hat dich denn gerettet, als du auf dem Felsen fast getötet worden wärest, Al?“, Iris, die Weißmagierin, hob in einer verächtlichen Geste ihre zierliche Nase.

„Das … das warst du, Iris.“ Es ging ihm zwar mächtig gegen den Strich, aber die Wahrheit ließ sich nicht verdrehen.

„Genau so ist es! Also, dann nimmst du mich mit, ja? Du willst doch sowieso in der Nähe der Stadt trainieren, oder?"

„Was? Ich soll dich mitnehmen?"

Mit einem Gesichtsausdruck, als wäre das ganz selbstverständlich, nickte Iris. Schließlich wäre es doch viel sicherer, wenn eine Weißmagierin dabei wäre, fügte sie noch hinzu.

„In der Nähe der Stadt sollten sich eigentlich keine Tiermenschen herumtreiben", meinte Max. „Nachts sind sie aktiver und erweitern ihren Aktionsradius. Also nehmt euch in Acht! Du solltest am Anfang noch sehr vorsichtig sein, Al. Iris, du auch. Du bist manchmal ein bisschen unbedacht." Und dann setzte er noch hinzu: „Al, ich vertraue dir!"

Da blieb Al schließlich nichts weiter übrig, als zu zustimmen.

Daraufhin sagte Max, er müsse gleich los, um sich mit seinen Freunden zu treffen. Er stand auf. Bevor er die Gaststätte verließ, wandte er sich kurz an Iris: „Wenn ich zurückkomme, werde ich dich noch mal fragen. Nimm dir bitte zu Herzen, dass ich nicht unbedingt davon begeistert bin, Iris."

Al hörte die Worte, verstand aber nicht, worum es ging. Er bemerkte lediglich, dass sich Iris' Stirn plötzlich umwölkte. Sie antwortete nur knapp: „Ich weiß“, zog die Augenbrauen zusammen und schwieg nachdenklich. Ein Gesichtsausdruck, den Al bisher noch nicht kannte. In der folgenden Zeit tauchte diese Situation immer wieder in seiner Erinnerung auf und bereitete ihm noch lange Sorgen.

## 2

Der Himmel färbte sich langsam im Dämmerlicht des Abends. *In einer Stunde wird die Sonne hinter dem Berg im Westen untergehen. Langsam müssen wir nach Hause*, dachte Iris und blinzelte in den dämmernden Himmel. Es waren bereits drei Tage vergangen, nachdem sie Al kennengelernt hatte. Seitdem marschierten sie jeden Tag von der Stadt Bastok aus zum Ödland von Gustaberg.

Denn sie begleitete Al zu seinem Kampftraining. Zwar gab es in der Stadt einige Trainingsanstalten für Abenteurer, aber nichts war besser als praktische Kampferfahrung auf dem Feld. Anfangs blieben sie in Stadtnähe, allerdings erweiterten sie nach und nach ihren Aktionskreis und befanden sich nun auf einem kleinen, namenlosen Hügel des südlichen Gustabergs. Er lag etwas näher bei der Stadt als jener Ort, wo Al von dem Goblin fast umgebracht worden wäre. Auf einer kleinen Hügelterrasse wuchsen ein wenig Gras und ein paar

Bäume. An einer Ecke, im Schatten eines Busches, knieten die beiden und hielten den Atem an.

„Schau, da drüben! Das ist ein geeigneter Gegner für dich“, flüsterte Iris Al zu, der neben ihr kniete.

Drüben stand ein Schaf, das ruhig graste. Der ganze Körper des Tieres war mit dichtem Fell bedeckt. Am Kinn und am Bauch war das Fell so lang, das es fast bis zum Boden reichte. So etwas war nur unter den wilden Schafen zu finden, die nie geschert wurden. Am Kopf jedoch hatte es kein Fell, sodass man sein schwarzes Gesicht erkennen konnte. Zu beiden Seiten des Schädels stand ein kurzes Horn hervor. Aufgrund seines unzähmbaren wilden Temperaments wurde es „Stures Schaf“ genannt. Normalerweise lebten grasfressende Tiere wie dieses Schaf in einer Herde, doch dieses Exemplar, das sich vor ihren Augen in seine Mahlzeit vertiefte, war allein.

Für ein wildes Tier war es ziemlich fett und groß, es wog ungefähr so viel wie Al und Iris zusammen. Ab und zu hob das Schaf seinen Kopf, schaute herum und blökte. Eigentlich sollte es längst gemerkt haben, dass seine Artgenossen verschwunden waren, aber trotzdem wollte es nicht aufhören zu fressen. Ein ziemlich gefräßiges Schaf. Das würde ihm jetzt zum Verhängnis werden.

„Kann ich es wirklich angreifen?“

„Ja. Aber sei dieses Mal bitte vorsichtig … oh nein! Dieser Tölpel!“

Al war bereits hinter dem Busch hervorgetreten und stürmte los. Mit hoch erhobenem Schwert rannte er direkt auf das Schaf zu. Zwar hatte Iris bereits den Schutzzauber, genannt „Schutzra“, für ihn durchgeführt, aber bei Al war rein gar keine Strategie zu erkennen. Iris bedauerte bereits, dass sie ihm gesagt hatte, das Schaf wäre „ein geeigneter Gegner“.

Auch das Schaf hatte Al jetzt registriert. Aber es floh nicht. Als es merkte, dass sein Gegner allein war, rannte es nicht etwa weg, sondern stürzte sich auf Al.

„Oh, je!“ Hinter dem Busch schlug Iris ihre Hände vors Gesicht. Was sich jetzt abspielen würde, konnte sie sich aufgrund ihrer Erfahrungen mit Al in den letzten drei Tagen bereits vorstellen. Und zwar ziemlich genau. Vor ihren Augen wurde Al von dem Tier auf die Hörner genommen und dann mit größter Leichtigkeit hoch in die Luft geworfen.

Al, der direkt vor Iris’ Nase landete, warf sich herum und nahm eine Verteidigungsstellung ein. Dann stützte er sich mit einer Hand und richtete sich schnell auf. Eine Bewegung, bei der der hölzerne Schild am linken Arm ihn nicht im Geringsten behinderte. Als er aufstand, wies das Schwert in der Rechten bereits wieder auf das Schaf. Anscheinend hatte er sich bei dem Sturz nicht verletzt.

Iris hatte den Atem angehalten und stieß nun erleichtert die Luft aus. Sie machte sich wirklich Sorgen um diesen leichtsinnigen Burschen. Es war eigentlich unglaublich, dass er zwei Jahre älter war als sie.

„Aber wenigstens hat er gute Augen“, knurrte Iris vor sich hin. Damit meinte sie nicht etwa, dass er besonders weit sehen konnte, sondern dass er in der Lage war, der Geschwindigkeit des Gegners zu folgen. Nur deshalb war er einer lebensgefährlichen Verletzung entgangen. Allerdings … wäre er etwas vorsichtiger gewesen, hätte ihn das Schaf erst gar nicht auf die Hörner nehmen können.

Al umkreiste das Tier, machte ab und zu einen Ausfall nach vorne und stieß mit seinem Schwert nach dem Schaf. Immer wenn sein Schwert es berührte, blökte das Schaf.

Iris wurde schnell klar, dass es seine Artgenossen rief. Das war schlecht … ganz schlecht. Iris trat aus dem Schatten des Busches, packte ihren Stock fester und fing an, Zauberworte zu murmeln. Das Gefühl, das sie beim Zaubern immer empfand, stieg in ihr auf. Es wanderte ihren Rücken empor, kanalisierte und bündelte ihre Zauberkraft.

Über ihre Lippen flossen bereits die gereimten, kraftvollen Worte, die einer festen Reihenfolge gehorchten. *Ich habe es schon so oft wiederholt. Sogar ohne zu denken, kann ich es. Deshalb mache ich auch jetzt keinen Fehler. Es klappt ganz bestimmt. Ich mache keine Fehler. Ich darf einfach nicht!*

Ihren Blick fest auf das Schaf konzentriert sprach Iris die Zauberformel zu Ende. In ihrem Kopf wurde es für einen Moment gleißend weiß. Ihre Kraft war knapp davor, herauszukommen und explodierte fast. „Ich führe jetzt den Zauber ‚Zerreißen' durch!", rief sie Al zu.

Sie hatten vereinbart, dass er je nach verwendetem Zauber seine Kampftaktik ändern sollte. Diese Art von Zusammenarbeit klappte inzwischen ziemlich gut zwischen ihnen.

„Erledige es aber schnell!", fügte sie noch überflüssigerweise hinzu, bevor sie ihren Stock senkte. Das konnte sie sich einfach nicht verkneifen. Diese Schlafmütze! Glänzende Lichtkörner umschwebten das Schaf und drangen nach und nach in den massigen Körper ein.

Die Bewegungen des Schafs wurden deutlich langsamer. Das nutzte Al sofort aus und wagte einen Schritt nach vorne. Er trat das Schaf direkt in die Seite und hieb sein Schwert nach unten. Rasch zog Al das Schwert zurück und bereitete sich auf den nächsten Angriff vor, aber dieser Hieb war bereits tödlich. Bevor das Schaf aufschreien konnte, fiel es mit lautem Krachen zu Boden.

„Sehr gut!", tönte Al und ballte triumphierend die Faust.

Ärgerlich über seinen zufriedenen Gesichtausdruck sagte Iris: „Was heißt hier ‚sehr gut!'!? Ich habe dir schon tausend Mal gesagt, du sollst erst losstürmen, wenn ich den Zauber durchgeführt habe!“ Die Müdigkeit, die sie nach dem Zaubern jedes Mal ergriff, ließ ihre Worte noch schärfer klingen.

„Aber du hast doch gesagt, das ist ‚ein geeigneter Gegner‘. Da dachte ich, ich kann ihn leicht besiegen. Ich war sicher, ich schaffe es.“

*Ah, deswegen, also.* Iris bedauerte wirklich, es ausgesprochen zu haben.

„Trotzdem. Ich sage es dir noch einmal, du bist viel zu ungestüm! Onkel Max ist stark wie ein Bär und wartet trotzdem immer, bis ich den Zauber durchgeführt habe.“

„Ja, ja, du hast ja recht. Nächstes Mal werde ich mich daran halten.“

Iris warf Al, der säuerlich grinste, einen vorwurfsvollen Blick zu.

„Ja, doch! Ich hab’s ja verstanden“, beschwichtigte sie Al.

„Wer weiß! Oh Mann, ich würde ja nichts sagen, wenn es mein Onkel wäre … was denn?“

„Na ja, ich gebe schon zu, dass Max ein ausgezeichneter Ritter ist. Aber ich habe das Gefühl, du magst ihn wirklich besonders gern. Seit drei Tagen höre ich dich andauernd über deinen Onkel reden.“

„Du Trottel!“, entfuhr es Iris, da Al sie bei dieser Bemerkung angrinste. Dabei schlug sie Al mit ihrem Stock leicht auf die Brust.

Al verzog schmerzverzerrt das Gesicht. Iris wollte

schon einen bissigen Kommentar von sich geben, weil sie ihn nicht besonders stark geschlagen hatte, dann fiel ihr ein: „Hast du dich etwa verletzt vorhin?“ Schließlich war Al von dem Schaf auf die Hörner genommen worden.

Er schaute genauer hin und bemerkte, dass seine Kleidung unter dem Brustpanzer etwas blutig war.

„Wenn du verwundet bist, sag es doch gleich!“ Hastig begann sie, die Zauberformel für „Heilen“ zu beschwören.

Aber Al unterbrach sie: „Wenn ich ein bisschen Spucke drauf tue, wird es schon wieder.“ Al schubste sie leicht, und Iris fiel auf den Hintern.

Ihre Wangen färbten sich in Sekundenschnelle rot vor Zorn. „Rede doch nicht solchen Unsinn!“ Sie schrie zwar, aber sie merkte, dass sie keine Kraft in den Beinen hatte. Und nicht nur die Beine versagten den Dienst. Der ganze Körper schien wie ausgelaugt zu sein.

„Bleib ruhig sitzen! Ich erledige das!“, Al zog sein Kurzschwert aus der Scheide, die an seiner Hüfte hing. Es bereitete ihm sichtlich Mühe, das Schaf wegzuzerren.

Schließlich absolvierte Al sein Training nicht nur zum Spaß. Die Lebensbedingungen in Bastok waren hart. Die Leute in der Stadt brauchten ständig Pelze oder Fleisch. Aber ins Ödland, wo die Tiermenschen lauerten, konnten sich normale Jäger nicht wagen. Es gab sogar Abenteurer, die lieber auf die Jagd gingen, als gegen die Tiermenschen zu kämpfen.

Iris blieb auf dem Boden sitzen und beobachtete, wie Al das Schaf zu einer Stelle zog, wo es ihrem Blick verborgen war. Es machte ihr eigentlich nicht besonders viel aus, zu sehen, wie Al das Schaf zerlegte.

Die Würmer waren eine Ausnahme. Die Wesen ohne Beine konnte sie einfach nicht leiden. Obwohl sie wusste, dass es ein Vorurteil war, bekam sie sofort Gänsehaut. Iris stützte ihren Kopf auf die angewinkelten Knie, schloss ihre Augen und atmete tief aus. „Vielleicht wäre es gar nicht mehr gegangen.“ Sie war sich nicht sicher, ob sie überhaupt noch genügend Energie gehabt hätte, das „Heilen“ durchzuführen. Iris kam es so vor, als ob Als Kraft unerschöpflich wäre. Sie wunderte sich sogar manchmal, dass sie überhaupt mit ihm Schritt halten konnte. Der Zerreißen-Zauber hatte sie dicht an ihre Grenze gebracht. *Vielleicht ist er deshalb schon losgestürmt, bevor ich den Zauber durchführen konnte*?

Ein flüchtiger Gedanke. Aber letzten Endes war es wohl doch nicht so, denn immerhin hatte er sie ja den Zerreißen-Zauber anwenden lassen. Es ergab überhaupt keinen Sinn, absolut nicht. Das war nur, weil Al ein Trottel war, beschloss sie. Dann fühlte sie sich ein bisschen besser.

„Wow!! Das ist ja Wahnsinn!“ Als überschwängliche Stimmung ließ Iris den Kopf heben.

Die Sonne war mittlerweile untergegangen. Heute schien es richtig spät geworden zu sein. Am östlichen Horizont färbte sich der Himmel bereits indigoblau.

„Was ist denn los?“ Iris stand auf und ging zu Al. Dabei dachte sie daran, dass es langsam an der Zeit war, sich wieder in die Stadt zurück zu begeben. Das Schaf war tatsächlich bereits zerlegt. Pelz und Fleisch waren sauber zusammengebunden und bereit, nach Hause getragen zu werden. Den Rest schien Al irgendwo abgeladen zu haben, wo sie es nicht sehen konnte.

Man vergrub die Überreste nicht, denn sonst hätten andere Tiere nichts mehr davon gehabt. Das wäre eine Verschwendung des Lebens gewesen. Auch die Göttin würde es nicht erlauben.

Al stand an einer kleinen Feuerstelle mit kreisförmig angelegten Steinen. Dort hatte er gegraben und hielt etwas in der Hand. „Schau, *das* habe ich gefunden. Ich dachte, wir könnten hier Fleisch rösten“, er zeigte auf die Feuerstelle.

Iris schien aber eher genervt zu sein, schließlich wurde es Nacht, und sie hatten eigentlich keine Zeit für so etwas. „Und, was soll daran Wahnsinn sein?“

„Sieh mal! Eine riesige Wurst! Die war hier vergraben.“

„Willst du das Ding wirklich essen? Wer weiß, wer es gemacht hat – und vor allem aus was für Fleisch?“

„Aber sie scheint sehr lecker zu sein.“

„Ich will jedenfalls nichts davon“, lehnte Iris ab. Dann schien ihr etwas einzufallen: „Es sieht ganz so aus, als hätte jemand diese Wurst als Vorrat hier gelassen, nicht wahr?“

„Ja.“

„Das bedeutet wiederum, dass jemand diese Feuerstelle des Öfteren benutzt, oder?“

„Kann schon sein …“, gab Al nachdenklich zu. Das konnte nur bedeuten, dass dieser jemand hier mehrere Nächte verbracht hatte. Nicht an der Straße, sondern auf diesem Hügel. Ein Abenteurer kam dafür kaum in Frage. Wer konnte sich also hier herumtreiben? Die Antwort schien beiden nahezu gleichzeitig einzufallen. Wahrscheinlich war derjenige, der dieses Lagerfeuer benutzte …

„Ein Goblin!“ Als Gesicht wurde plötzlich leichenblass. Hinzu kam noch, dass die Größe der Feuerstelle darauf schließen ließ, dass es vielleicht sogar mehrere Goblins waren.

„Keine Panik, Iris! Da sie nachtaktiv sind, verstecken sie sich bis zum Sonnenuntergang irgendwo. Wenn wir schnell abhauen, bevor es gefährlich wird, dann passiert uns nichts!“

„Dann hör endlich auf, mit der Wurst in der Hand herum zu tanzen und pack alles ein!“

Während Al die Beute verstaute, holte auch Iris ihren Rucksack, den sie hinter einem Busch versteckt hatte.

Es war ausgesprochen knapp, denn während sie den Hügel hinunterliefen, kamen drei Goblins an ihnen vorüber. Die beiden konnten nur entkommen, weil sie sich hinter einem Fels versteckten. Gegen drei Goblins zu kämpfen, wäre bei ihren Fähigkeiten mehr als tollkühn gewesen. Mit einem Goblin konnten sie es vielleicht gerade noch aufnehmen, aber gegen drei auf einmal hätten sie nicht den Hauch einer Chance gehabt. Während die beiden mucksmäuschenstill in ihrem Versteck hockten, erschien ihnen die Zeit ewig. Sie vergaßen sogar fast zu atmen. Mit knapper Not schafften sie es schließlich den Hügel hinunter und rannten in die Stadt zurück. Der westliche Horizont war noch leicht gerötet, da erblickten sie das Tor von Bastok vor sich. Die Lichter, die den Tunnel beleuchteten, waren bereits an und erstrahlten als lange, leuchtende Linie.

Zu Iris' Entsetzen hatte Al die Wurst tatsächlich mit nach Hause gebracht. Sie ließen sie vom Besitzer einer Gaststätte prüfen, und es stellte sich heraus, dass sie aus Schafsfleisch war. Aber Iris verspürte trotzdem keine Lust, sie zu essen. Es gab aber jemanden, der die Wurst mit scharfen Augen bemerkt hatte und sie unbedingt wollte. Also gaben sie ihm die Wurst. Als Dankeschön bekamen sie sogar 300 Gill.

Al, der sich freute, dass er sich damit eine neue Rüstung kaufen konnte, verabschiedete sich und ging heim. Iris wohnte bei Max. Es war ziemlich spät geworden.

Auch wenn Max nicht zu Hause war, würde sich die Haushälterin Sorgen machen.

„Irgendwie bin ich heute richtig müde …" Seufzend machte sich Iris auf den Heimweg zum Handelsbezirk. Sie hatten sich für den nächsten Tag zum Einkaufen verabredet.

„Ich nehme noch schnell ein Bad, dann gehe ich schlafen."

*Bitte lass die Goblins nicht in meinen Träumen erscheinen*!, betete Iris zur Göttin. Stattdessen träumte sie von Al, der auf einem riesigen Schaf ritt und als Zügel eine Wurst in den Händen hielt …

\+ + +

„Billig, billig! Hey, hey, wer möchte einen Schild, den ich den Quadavs abgenommen habe?"

„Hier hab' ich einen Brocken vom Kristall der Winde! Unter Lebensgefahr gefunden!"

Bei den lauten Stimmen, die durch die große Straße tönten, blieb Al überwältigt stehen.

Es war zum ersten Mal, dass er sich die Zeit nahm, tagsüber den Handelsbezirk zu besuchen.

Die Straße war nur so von Menschen übersät. Nicht nur Hume und Galkas. Auch Elvaaner und Mithras waren unterwegs. Vielleicht waren auch einige Tarutarus unter ihnen, die man in dem Menschengedränge allerdings nicht sehen konnte. Zu beiden Seiten der Straße reihten sich die Verkaufsstände aneinander, auf die die Vorübergehenden interessierte Blicke warfen. Deshalb kam man kaum vorwärts. Außerdem waren die Stände alles andere als gewöhnlich. Die Verkäufer trugen noch ihre Reisebekleidung. Zu ihren Füßen lagen Rucksäcke, Mäntel, Waffen oder Ausrüstungsgegenstände. Es gab sogar welche, an deren Hüften noch ein Wasserbeutel aus Leder oder ein Dolch hing. Sie wirkten, als wären sie geradewegs von einem Abenteuer hierher gekommen.

„Du, Iris. Das sind alles … Abenteurer, nicht wahr?"

„Ja, das sind sie."

Al wurde verlegen. Warum standen die Abenteurer hinter den Verkaufsständen?

„Du, Iris …?" Als Iris sich endlich umdrehte, breitete Al in einer Gebärde der Verlegenheit seine Arme aus. „Wollten wir nicht zum Auktionshaus?"

„Da waren wir doch!"

„Aber wir haben ja nur einen kurzen Blick hineingeworfen."

Sie hatten die Angebote nur kurz gemustert und waren wieder gegangen. Iris machte ein äußerst zufriedenes Gesicht, aber Al war mächtig enttäuscht.

Dafür hatte er auf das heutige Training verzichtet und war extra von seiner Unterkunft im Bergwerksbezirk in den Handelsbezirk gekommen. Dieses Schwert – das in der rot lackierten Scheide – sah sehr gut aus. Vielleicht war es jetzt schon verkauft.

„So ein prunkvolles Schwert ist nichts für dich. Ich finde es total bescheuert“, meinte Iris, als hätte sie seine Gedanken gelesen.

„Na, na. Bei einem Schwert kommt es schließlich nicht aufs Aussehen an. Außerdem warst *du* dafür, dass ich mir eine neue Kampfausrüstung zulege.“

„Ja, aber erst mal eine Rüstung!“, erwiderte Iris, als wollte sie signalisieren, dass Al noch immer nicht verstanden hatte. Dann fügte sie wie gewöhnlich hinzu: „Onkel Max hat das auch gesagt.“

„Ja, ja. Ich bin dein Schild“, erwiderte Al übertrieben höflich, worauf Iris entgegnete: „Idiot.“

„Du weißt doch, wie es in dem Auktionshaus läuft?“, fragte sie ihn übergangslos und stieß ihn mit ihrem Zeigefinger ein paar Mal leicht gegen die Brust.

Schweigend schüttelte Al den Kopf.

Mit einem theatralischen Seufzer stöhnte Iris: „Du hast ja wirklich überhaupt kein Ahnung!“ Und ließ ihre grobe Erklärung folgen: Das Auktionshaus. Dabei handelte es sich um den Marktplatz der Abenteurer. In Vana’ diel, wo Tag und Nacht Krieg mit den Tiermenschen herrschte, wurden die Abenteurer, die an vorderster Front kämpften, auf verschiedene Weise begünstigt. Dazu gehörte die Trainingsanstalt, an der Schwertkampf unterrichtet wurde, oder auch dieses Auktionshaus.

„Aber das Auktionshaus hat ein bestimmtes Versteigerungssystem. Manchmal steigt der Preis ziemlich hoch."

Wenn Al sich recht erinnerte, war auch dieses Schwert unheimlich teuer gewesen.

„Außerdem werden dort Vermittlungsgebühren berechnet. Deshalb machen viele Abenteurer lieber private Geschäfte. Bei solchen privaten Angeboten sind auch die Preise nicht so hoch. Wenn man auf diesem Weg seine Waren nicht verkaufen kann, muss man sie letzten Endes aber doch im Auktionshaus anbieten."

Wegen der Abenteurer, die privat miteinander handelten, war schließlich in jeder Stadt irgendwo ein solcher Marktplatz entstanden. In Bastok befand er sich auf der Allee, die von dem Platz vor dem Brunnen abging.

„Zunächst schaust du im Auktionshaus vorbei und merkst dir den Marktpreis. Dann suchst du nach Läden oder Ständen, die diese Ware günstiger anbieten. So macht man das! Wenn du auf dem Markt nichts findest, musst du zum Auktionshaus zurück, oder …", sie deutete mit ihrem Finger auf eine Straßenecke. Dort hing ein Ladenschild, auf dem ein ‚Schild' abgebildet war.

„… du kaufst in einem richtigen Laden ein."

Al war beeindruckt. Wenn Iris ihr Wissen vor ihm ausbreitete, wirkte sie sehr reif und erfahren. Er vergaß dann fast, dass sie jünger war als er. „Weißt du das auch alles von Herrn Max?", fragte Al ein bisschen spöttisch.

„Ja, so ist es.“ Die Antwort von Iris kam unerwartet leise.

Verlegen schaute Al ihr rasch ins Gesicht.

Iris ließ ihren Blick in die Ferne schweifen. Mit einem Seufzen fuhr sie fort: „Na ja. Meine Kenntnisse sind schließlich alles nur Nacherzählungen von Onkel Max …“

An einer Ecke hatte ein fahrender Sänger angefangen, Harfe zu spielen. Die traurige Melodie passte jedoch nicht so recht zu dem festlichen Hochbetrieb, der auf der Straße herrschte. Einige Passanten hielten an und lauschten.

„Entschuldigung, dass ich dich ‚unerfahrenes Küken‘ genannt habe“, Iris hielt an und senkte plötzlich den Kopf.

Al war verlegen. „Schon okay …“

„Ich wollte mich schon lange bei dir entschuldigen. Auch ich habe noch nie ein richtiges Abenteuer erlebt.“

Überrascht erkundigte sich Al: „Aber du hattest doch das Training der weißen Magie oder?“

„Ja, schon. Allerdings in der Kirche. Aber der Weg mit Onkel Max von San’doria bis hierher war meine erste Reise.“ Aufgrund ihres Auftretens wäre man nie auf die Idee gekommen, dass sie in Wirklichkeit noch eine Anfängerin war. Als Al ihr das sagte, erzählte ihm Iris nach und nach ihre Geschichte. Iris hatte keine Eltern mehr. Mit vier Jahren hatte sie Vater und Mutter verloren. Als Kind war sie der Obhut der Kirche übergeben worden. Mit zwölf kehrte sie in das Haus zurück, in dem sie mit ihren Eltern gelebt hatte. In diesem Haus, wo nur ein paar Diener geblieben waren, um es zu verwalten, wohnte sie noch drei Jahre. Sie führte zwar ein unbeschwertes Leben, aber Vertrauen fasste sie nur zu Max, der ein guter Freund ihrer Eltern und für sie wie ein Ersatz-Vater gewesen war. Al verstand jetzt, warum Iris Max so vertraute.

„Onkel Max ist immer vorbeigekommen, wenn er nach San'doria kam. Er erzählte mir jedes Mal von seinen Abenteuern." Aber wenn er wieder weiter musste, verließ er San'doria. Und so beschloss Iris, eine Abenteuerin zu werden, um ihn begleiten zu können.

Al hörte Iris' Geschichte schweigend an.

„Entschuldigung, noch mal", sagte sie.

„Macht wirklich nichts." Das war auch die Wahrheit. „Schließlich ist es eine Tatsache, dass du mir das Leben gerettet hast. Du siehst viel mehr wie ein echter Abenteurer aus als ich es tue."

Als Al das etwas scherzhaft sagte, lächelte Iris ganz sanft. Danach schwiegen sie beide.

Sie gingen nur langsam die Straße entlang. Die Musik des fahrenden Sängers hörte irgendwann auf, ohne dass sie es bemerkten.

+ + +

Eine Woche war im Nu vergangen. *Ein Schaf ist jetzt kein Gegner mehr für mich*, dachte Al. Jetzt könnte er es sogar mit einem Goblin aufnehmen.

Wenn er nicht gerade trainierte, arbeitete er für die Stadtbewohner als Laufbursche.

Die Abenteurer waren eine Art Dienstleister für alles Mögliche, das heißt, sie nahmen Aufträge von Stadtbewohnern an, wenn diese sie darum baten. Das diente den Abenteurern als kleine Erwerbsquelle.

Als Al jedoch eines Tages beauftragt wurde, bergeweise wilde Zwiebeln zu sammeln, wollte er fast protestieren, dass er kein Gemüsehändler wäre.

Sie würden für eine spezielle Küche gebraucht, hieß es, aber es war doch ziemlich rätselhaft, was wohl im Kopf der reichen Hausfrau vorging.

Al erledigte seinen Auftrag schließlich doch, ohne zu murren.

Max hatte er nicht mehr gesehen.

Da Iris sich nicht dazu äußerte, ging er davon aus, dass seine Angelegenheiten noch nicht erledigt waren.

Als er und Iris sich schon besser aufeinander eingestellt hatten, passierte etwas, das im Nachhinein für Als Leben als Abenteurer von entscheidender Bedeutung war.

Es begann mit einem unbedeutenden Auftrag von einem Torwächter, dessen Bekanntschaft Al gemacht hatte.

# 3

Al und Iris befanden sich unter der Erde. Sie waren in einem Minengang des Bergwerks Zeruhn unterwegs, das im Bergwerksbezirk von Bastok lag. Hier und da waren Stützpfeiler errichtet, um die Decke zu verstärken und zu verhindern, dass sie einstürzte. Als Lichtquelle dienten lediglich Handlaternen, die an diesen Stützpfeilern befestigt waren.

Allerdings war die Entfernung zwischen den Handlaternen so groß, dass dazwischen völlige Dunkelheit herrschte. Draußen schien jetzt noch die helle Sommersonne, doch im Minengang war es dunkel und kühl.

„Ist das der richtige Weg?“, Iris blickte Al an, als ob sie in seinem Gesicht lesen wollte.

„Ich glaube schon. Der Mann, den wir vorhin gefragt haben, meinte, dass es am Ende dieses Weges wäre.“

„Na, ja, aber …“ Ursprünglich war der Weg nur für den Transport des ausgegrabenen Erzes vorgesehen. Sie befanden sich zwischen den Erzadern. Lediglich die Schatten, die sich vor ihren Füßen ausdehnten, waren ihre Begleiter. In der Ferne erklangen die regelmäßigen Töne, die von den Schlägen der Spitzhaken kamen. Ansonsten waren nur die Schritte der beiden zu hören.

Iris' Unruhe war nicht ganz unverständlich. Außerdem erinnerte sich Al daran, dass es noch einen Grund gab, weswegen Iris nervös war. Die Bergmänner waren zum größten Teil Galkas, und alle Galkas, die sie getroffen hatten, benahmen sich ihnen gegenüber ziemlich reserviert. Vielleicht war das gar nicht persönlich gemeint, sondern bezog sich auf die Hume allgemein, dachte Al. Aber Iris machte das ziemlich fertig. Zumal sie ihrem „Onkel Max", dem Galka-Ritter, so sehr vertraute. Al konnte nachvollziehen, wie bedrückt Iris sich fühlte.

Nach einigen weiteren Schritten wurden die Geräusche der Spitzhaken lauter. Sie nahmen an, dass am Ende des Weges wohl gerade gearbeitet wurde. Zumindest musste sich dort jemand aufhalten. Al atmete erleichtert aus – im selben Moment wurden sie ohne Vorwarnung angebrüllt.

„He! Ihr beiden! Was macht ihr denn hier?"

Erschrocken stoppten Al und Iris.

Der Stimme nach zu urteilen, war es eine Frau, die ihnen auf dem Weg entgegenkam. Sie trug einen leichten Panzer. Offensichtlich war sie kein Bergman. „Kinder gehören nicht hierher!" Mit schnellen Schritten näherte sie sich Al und Iris.

„Entschuldigt! Seid Ihr Frau Makarim, die Kontrolleurin? Wir haben einen Auftrag von Herrn Lassid."

Aus dem Gesicht der Frau verschwand der Ärger und machte einem Ausdruck der Überraschung Platz.

„Ja, ich bin tatsächlich die Kontrolleurin Frau Makarim. Und ihr? Seid ihr Abenteurer?"

Iris und Al nickten. Das hätte sie ja schon an ihren Rüstungen erkennen können. Obwohl sie natürlich recht hatte, dass sie dafür noch etwas jung waren.

„Wir wurden von Herrn Lassid beauftragt. Wir sollen für ihn den regelmäßigen Bericht abholen."

An jenem Abend waren Al und Iris, die wie immer vom Ödland zurückkamen, von einem Wächter gerufen worden, als sie gerade das Tor durchquerten. Es war der Wächter Lassid, der ihnen in den letzten Tagen ziemlich vertraut geworden war. Da sie jeden Tag durch das Tor schritten, war es nicht verwunderlich, dass er sich ihre Gesichter gemerkt hatte. Lassid, der die beiden rief, hatte ein ganz blasses Gesicht. Als hätte er Durchfall. Er wirkte sehr mitgenommen, und da es nicht besonders weit war, hatten sie noch einen Abstecher bis hierher unternommen.

„Schon wieder? Er ist unverbesserlich!", Frau Makarim lächelte etwas säuerlich. Mit den Worten: „Also, bitte, hier ist es!", hielt sie Al ein rundes Rohr hin. Ein sorgfältig versiegeltes Bambusrohr. Die Unterlagen schienen darin eingerollt zu sein.

„Aber seid Ihr sicher, dass wir das überbringen dürfen? Darin befinden sich doch sehr wichtige Papiere, oder?" Al wunderte sich, dass man ihm so viel Vertrauen schenkte, nur weil er ein Abenteurer war.

Das hier war schon etwas anderes, als von einem gewöhnlichen Stadtbewohner mit irgendwelchem Kleinkram beauftragt zu werden. Denn das Bergwerk wurde vom Präsidium verwaltet. Deshalb handelte es sich hier um ein offizielles Papier der Regierung von Bastok.

„Euch wurde doch das *Signet* gewährt, oder?“

*Das was?*

„Selbstverständlich!“, antwortete Iris munter. Sie war bereits wieder die Iris, die Al kannte.

„Nun, dann ist alles in Ordnung.“

Al fragte die beiden, die einander anlächelten: „Was ist das denn?“

Ein Schweigen breitete sich aus.

Frau Makarim und Iris blickten Al mit sichtlicher Geringschätzung an.

„Na, das ist ja wohl unglaublich! Hey, du … wo hast du dich bisher eigentlich rumgetrieben?“

Auf einmal wurde Iris’ Ton rauer. Sie hatte wieder auf das abschätzige *hey, du* umgeschaltet.

„Sieh es dir genau an, hier!“ Iris steckte ihre Hand in den Ausschnitt und zog eine kleine Halskette hervor. Sie bestand aus einem kleinen eingefassten Edelstein, der auf eine silberne Kette gezogen war. Der Stein besaß eine schöne milchweiße Farbe und glänzte in dem dunklen Minengang mit schwachem Schimmer.

„Das ist das Signet. Jeder Abenteurer hat sein eigenes. Du weißt ja, dass die Abenteurer in der Stadt bevorzugt behandelt werden, stimmt’s?“, betonte Iris langsam und deutlich.

„Es wäre doch nicht in Ordnung, wenn immer mehr und mehr Abenteurer gar keine echten Abenteuer mehr bestehen würden, stimmt's? Schließlich bekommen sie sogar die Unterkünfte umsonst. Deshalb wird jedem Abenteurer ein solches Signet ausgestellt, damit sie ordentliche Abenteuer bestehen. Der Stein ist aus einem besonders bearbeiteten Kristall, und jeder bekommt ein Stück." Dieser Edelstein wurde bei der ersten Registrierung an alle Abenteurer ausgehändigt, und er merkte sich das Wesen desjenigen, der ihn zuerst in die Hand nahm. Iris gab Al ihre Halskette.

Kaum nahm Al sie in die Hand, verschwand der weiße Schimmer. Der Stein färbte sich trüb und schwarz, ganz so, als wäre er tot.

Als Iris ihn zurücknahm, fing er wieder an zu glänzen. „Bei deiner Registrierung bekommst du zunächst zwei Stück davon. Einen übernimmt später allerdings der Staat und verwaltet ihn." Auf diese Weise wurde das Verhalten und der Aufenthaltsort der Abenteurer, die das Signet besaßen, ständig überwacht. So konnte man nichts Schlimmes anrichten. Es war zwar etwas fragwürdig, sein eigenes Verhalten ständig überwachen zu lassen, aber wenn man nur die angenehmen Seiten des Abenteurerlebens genießen würde, würde sich wohl bald jeder als Abenteurer bezeichnen.

„Aber was ist dann mit den Abenteuern, die ich bisher erlebt habe?"

Al hatte geglaubt, dass er irgendwann ganz automatisch als Abenteurer anerkannt würde, wenn er nur das Schwert führte …

„So einen wie dich könnte man als ‚herumstreunenden Abenteurer' bezeichnen."

Das war wirklich zu viel. Al wollte fast heulen.

„Na, da kann man nichts machen, wenn du davon nichts wusstest. Dann ist das ja jetzt eine gute Gelegenheit. Bitte bring diese Unterlagen zum Präsidium!", bat Frau Makarim und klopfte Al leicht auf die Schulter. „Wenn du dort bist, wird das Signet gleich ausgestellt. Außerdem ist Lassid keiner, der jeden leichtfertig mit solchen Sachen beauftragt. Auch wenn sie dabei war, heißt das, dass du bereits sein Vertrauen gewonnen hast. Also, selbst wenn du noch kein ‚Signet' besitzt, scheinst du ein viel versprechender Mann zu sein. Mach weiter so!"

So versuchte Frau Makarim, Al zu trösten, aber er fühlte sich dennoch betrübt.

*Wenn ich das hier abgeliefert habe, werde ich sofort das Signet beantragen. Egal, was passiert, ich muss es noch heute bekommen!* Er ballte seine Faust. Aber letzten Endes schaffte es Al an diesem Tag dann doch nicht mehr, das Signet noch zu ergattern, denn die beiden verliefen sich im Bergwerk.

*Je weiter wir laufen, desto mehr verirren wir uns*, verzweifelte Al. *Wir mussten doch bloß denselben Weg zu-*

*rücklaufen. Wo haben wir nur eine falsche Abzweigung genommen?*

Da ihnen niemand entgegenkam, konnten sie auch nicht nach dem Weg fragen.

Langsam verlor er sogar sein Zeitgefühl. *Nach dieser Ecke vielleicht, wenn wir dort um die Kurve gehen, dann gelangen wir an eine Stelle, die wir kennen.* Mit dieser Hoffnung bogen sie um die Ecke, aber …

„Warum haben wir uns bloß vorhin keinen Plan besorgt …“ Iris’ Stimme klang kraftlos. Langsam wurden die beiden müde, und ihre Füße wurden schwer.

Heute hatten sie ja bereits ein Abenteuer hinter sich und kamen gerade vom Ödland zurück. Dies hier war eine zusätzliche Anstrengung. Sie bogen um eine neue Ecke. Aber der Weg kam ihnen immer noch nicht bekannt vor. Als sie schon fast aufgeben wollten, hörten sie einen Schrei von irgendwo auf dem Weg.

„Iris!“

„Ja, ich habe es auch gehört!“

Die beiden liefen zu der Stelle, woher der Schrei kam. Es war Sitte bei den Abenteurern, wenn jemand um Hilfe rief, sofort hinzurennen und nachzusehen, was los war.

*Tugend findet ihren Lohn in sich selbst. Tust du es nicht, könnte es sein, dass auch dir keiner zu Hilfe eilt, wenn du in Not bist.* Allerdings war Al nicht erst losgestürmt, nachdem er sich solche Gedanken gemacht hatte. Er handelte einfach seinem Charakter gemäß.

Wieder bogen sie um eine Ecke, dort befand sich eine Sackgasse, die einen Raum bildete. Ein Raum, der aussah wie eine auf den Kopf gestellte Schale. Am Eingang dieses Raums lag ein Mann mit ausgestreckten Armen auf dem Bauch, wahrscheinlich ein Bergmann. Neben ihm lag seine Spitzhacke.

„Hey, ist alles in Ordnung?", sprach Al ihn an.

Der Mann hob sein Gesicht. „Verdammt, mein Bein!"

Al warf einen schnellen Blick auf das Bein des Mannes. Es gab hier nur eine Handlaterne, die von der Decke herunterhing. In ihrem schwachen Licht konnte man nur etwas erkennen, wenn man die Augen sehr anstrengte. Das Bein des Mannes war von einem durchsichtigen, wabbeligen Schleim bedeckt.

Es sah aus wie Gelee, das den rechten Knöchel umgab. Als hätte er einen durchsichtigen Stiefel an. Aber das Gelee dehnte sich von den Zehen aus. Ein schmaler Streifen erreichte eine Wasserpfütze, die sich etwa in der Mitte des Raums befand. Es hatte den Anschein, als ob der Mann den Fuß in eine gallertartige Masse getaucht hätte, die danach herunter gelaufen war. Eine Wasserpfütze?

Ein verkrampftes Stöhnen brach aus Iris' Kehle, die hinter Al stand.

Al drehte sich um und merkte, dass sie am ganzen Körper zitterte.

Mit der Hand strich sie sich nervös über ihren Arm und

flüsterte: „Ich kann diese Dinger einfach nicht leiden! Ich fürchte sie wie die Pest, die Wesen ohne Beine!“ Sie machte wirklich eine erbarmungswürdige Miene.

Al erinnerte sich, dass sie auch immer ein solches Gesicht gezogen hatte, wenn er in Gustaberg Würmer erlegt hatte. „Das ist ein Wesen, meinst du?“ Als Al seinen Blick wieder auf den Mann richtete, registrierte er, dass sich das Gallert von seinem Bein gerade ablöste. Es bewegte sich!

„Al!“

Auf Iris’ Warnung reagierte er gerade noch rechtzeitig. Das Gallert, das sich vom Bein des Mannes löste, bog sich wie eine Peitsche, schnellte in die Luft und griff Al an! Das schleimige Zeug peitschte auf den Schild, den Al gerade noch vor sich halten konnte. Ein Teil des gallertartigen Körpers platzte, und die darin enthaltene Flüssigkeit spritzte auf Al. Der Schmerz lief über seine Haut. Ein Teil seiner Kleidung war geschmolzen. Die Säure! Erschrocken trat er mehrmals auf der Stelle. Seine Schuhe konnten keinen festen Halt finden, da der Boden rutschig war.

„Es ist eine Riesenamöbe!“, schrie Iris den Namen des Monsters, das der Gattung der Slaim angehörte. Dabei handelte es sich um gallertartige Wesen, die ihre Beute schmolzen und so in ihren Körper aufnahmen. Die kleineren wurden „Fiese Fresser“ genannt, die größeren „Riesenamöbe“.

Bei Iris' Worten landete Al auf dem Hosenboden. *Mist!* Die Wasserpfütze blähte sich auf wie ein kleiner Berg. Kaum hatte Al erkannt, dass einige Stellen an der Oberfläche beulenartig aufschwollen, bliesen sie sich schon weiter auf, wurden lang und schmal, formten sich zu Tentakeln und griffen Al an! Er rollte sich herum. Aber er konnte nicht entkommen. Von unten wurde er an der Hüfte gepackt. Sein Lederpanzer konnte ihn zwar schützen, aber die Kraft der Tentakel, die seinen Körper zusammenpressten, war extrem stark. An der Stelle, wo die Panzerteile sich überlappten, ertönte ein Geräusch. Dann hörte er, dass etwas zerbrach. Für einen Moment gefror ihm das Blut in den Adern: Er dachte, es wären seine Knochen.

„Hey, lass los!" Al wurde auf den Bauch geschlagen.

Mit rotem Gesicht und zu Berge stehenden Haaren peitschte Iris mit ihrem Stock auf Als Bauch ein.

„Schlag … bitte … ein bisschen … ge – nauer …!" Da Al kaum atmen konnte, klang seine Stimme abgehackt. Er begriff, dass Iris versuchte, die Tentakel zu treffen. Offensichtlich sorgte sie sich um ihn.

Ihre Augen sprühten vor Zorn. „Du … verdammtes … Biest!" Mit ihrem Stock drosch sie herum, als ob sie ihren Todfeind vor sich hätte.

Die Riesenamöbe löste ihre Tentakel. Sicher hatte sie Angst vor ihr.

Auch Al hatte Angst. Er verstand jetzt, was Max mit

seiner Bemerkung „manchmal ist sie etwas unbedacht“ gemeint hatte. Allerdings sollte er später noch erfahren, dass „manchmal“ deutlich untertrieben war ... Al sprang auf und ergriff sein Schwert.

Die Tentakel der Riesenamöbe, die eben noch hervorstanden, zogen sich wie eine Feder in den Körper zurück.

„Zurück, Iris!“

Er durfte die Magierin nicht vor sich stehen lassen, also tauschte er mit Iris den Platz und trat an den Körper der Riesenamöbe heran. Er schlug sein Schwert nach unten und zog es gleich wieder hoch. Die Spitze des Schwerts zeichnete ein klares V. Das war die „Schnelle Klinge“, eine Technik für Anfänger, die er gerade erlernt hatte. Der schleimige Körper zerriss und platzte auf. Die Säure spritzte nach allen Seiten.

„Al?!“

„Nichts passiert, es hat mich nicht erwischt.“ Al richtete seinen Blick weiter auf die Riesenamöbe, die bewegte sich jedoch nicht mehr. Sie ergoss sich über den Boden, und dann war sie von einer normalen Wasserpfütze nicht mehr zu unterscheiden. Al wartete noch eine Weile, aber sie rührte sich nicht.

Der Bergmann, der von der Riesenamöbe überfallen worden war, schien nicht verletzt zu sein. Al und Iris waren wohl rechtzeitig gekommen, gleich nachdem er weggelaufen und dann doch erwischt worden war. Weil solche Vorfälle nicht selten waren, kamen die Abenteurer hin und wieder in die Minengänge und machten Jagd auf Monster. Von dem Bergmann, der sich bei ihnen bedankte, erfuhren Al und Iris den Rückweg, und so konnten sie endlich zum Ausgang laufen. Als sie den bekannten Weg gefunden hatten, fühlten sie sich sehr erleichtert.

„Ich war in Panik … ich dachte, du stirbst."

„Ging mir genauso." Als er von den Tentakeln so zusammengeschnürt wurde, hatte Al sein Ende nahen gesehen. Denn er war sicher, dass ihm gleich sämtliche Knochen gebrochen würden.

„Ich hörte da so ein hässliches Geräusch …"

Auch Iris schien dieses unangenehme Geräusch, wahrgenommen zu haben. Deshalb hatte sie solche panische Angst gehabt. Al dachte, er hätte es sich nur eingebildet, aber offensichtlich stimmte das nicht. *Habe ich etwas dabei, was brechen könnte*?, überlegte er. Vielleicht … Sein Gesicht wurde auf einmal blass.

„Das hier!" Das Bambusrohr, das er unter seinem Panzer hervorzog, war genau in der Mitte durchgebrochen. Die Unterlagen im Rohr bogen sich und waren beschädigt.

Al und Iris schauten sich an. „Was machen wir jetzt?" Das schien ein viel größeres Problem zu sein, als sich im Bergwerk zu verlaufen.

\+ + +

Die Metallwerke. Sie waren das Herz von Bastok. Es befand sich im Zentrum des Handelsbezirks.

Das Gebäude glich einem riesigen Schiff – ein riesiges Schiff, dessen Bug sich nach Osten und dessen Heck sich nach Westen richtete. Dieser Eindruck wurde noch verstärkt durch den Schwarze-Asche-Fluss, der direkt daran vorbeifloss. Übrigens, der Schwarze-Asche-Fluss war eigentlich der Fluss Darba. Er wurde nur so genannt, da das Wasser an dieser Stelle wegen des Rußes aus dem Bergwerk ganz schwarz war. Vom Bug bis zum Heck waren die Metallwerke so lang wie der ganze Handelsbezirk. Man kann sich also vorstellen, wie riesig sie waren. Deshalb glaubten alle Besucher, die zum ersten Mal nach Bastok kamen, die Nord- und Südseite der Stadt würden durch die Metallwerke voneinander getrennt. In Wahrheit war die Seitenwand des Schiffes genau in der Mitte durchbrochen; dort gab es den Nord-Süd-Korridor. Der Eingang des Schiffs – nein, der Metallwerke – befand sich ebenfalls dort.

Wie ein echtes Herz, das Tag und Nacht pausenlos schlägt, kannten auch die Metallwerke keine Pause. Die Stadtbewohner waren bereits daran gewöhnt, und deshalb machte es ihnen nichts mehr aus, aber man brauchte sich nur zu nähern, schon ertönten die Geräusche der Maschinen, die in Betrieb waren, Tag und Nacht, ohne Pause. Aus dem Erz, nach dem im Bergwerk gegraben wurde, stellte man hier tagtäglich etwas Neues her –

und zwar alles Mögliche: von der Waffe bis zur Verteidigungsausrüstung, landwirtschaftliche Geräte wie Spaten oder Hacken, alle denkbaren Werkzeuge, Fahrzeuge wie Schiffe oder Kutschen und selbst das Flugschiff! Bastoks Ruf als Reich der Technik verdankte es der Produktion in diesen Metallwerken.

Beim Betrachten der Metallwerke seufzte Al schwermütig. Der Vorhang der Nacht fiel herab, und der Himmel färbte sich bereits schwarz. Da das Licht, das durch die Fenster der Metallwerke schien, so hell war, konnte man die Sterne nicht erkennen. Der stockdunkle Himmel im Hintergrund wurde durch eine Reihe von Fenstern erhellt, die den Bullaugen eines Schiffes glichen, das auf dem nächtlichen Meer schwebte. Seitdem Al hierher gekommen war, hatte er schon einige Male das Flugschiff erblickt, wenn es nachts abflog oder landete, und es sah genau so aus.

„Wollen wir reingehen? Es bringt ja nichts, hier herumzustehen“, drängte er Iris, die neben ihm zu den Metallwerken aufguckte.

„Äh. Ja, ja … Lass uns reingehen!“

Al merkte, dass sie ziemlich schwach war. Sie schaute etwas blass aus.

„Was ist denn los mit dir?“

„Nichts. Alles ist in Ordnung. Ich glaube, ich bin nur müde … Ich habe leichte Kopfschmerzen.“

Al war zwar besorgt, aber er konnte nicht mehr nachfragen. Denn Iris war schon schnell vorausgegangen. Al riss sich zusammen und folgte ihr auf dem Fuß.

Als sie das Gebäude betraten, an dessen Eingang eine Wache stand, dröhnten die Motorengeräusche der Maschinen noch lauter. Sie gingen durch die Halle, die sich gleich an den Eingang anschloss, dann kamen sie in einen großen Saal.

„Wie hoch er ist!" Die Decke war wirklich hoch. Während Al emporblickte, verrenkte er sich fast den Nacken. Staunend standen ihre Münder offen. Man konnte kaum glauben, dass dieses Gebäude aus Steinen und Backsteinen errichtet worden war. In Als Heimatdorf war der Glockenturm der Kirche das höchste Gebäude, aber dieses hier war noch viel höher. Noch überraschender wirkte, dass es trotz dieser Höhe keine Säulen gab, die die Decke stützten. Von jenseits der Tür, die sich ihnen gegenüber befand, hörte man pausenlos die Geräusche von gegeneinander stoßenden Metallteilen. Es war sehr laut. Dort schien das Herz des Labors zu sein. Viele Menschen liefen hastig hinein und heraus. Auch vom oberen Stockwerk erklangen Geräusche. Al blickte sich um und ihm fiel auf, dass in dem großen Saal links und rechts zwei Türme errichtet worden waren. Dass es innerhalb eines Gebäudes solche Türme gab, war für Al höchst verwunderlich. Er bemerkte eine dicke Kette, die sich vor seinen Augen klappernd bewegte. Genauer betrachtet lief sie über eine Rolle, die sich an der Spitze eines Turmes befand. Die Vorrichtung glich einer Seilwinde. Allerdings war die Kette um ein Vielfaches dicker als ein Seil – und außerdem natürlich aus Metall.

Was an dieser Metallkette befestigt war, war kein Schöpfeimer, sondern ein großes, flaches Brett. Wenn die Rolle sich drehte, wurde die Kette aufgerollt, und das Brett fuhr neben dem Turm nach oben. Der gleiche Mechanismus, mit dem man einen Schöpfeimer im Brunnen hochzieht. Ein lautes Geräusch ertönte von oben, und das Brett stieß gegen einen Mauervorsprung, der wie ein Balkon aussah.

„Das ist ja ein Aufzug!“, rief Iris laut.

Jetzt sah Al es auch. Stellte man sich auf das Brett, konnte man in das obere Stockwerk fahren, wo der Balkon lag. Die Aufzüge, die sich links und rechts befanden, schienen abwechselnd nach oben und unten zu düsen. Al und Iris schauten für eine Weile zu und stellten fest, dass die Laborarbeiter ohne Zögern leichtfüßig auf das Brett traten und in den zweiten Stock fuhren.

„Das Präsidium ist ganz oben im Gebäude, oder?“ Al war von der Kontrolleurin Frau Makarim beauftragt worden, die Unterlagen den Beamten des Präsidiums zu überreichen. Al hatte auch erfahren, dass sich das Präsidium im obersten Stockwerk der Metallwerke befand. Obwohl er es wusste, musste er Iris noch mal danach fragen.

Iris nickte mit etwas blassem Gesicht.

Das hieß, sie mussten mit diesem Ding fahren. Mit dem da! Es war bloß ein Brett. Es gab keine Absperrung. Trat man daneben, stürzte man in die Tiefe. Ohne Zweifel war es praktisch, aber was für eine überaus gefährliche Vorrichtung!

Al hätte zu gerne gewusst, wer sich so etwas ausgedacht hatte. Nachdem die beiden ein paar Mal das auf- und abfahrende Brett unbenutzt ließen, rissen sie sich zusammen und stiegen auf. Im Augenblick, als das Brett mit einem Ruck anfuhr, stieß Al einen kleinen Schrei aus, ohne dass er es wollte. Al unterdrückte den Wunsch, sich hinzuhocken. Es standen viele Leute um sie herum.

„Gab es so etwas auch in San'doria?"

„Nein! Für mich ist das auch das erste Mal, dass ich mit so etwas fahre!", gestand Iris in kläglichem Ton.

Mit einem nochmaligen Ruck stieß das Brett gegen den Balkon. Hastig stiegen die beiden aus. Von da an kletterten sie noch eine Treppe hoch, dann blickten sie plötzlich in die Landschaft. Sie waren gewissermaßen auf dem Deck des Schiffes angekommen. Sie befanden sich auf dem Dach der Metallwerke. Al konnte es kaum glauben, weil alles so groß war, als er sich umschaute. Selbst auf dem Dach standen noch ein paar weitere kleine Gebäude.

Das Präsidium und die Konsulate anderer Staaten. Da es schon spät war, gab es kaum Menschen, die sich um die Zeit noch auf dem Dach aufhielten. Es schien, dass hier oben nur Behörden untergebracht waren. Zu dieser Stunde hatten sie kaum Besucher.

Als Al sein Gesicht hob, entdeckte er die Sterne am Himmel. Das Präsidium und die anderen Behörden hatten die Beleuchtungen gedämpft. Von hier aus befanden sich alle Lichter, die durch die Fenster der Metallwerke leuchteten, weit unter ihren Füßen, sodass man die Sterne sehen konnte.

Zufällig stand jemand neben ihnen, der ebenfalls in den nächtlichen Himmel blickte und die Sterne betrachtete. Ihn fragten Al und Iris, welches Gebäude das Präsidium wäre. Es gab etwa fünf Gebäude, und sie wussten nicht, welches es war. Sie erfuhren, dass es das größte Gebäude war, gleich da vorne. Sie liefen darauf zu. Wie es ihnen Frau Makarim empfohlen hatte, fragten sie die Wache, ob Naji, ein Soldat der *Garde Mislir,* zu sprechen wäre. Da erfuhren sie, dass die Wache, die gerade Dienst tat und vor ihnen stand, selbst Naji war. Naji war ein junger Soldat, vielleicht ein bisschen älter als 20 Jahre. Er wirkte um drei, vier Jahre älter als Al. Er hatte einen sehr durchtrainierten Körper, sodass Al überzeugt war, er würde in der Elitetruppe dienen. Die „Garde Mislir“ war der Name der aus Gewehrsoldaten bestehenden Elitetruppe der Republik Bastok, die direkt dem Präsidium unterstand.

„Verstanden. Ihr habt also den Bericht von den Zeruhn-Minen mitgebracht. Ich nehme ihn entgegen", erklärte er wichtigtuerisch und streckte Al seine Hand hin. „Na, wird's bald!"

Auf diese Aufforderung zog Al widerwillig das Bambusrohr hervor.

Naji nahm es mit gerunzelter Stirn entgegen.

Kein Wunder! Das Rohr war mittendurch gebrochen, und der Bericht war auch beschädigt. Al hatte gewusst, dass ihn der Inhalt nichts anging, aber er hatte nicht anders gekonnt, als das Pergament zu überprüfen.

„Ich bin nicht gerade begeistert, dass du dir die versiegelten Unterlagen angesehen hast!", schimpfte Naji ungnädig.

Da Al mit dem Vorwurf gerechnet hatte, ertrug er ihn schweigend. Seine Großmutter hatte ihm beigebracht, dass man sich in solchen Fällen nicht herausreden durfte.

„Hey, frag doch erst mal nach dem Grund!", rief Iris an Als Stelle. Es war ja nicht ihre Schuld, dass das Rohr zerbrochen war.

Al merkte, dass sie sich für ihn ärgerte, und das freute ihn, trotz der unangenehmen Situation.

„Grund? Zuerst will ich wissen, warum es so lange gedauert hat, den Bericht der Kontrolleurin abzuliefern?"

Die beiden wussten nicht, was sie darauf sagen sollten. Al fragte sich, was passieren würde, wenn er ehrlich zugab, dass sie sich verlaufen hatten.

Aber das wusste Naji schon. „Von der Kontrolleurin,

Frau Makarim, kam bereits ein Bericht: Sie hätte die Unterlagen zwei Abenteurern, einem Jungen und einem Mädchen, ausgehändigt. Ich war überrascht, als sie mir mitteilte, dass sie bereits angekommen sein müssten."

Er schien nicht erfahren zu haben, dass die beiden danach auch noch eine Riesenamöbe erledigt hatten.

„Deshalb hör uns doch erst mal zu! Du Sturkopf!", schimpfte Iris.

„Was?!"

*Gar nicht gut*, dachte Al. Es machte alles nur unnötig kompliziert, sich mit einem Gewehrsoldaten zu streiten. Als Al gerade zwischen den beiden vermitteln wollte, öffnete sich die Tür des Gebäudes vor ihnen. Drinnen sah Al Schatten, die mit lauter Stimme sprachen, obwohl es spät nachts war. Aus dem Präsidium kamen zwei Männer heraus.

„Hörst du mir zu, Lusius? Die Lage ist bereits ziemlich kritisch!" Der eine herrschte den anderen an, der einen Schritt vor ihm ging. Sein Aussehen wollte nicht so recht ins Gesamtbild des Präsidiums passen. Zwar war es Sommer, aber er trug nur ein ärmelloses Hemd und eine ölverschmierten Schürze. Ein Hüne. Sein Alter mochte um die 40 sein. Ein Typ mit einem Kinnbart. Er wirkte eher wie ein Arbeiter aus dem Labor.

Der Mann, der ihm seinen Rücken zuwandte, meinte mit zusammengezogenen Augenbrauen und nachdenklichem Gesicht: „Natürlich höre ich dir zu. Deshalb entsenden wir schließlich die Truppe." Er war ein junger Mann, Mitte 20. Er trug ein indigoblaues, bis zum Hals ordentlich zugeknöpftes Oberteil. Ein junger Mann mit sehr förmlicher Erscheinung.

Die zwei bemerkten Al und Iris, die am Eingang standen.

„Was ist los, Naji?", fragte der Jüngere.

„Herr Adjutant Lusius! Die beiden haben den regelmäßigen Bericht von den Zeruhn-Minen gebracht, aber …"

„Lass mich mal sehen!"

„Bitte! Aber … hier! Er ist zerrissen. Sie haben ohne Erlaubnis das Siegel erbrochen und sich die Unterlagen angeschaut."

Trotz Najis erfundener Geschichte widersprach Iris nicht. Sie konnte nicht. Al konnte auch nicht. Hinter den beiden, die sich angeschrieen hatten, stand noch jemand. Sowohl Al als auch Iris starrten ihn mit offenem Mund an. Auch er guckte voller Überraschung zu ihnen herüber.

Es war niemand anderer, als der Galka-Ritter Max.

# KAPITEL · 2

# Shera

I

Iris und Max öffneten beinahe gleichzeitig den Mund.

„Wa…“

„… Was macht Ihr denn hier, Onkel?“

„… was machst du denn hier, Iris?“

Die beiden sprachen im selben Augenblick, dann schwiegen sie.

Al, der die Szenerie ebenfalls völlig verwundert betrachtete, wollte auch etwas sagen, aber dann verzichtete er lieber darauf. Es wurde nur noch komplizierter, wenn er sich einmischte.

„Nun, Max?“ Es war der junge Mann, der Lusius genannt wurde, der das Schweigen brach. Er wandte sich von Naji ab und näherte sich Iris. Den Bericht hielt er noch in der Hand.

„Willst du mich nicht diesem hübschen Mädchen vorstellen?“ Sein Gesicht, das beim Betrachten der Unterlagen noch angespannt gewesen war, lockerte sich auf, und er lächelte Max zu.

Iris ließ sich davon anstecken und lächelte ebenfalls.

Al fand das alles nicht so lustig.

„Es ist mir neu, dass Max eine so hübsche Bekannte hat“, meinte nun auch der Typ mit der Schürze. Die Arme verschränkt, starrte er Iris bewundernd an.

„Ah, ja. Ich habe euch doch bereits von ihr erzählt.

Das ist Iris“, stellte Max sie den beiden vor. Offensichtlich kannten sich die Männer bereits seit Langem.

„Ich verstehe. *Sie* ist also dieses Mädchen“, konstatierte Lusius nickend. „Sehr erfreut, Iris. Ich heiße Lusius. Ich bin der Adjutant des Präsidenten. Deinem Onkel habe ich viel zu verdanken.“

Der Adjutant des Präsidenten! Das bedeutete, dass er die zweitwichtigste Person in diesem Land war. Al hätte nicht erwartet, dass er so jung war. Auch nicht, dass er Max gut kannte. Al war verblüfft.

Auch Iris schaute überrascht aus. Sie wusste also offensichtlich auch nicht, welch hochrangige Verbindungen Max hatte.

„Ich arbeite nicht für euch!“, sagte Max zu Lusius. In seine Stimme mischte sich ein leicht bitterer Tonfall, den Al irgendwann schon einmal gehört hatte.

Lusius atmete tief durch. Es klang mehr wie ein Seufzen. „Ich weiß. Aber die Stimmung im Lande Bastok ist sehr heikel. Das spürst du doch auch, oder?“ Lusius' Miene spannte sich wieder an.

Max nickte schweigend.

„So wie es in diesem Bericht steht. He, du …!“ Lusius wendete sich Al zu: „Du hast ja bereits hineingeschaut, nicht wahr? Dann kennst du den Inhalt ja schon.“

Al nickte. Es war wohl völlig zwecklos zu leugnen. Ob er jetzt wohl mit einer saftigen Strafe rechnen musste? Es gab da einige Dinge, die ihm aufgefallen waren, als er im Minengang unterwegs gewesen war. Diejenigen, die die Spitzhaken schwangen, waren zum größten Teil Galkas, und die, die sie beaufsichtigten, waren Hume. Al hatte gehört, wie ein Galka leise vor sich hin murmelte: „Verdammt! Dauernd schnauzen die uns an!"

Auch im Bericht von Frau Makarim hatte es geheißen: *Die Verschlechterung der Arbeitsmoral bei den Galka-Arbeitern, die den größten Teil der Arbeiterschaft ausmachen, ist unübersehbar. Auch die trotzige Haltung dem Hume-Aufsichtspersonal gegenüber wird immer auffälliger.*

Der Staat Bastok verdankte seine Existenz der Erbauung des Bergwerks, und mit Hilfe der technologischen Entwicklungen war er zu großem Ruhm gelangt. Das hatte Al von seiner Großmutter gelernt: Bastok war ein Land, das Hume und Galkas Hand in Hand, wie die beiden Räder eines Wagens, zusammen aufgebaut hatten. Bastok lebte von der Kraft der Galkas und der Technik der Hume. Aber in Wirklichkeit schien das alles nicht ganz so einfach zu sein.

„Ausgerechnet jetzt macht sich die Rivalität zwischen Galkas und Hume bemerkbar. Obwohl wir überhaupt keine Zeit haben, uns damit zu beschäftigen ...", Lusius stierte ins Leere. „In Vana' diel liegt Unheil in der Luft. Denn die Tiermenschen werden wieder aktiver. Der Stamm Yagudo bedroht Windurst, und die Orks haben sogar schon ein Fort errichtet, das von San'doria nur noch einen Katzensprung entfernt ist. Die Bedrohung wächst täglich."

Lusius' Worten pflichtete der Typ mit der Schürze bei. „Und erst die Quadavs! Die sind noch gefährlicher!"

„In der Tat! Dazu kommen noch die Quadavs in Beadeaux! Wir können uns hier in Bastok keine internen Querelen erlauben. Absolut nicht!", rief Lusius und schlug sich mit dem Bericht in die offene Hand. „Max, du musst auf jeden Fall an diesem Feldzug teilnehmen. Wir benötigen unbedingt eine Persönlichkeit wie dich, um die Verbindung zwischen den Musketieren und den Abenteurern aufrecht zu erhalten."

„Dafür bin ich nicht der Richtige …"

„Ich lasse ein ‚Nein' nicht gelten. Jetzt dürfen wir den Animositäten zwischen Galkas und Hume keinen Raum lassen. Das gibt den Tiermenschen nur die Gelegenheit, uns anzugreifen. Der in ganz Bastok berühmte Galka-Abenteurer Max kämpft mit den Hume zusammen. Das ist *die* Chance, um die freundschaftliche Beziehung unserer beiden Stämme zu demonstrieren!", Lusius' Gesicht schimmerte vor Aufregung rot. Er wirkte zwar wie ein besonnener Mensch, aber er schien auch eine andere Seite zu haben.

„Aber ihr habt doch Eisenfresser", widersprach Max.

„Willst du vielleicht deinen Lieblingsschüler allein die ganze Last tragen lassen?", fragte Lusius mit plötzlich veränderter, tiefer Stimme.

Darauf wusste Max nichts zu entgegnen. „Ich habe mit den Musketieren nichts mehr zu tun“, sprach er schließlich mit gepresster Stimme. „Das ist … Vergangenheit.“

Das spärliche Licht, das durch die Fenster des Präsidiums fiel, beleuchtete schwach sein Gesicht. Wegen des langen, dichten Barthaares, das das ganze Gesicht bedeckte, war es schwer, den Gesichtsausdruck eines Galkas zu lesen. Dennoch hatte Al den Eindruck, dass ein Anflug von Kummer auf Max' Gesicht lag.

Währenddessen hatte Lusius, der die Gedanken von Max offenbar erraten hatte, wieder einen gelassenen Gesichtsausdruck angenommen.

Al hatte still zugehört, aber in der Unterhaltung der beiden ging es um Dinge, von denen er keine Ahnung hatte. Er verstand lediglich, dass Lusius und Max sich von früher kannten.

„Äh … Entschuldigung …, Onkel. Um was für einen *Feldzug* geht es denn?“ Iris' Worte brachten Al wieder in die Gegenwart zurück.

„Wir entsenden eine Truppe nach Beadeaux, meine Kleine. Wir wollen den Quadavs Feuer unterm Hintern machen.“

Darauf reagierte Naji: „Das heißt, das Parlament hat also zugestimmt?“

Lusius nickte.

„Bei diesem Feldzug übernehmen die Mythril-Musketiere die Führung. Das Parlament haben wir auch überzeugt. Natürlich soll Max als Offizier die Abenteurer anführen. Denn sein Name hat unter den Abenteurern in Bastok einen guten Klang."

Als Lusius das erzählte, widersprach Max nicht mehr. Stattdessen wandte er sich mit entschuldigender Stimme an Iris: „Tut mir leid! Es sieht ganz so aus, als ob ich noch für eine Weile nicht zurückkommen kann."

„Ich komme auch mit!"

Max blickte auf und lehnte hastig mit erschrockener Stimme ab: „Nein! Das darfst du nicht!"

„Warum nicht?", erwiderte Iris kläglich. Sie klammerte sich an Max und schien Al völlig vergessen zu haben.

„Auch ich bin dagegen." Der Typ mit der Schürze mischte sich ein.

Iris drehte sich zu ihm um.

„Du siehst aus wie eine Weißmagierin, Mädchen. Aber wenn ich dich so anschaue, scheinst du nicht besonders viel Erfahrung zu haben. Das Fort, das die Quadavs in Beadeaux errichtet haben, kann man gut und gerne eine Festung nennen. An dem Feldzug dürfen nur sehr erfahrene Abenteurer teilnehmen."

Iris guckte ihn empört an. Al ahnte Schlimmes. Iris' Schulter zitterte leicht. Gleich würde es aus ihr herausbrechen – eine Flut von Schimpfworten.

„Was geht dich das an, du verdammter Penner! Wenn

ich sage, ich komme mit, dann komme ich mit!“, schrie Iris mit vor Wut sprühenden Augen.

„Ach wirklich? Nun frage ich dich, Mädchen, kannst du einen Chocobo reiten?“, erwiderte der Mann, der von Iris’ Worten völlig unbeeindruckt zu sein schien. Er hatte wirklich starke Nerven.

Seine Frage verschlug Iris die Sprache. Der Chocobo war ein knallgelber Vogel, der wie eine Kreuzung aus Strauß und Hahn aussah. Er konnte sehr schnell laufen, viel schneller als ein Pferd. Allerdings war er auch viel schwerer zu reiten als ein Pferd.

„Ob du ihn reiten kannst, habe ich dich gefragt.“

„Nein, kann ich nicht … aber …“

„Dann kommt es gar nicht in Frage, dass du mitmischst. Was glaubst du, mit wie vielen Tiermenschen du kämpfen müsstest, wenn du zu Fuß nach Beadeaux läufst? Es ist bereits beschlossene Sache. Die feindlichen Truppen werden mit Chocobos überrannt“, bestimmte der Mann und fragte Lusius mit einem Seitenblick: „Nicht wahr?“

Daraufhin nickte Lusius.

Auch Max nickte mit niedergeschlagenen Augen.

„Ich dachte, … endlich ist es so weit, dass ich … mit Euch zusammen kämpfen kann …“ Iris biss sich auf die Unterlippe. Sie schloss die Augen und senkte den Kopf.

Ein kurzes Schweigen folgte.

Diese Gelegenheit nutzte Al und fragte: „Und der Feldzug nach Beadeaux, kann sich daran jeder Abenteurer beteiligen?“

„Du kommst dafür auch nicht in Frage, Al“, sagte Iris mit Tränen in den Augen schnell, als wollte sie ihren Ärger an ihm auslassen – wahrscheinlich war es auch so.

„Warum denn nicht?“, gab Al zurück.

„Wenn ich schon nicht dabei sein darf, wieso dann du? Hast du nicht gehört? Sie suchen Leute mit viel Erfahrung. Hey, du bist doch noch ein größerer Anfänger als ich. Außerdem kannst du bestimmt keinen Chocobo reiten!“

„Was soll denn das heißen … na ja, ich kann es wirklich nicht …“

Als Al ein äußerst unzufriedenes Gesicht aufsetzte, erkundigte sich Lusius: „Du willst also auch kämpfen?“

Al nickte. Irgendwann würde er gegen diese Gegner ohnehin antreten müssen.

Lusius lächelte ihm zu. „So, so! Die jungen Männer in unserem Bastok sind nicht zu verachten. Ausgezeichnet! Dann hab ich eine gute Neuigkeit für dich. Äh …“

„Alfred.“

„Gut, Alfred. Morgen findet eine Lagebesprechung für den Feldzug gegen die Quadavs in Beadeaux statt. Es wurde allerdings auch beschlossen, gleichzeitig in Palborough einzumarschieren. Das soll ebenfalls morgen bekannt gegeben werden.“

Bei diesen Worten von Lusius hob Naji ruckartig den

Kopf. Selbst in dem schwachen Licht konnte man erkennen, dass sich sein Gesicht vor Aufregung rötete. „*Gleichzeitig*, habt Ihr gesagt? Das ist ja großartig!“

In Palborough gab es ein Bergwerk, in dem Mythril-Gestein gefördert wurde. Dieses Bergwerk war vor längerer Zeit von den Tiermenschen der Quadavs besetzt worden und gehörte jetzt zu ihrem Territorium. Es waren bereits mehrmals Truppen dorthin entsandt worden, doch auch wenn die Quadavs immer wieder besiegt wurden, bekamen sie jedes Mal neue Soldaten – vermutlich aus Beadeaux.

Dass Bastok die Quadavs in Beadeaux und Palborough gleichzeitig angreifen wollte, bedeutete, dass die Quadavs diesmal mit aller Entschiedenheit bekämpft werden sollten.

So erklärte es Naji. Besser gesagt, er hielt eine Rede, ohne darum gebeten worden zu sein.

Offensichtlich bekamen die Abenteurer in Bastok ab morgen jede Menge Arbeit.

„Ich bin mit dabei!“ Als Stimme überschlug sich fast. Es brauchte schon einen gewissen Mut, sich angesichts des Adjutanten des Präsidenten so festzulegen.

„Ich, ich auch!“, rief Iris, die auf einmal wieder neben Al stand und ihn fast zur Seite drängte.

Als Max dies hörte, befiel ihn wieder große Unruhe.

Doch trotz seiner Befürchtungen blieb Iris dieses Mal standhaft und wollte nicht nachgeben. Lusius, der alles beobachtete, setzte ein leises Lächeln auf. Dann beschwichtigte er mit erheiterter Stimme: „Schon gut, Max! Die Sache in Palborough ist nicht ganz so gefährlich. Außerdem kann ich, wenn du willst, einige Mythril-Musketiere als Schutz mitschicken."

Als Max ihn mit entsetztem Blick anguckte, hoben sich Lusius' Mundwinkel zu einem Grinsen: „Du kannst sie sowieso nicht aufhalten. Schließlich ist sie das Mädchen, das unseren Freund hier gerade als einen *verdammten Penner* beschimpft hat!" Dann brach er, als ob er es bisher nur mit großer Mühe unterdrückt hätte, in lautes Gelächter aus.

Al und Iris, die sich darüber wunderten, fiel es im nächsten Augenblick wie Schuppen von den Augen: Es gab einen Mann, der mit seinen originellen Ideen und seiner außergewöhnlichen Begabung für all die großartigen Erfindungen verantwortlich zeichnete, die Bastoks Entwicklung möglich gemacht hatten.

Dieser Mann wurde „Meister der Metallwerke des Herzen von Bastok" genannt.

Einige Leute hielten ihn sogar für wichtiger als den Präsidenten. Sein Name lautete Cid.

„Was …!" Iris schlug ihre Hände vor ihr blass gewordenes Gesicht und sank plötzlich auf die Knie. Der Typ mit der Schürze blickte auf sie herab und brach dann ebenfalls in Gelächter aus.

Es war Cid, der „Meister der Metallwerke", persönlich.

Es herrschte aufgeregte Stimmung. Der Brunnenplatz vor dem Auktionshaus im Handelsbezirk war, obwohl es noch früh am Morgen war, überfüllt mit Abenteurern.

Offenbar hatte sich das Gerücht, dass ein neuer Feldzug angekündigt werden sollte, bereits in der letzten Nacht unter den Abenteurer verbreitet.

Al unterbrach das Gähnen, das ihm ungewollt entwischt war, bevor es jemand mitbekam.

Er dachte, in der dichten Menschenmenge wäre es niemandem aufgefallen, aber …

„Hey, mach nicht so ein verpenntes Gesicht!" Iris stieß ihn mit ihrem Ellbogen in die Seite.

*Tja, was soll ich machen*, dachte er. Gerstern war er erst gegen Mitternacht in seine Unterkunft zurückgekehrt.

„Hey, aber du hast vorhin auch gegähnt."

„Stimmt ja gar nicht!"

„Na komm, lüg nicht! Deine Augenwinkel sind noch ganz feucht."

„Spinnst du?!" Iris rieb sich hastig die Augen.

Al dachte, dadurch würden ihre Augen, die sowieso schon rot waren, nur noch röter. Deshalb sagte er: „Hör auf, ich hab' gelogen!"

Er bekam mit voller Kraft einen Stockhieb – es tat richtig weh. *Wenigstens ist sie wieder bei Kräften*, dachte Al erleichtert.

Erst gestern Abend hatte Iris ausgerechnet den „Meister der Metallwerke“ als „verdammten Penner“ beschimpft und danach erfahren, wen sie da vor sich hatte. Da war sie in Panik geraten, hatte wie verrückt herumgetrampelt, sich dann auf den Boden geworfen und den Meister inständig um Entschuldigung angefleht. Da hatte sie sich wohl wirklich geschämt. Cid hatte zwar nur laut gelacht, aber Iris war es trotzdem so peinlich gewesen, dass sie ganz blass wurde. Dass sie nicht angefangen hatte, auf der Stelle zu heulen, lag womöglich nur daran, dass Max dabei war. Oder weil sie immer noch wie eine erfahrene Abenteurerin wirken wollte.

„Ist es immer noch nicht so weit?“, murmelte Iris vor sich hin und senkte den Stock, mit dem sie Al getriezt hatte. Langsam machte das Warten sie müde.

Al hatte ja gleich gemeint, es wäre nicht nötig, schon so früh hierher zu kommen.

„Ruhe, bitte! Liebe Kameraden!“ Eine klare Stimme ertönte über den Platz. Er war endlich gekommen. Der Mann mit der offiziellen Verkündung des Feldzugs.

Schnell kehrte Ruhe ein. Auf einer provisorisch erbauten Bühne stand der Mann. Er entrollte ein Pergament und verlas mit seiner hellklingenden Stimme die Ankündigung. Das Meiste hatten Al und Iris schon gewusst, bevor sie es hörten. Es ging darum, Kämpfer für einen Feldzug nach Beadeaux anzuwerben. Auf einem zweiten Pergament wurde angekündigt, dass außerdem eine Truppe für die Palborough-Minen aufgestellt werden sollte.

Die Teilnahme an dem Beadeaux-Feldzug setzte voraus, dass man einen Chocobo reiten konnte und weitreichende Erfahrungen vorweisen konnte. Anscheinend wurde die Abenteurer-Erfahrung sogar überprüft.

Al und Iris wussten ohnehin bereits seit gestern, dass sie noch nicht so weit waren, daran teilzunehmen. Es gab einige Abenteurer, die sich über die harten Teilnahmebedingungen beschwerten.

Normalerweise wäre die Ankündigung jetzt zu Ende gewesen. Aber diesmal war es anders. Der Redner entrollte das zweite Pergament.

Unter den Abenteurer kam erneut Unruhe auf. Dieses Pergament enthielt die Ankündigung des „24sten Feldzugs gegen die Palborough-Minen“. Beide Armeen würden in drei Tagen losmarschieren. Jubel brach aus.

In der letzten Zeit waren die Angriffe der Quadavs überaus heftig gewesen. Wegen der unerfreulichen Nachrichten aus den Regionen der Umgebung – auf den Handelswegen wurden Händler überfallen, in den Dörfern wurden Ziegen und Rinder getötet – schienen viele Abenteurer ungeduldig auf einen Feldzug gewartet zu haben.

Nachdem auch die zweite Ankündigung verlesen war, befestigte der Redner die Liste mit den Details auf einem Schild vor dem Auktionshaus und ging weg.

Al wartete, bis sich die Menschenmenge zerstreut hatte, dann näherte er sich mit Iris dem Schild.

„Die Palborough-Minen …“, murmelte Al.

„Was ist denn damit?“

„Na ja, ich dachte, ich habe das schon mal irgendwo gehört.“

Seitdem er gestern den Ausführungen von Naji gelauscht hatte, dachte er darüber nach, und endlich fiel es ihm ein.

Iris neigte den Kopf und stierte ihn fragend an.

„Das Buch! Das Buch, das ich Parraggoh überbracht habe. Der Titel dieses Buches lautete doch ‚Palborough-Minen-Sage‘.“

Iris nickte.

Al wusste kaum etwas über diesen Ort namens Palborough. Er dachte, wenn er Parraggoh danach fragen würde, könnte er sich ein bisschen besser informieren.

„Der Stamm Quadav – das sind die, die wie Schildkröten aussehen, oder?“

„Woher weißt du das?“ Iris warf sich in die Brust, als wollte sie sagen, das wäre ja wohl allgemein bekannt. Tatsächlich glichen die Quadav-Tiermenschen aufrecht gehenden Schildkröten. Sie hatten einen Schwanz und auch einen Panzer, der ihnen im Kampf vermutlich als Rüstung diente.

Sie trieben ihr Unwesen auf dem Ödland von Gustaberg und überfielen manchmal die Dörfer in der Umgebung. Da sie im Süden des Kontinents lebten, überraschte es Al, dass Iris sie kannte. San'doria befand sich schließlich im Norden des Kontinents Qwon.

„Als ich hierher gereist bin, habe ich sie ein paar Mal gesehen. Gekämpft habe ich allerdings nur einmal."

„Echt? Du hast schon gegen sie gekämpft?"

„Genauer gesagt, war es mein Onkel."

Sie gab zu, dass sie selbst nur im Hintergrund zugeschaut hatte. „Aber sie waren ziemlich schwach. Gar keine Gegner für meinen Onkel. Im Grunde sind sie einfach dumme, schwerfällige Schildkröten, langsame, hässliche Kröten eben."

*Wie konnte dieses Mädchen ihren Feinden gegenüber so ganz und gar erbarmungslos sein?* „Aber unter den Quadavs gibt es auch solche und solche, oder?", meinte Al vorsichtig, als Iris kämpferisch „Schildkrötchen, hey Schildkrötchen!" schmetterte, um ihren Mut zu demonstrieren.

„Du hast mich schließlich darauf hingewiesen, dass man die Stärke des Gegners richtig einschätzen soll."

„Ach was! Hast du nicht gehört, dass es in Palborough ungefährlich ist?", wischte Iris seinen Einwand fort.

Was der Adjutant gesagt hatte, war lediglich, dass es in Palborough im Vergleich zu Beadeaux *nicht ganz so gefährlich* wäre. Wenn Al sich recht erinnerte, hatte er keineswegs geäußert, es wäre ungefährlich. Bestimmt nicht! *Hochmut kommt vor dem Fall*, dachte er. Immerhin würde es für sie beide der erste Kampf mit den Tiermenschen sein.

Nachdenklich blickte Al auf Iris, dann bemerkte er, dass sie gerade ihren Stock schnell kreisen ließ.

„Euch werden wir's zeigen!“, tönte sie, um ihre Furchtlosigkeit zu unterstreichen.

*Irgendwie haben wir die Rollen getauscht, seit wir uns kennengelernt haben* ... Unbemerkt schüttelte Al den Kopf. Da hörte er hinter sich ein unterdrücktes Kichern.

Als er sich umdrehte, sah er niemanden. „Hä?“ Mit Sicherheit war da eine Stimme gewesen!

„Hierher! Wo guckst du denn hin!“

Als Al seinen Blick senkte, sah er, von wem die Stimme stammte. Ein kleines Mädchen. Ihre Ohren waren ungewöhnlich lang.

Al schrie auf, weil er plötzlich von diesem Mädchen umarmt wurde. Nein, *umarmt* war nicht der richtige Ausdruck. Vielmehr wurde er von ihr umklammert, und zwar am Bein.

Das Mädchen klammerte sich an sein Bein wie eine Zikade, die sich an einem Ast festhält.

Iris, die es endlich auch bemerkt hatte, starrte sie mit großen Augen an.

„W… was, was soll das denn?!“, rief Al mit Panik in der Stimme. „Warum klammerst du dich an mein Bein?“

„Na, warum wohl?“, fragte das Mädchen, während es

zu ihm nach oben schielte. „Vielleicht, weil ich nicht möchte, dass du mir wegläufst, oder?“

„Ich laufe schon nicht weg. Also bitte, lass … los!“ Sein Herz schlug immer noch heftig.

„Wirklich nicht? Na gut.“ Da löste das Mädchen ihre Umklammerung und lachte Al mit weit geöffnetem Mund liebreizend an.

„Ich bin Peta!“

„Peta?“

„Ja! Eigentlich heiße ich Perutata-Porutata-Prompta, aber das ist zu lang, nicht wahr? Deshalb heiße ich Peta.“

Aha! Das war also ihr Name. Das Mädchen, das sich Peta nannte, sah aus wie ein zehnjähriges Kind – wenn sie ein Hume wäre. Aber das war sie anscheinend nicht. Vielleicht gehörte sie zum Stamm der Tarutaru. Vielleicht. Allerdings war es jetzt das erste Mal, dass Al einen Tarutaru aus der Nähe erblickte. Die Leute dieses Stammes wurden nur halb so groß wie die Hume, selbst wenn sie ausgewachsen waren. Außerdem behielten sie für immer ihre Kindergesichter. Auch ein Bart wuchs ihnen nicht. Und sie bekamen niemals eine Glatze.

„Was hast du denn?“ Wenn man sie so anguckte, wie sie mit leicht geneigtem Kopf liebenswürdig aufblickte, konnte man nicht glauben, dass sie 30, 40 oder sogar 70 Jahre alt war. Es erschien also gut möglich, dass sie genauso alt war wie Als berühmte Großmutter.

„Unverschämtheit!“, kläffte Peta kurz und zog einen Schmollmund – vielleicht hatte dieses Mädchen seine Gedanken gelesen.

„Äh … kann ich Euch vielleicht behilflich sein?“, forschte Al höflich.

„Bestimmt ist sie auch eine Abenteuerin, oder?“ Bei dieser Bemerkung von Iris fiel es Al endlich auf: Zwar war die Farbe anders, aber Peta trug genau so eine Robe wie Iris. In diese kleideten sich für gewöhnlich die Magier. Allerdings war die Größe so unterschiedlich, dass es Al nicht gleich aufgefallen war. Die Farbe war ein tiefes Indigoblau. Die Kappe, die bei Iris auf dem Rücken gefaltet war, hatte Peta tief über den Kopf gezogen. An der Hüfte trug sie einen kurzen Stab.

„Bist du vielleicht eine Schwarzmagierin?“

Peta nickte, sichtlich zufrieden: „Gut, gut! Bestanden! Du scheinst eine gewisse Beobachtungsgabe zu besitzen.“

„Bestanden? Was denn?“

Als Verwirrung schien sie überhaupt nicht zu kümmern. „Du willst dich der Truppe nach Palborough anschließen, stimmt's? Möchtest du dich unserem Bündnis anschließen?“

Bei dem Wort „Bündnis“ horchte Iris auf. „Ein Bündnis bilden“ bedeutete, dass sich mehrere Abenteurer zusammenschlossen, um gemeinsam Abenteuer zu bestehen.

„Gut, gut! Ich wollte schon lange eine Kameradin, die auch die Zauberkunst beherrscht!“, frohlockte Iris.

„Was, warte mal einen Moment!“ Heute war Al eindeutig vorsichtiger als Iris. Vielleicht, weil seine Begleiterin ein bisschen übereilig war. „Hast du nicht gerade gesagt: mit *uns*?“

Peta, die wieder lieblich lächelte, drehte sich um und rief: „Jed! Es hat geklappt.“

Darauf erhob sich ein Mann, der am Rand des Brunnens gesessen hatte. Mit klappernden Sohlen kam er über das Kopfsteinpflaster auf sie zu. Ein großer Mann.

„Er ist vom Stamm der Elvaan“, flüsterte Iris Al ins Ohr.

Der Mann vom Stamm Elvaan war groß und schlank. Wäre er ein Hume, läge sein Alter bei 25 oder 26 Jahren. Seine Augenhöhe rangierte eine Faustbreit über der von Al. Er hatte lange Ohren und einen langen Hals. Auch sein Gesicht war schmal. Das nachlässig geschnittene Haar glänzte silbern in der Sonne. Ein typischer Elvaan. An der Hüfte baumelte ein Einhandschwert mit schmaler Klinge.

Seinem Aussehen nach – er trug einen leichten Panzer und keinen Schild – war er vermutlich ein Krieger, der auch der Zauberei kundig war – solche Kampfmagier wurden „Rotmagier“ genannt. Er warf einen scharfen, fast stechenden Blick auf Iris und Al. „Gerald“, sagte der Mann kurz und schwieg wieder.

Im ersten Moment verstand Al nicht, was er damit meinte. Schließlich begriff er, dass der Mann seinen Namen genannt hatte.

Iris schien es ebenfalls kapiert zu haben. „Herr … Gerald?“

Auf Iris’ Frage nickte er kurz und sagte: „*Jed* reicht.“

„Hu, hu, hu! Findet ihr nicht auch, dass wir ein perfektes Bündnis abgeben?“, kreischte Peta und hüpfte fröhlich um die anderen herum.

Al verstand nicht ganz, was ihr solchen Spaß machte. *Ein perfektes Bündnis?* Mit einem Krieger, der noch grün hinter den Ohren war, einer überdrehten Weißmagierin, einer kindischen Schwarzmagierin und einem wortkargen, rätselhaften Rotmagier? Diese vier? Al wurde fast schwindelig.

„Toll! Dann lasst uns alles besprechen! In unserem Zimmer, ja?“, schlug Peta vor, die immer noch im Kreis um die anderen herumhüpfte.

Was Al als erstes in die Augen fiel, als er das Zimmer betrat, waren die Pflanzen in den Töpfen, die schön ordentlich auf der Fensterbank aufgereiht waren, als gönnten sie sich ein Sonnenbad. Ihre Stängel, die nicht verwachsen waren, sondern gerade nach oben strebten, bezeugten, dass sie aufmerksam gepflegt wurden.

Das Zimmer war nicht besonders groß. Im Vergleich zu Als Unterkunft erschien es sogar zu klein für ein Doppelzimmer. Es wirkte, als hätte man in ein

Einzelzimmer einfach ein zusätzliches Bett hineingequetscht.

„Ich dachte, in der Herberge bekommt jeder ein Einzelzimmer, oder nicht?“, wunderte sich Iris.

Darauf erwiderte Peta: „Ich habe mein Bett hierherbringen lassen. So ist es viel günstiger.“

„Gleich werden wir Ihnen Tee servieren, kupo.“

Bei dieser Stimme, die Al von hinten ansprach, drehte er sich reflexartig um und verharrte vor lauter Überraschung in dieser Position. In der Luft schwebte ein weißes Kuscheltier mit Fledermausflügeln.

„Was heißt *kupo*?“

Die Augen des Wesens, die schmal wie ein Faden waren, formten sich zu einem Lächeln wie die Sichel des Mondes.

„Ah – eh – uh.“ Nur ein paar dumme Laute brachte Al heraus. Er war gerade zum ersten Mal einem Abkömmling der Moogles begegnet. Die Unterkunft, wo die Abenteurer abstiegen, wurde auch „Moghaus“ genannt. Denn es waren Moogles, wie der, der gerade vor Als Augen schwebte, die die Herberge leiteten.

„Nehmt doch bitte Platz!“, bot Peta an, worauf sich Al und Iris auf den Stühlen niederließen, die ein paar andere Moogles soeben gebracht hatten.

Peta und Jed nahmen mit ihren Betten als Stuhlersatz vorlieb.

Al konnte seinen Blick nicht von den Moogles reißen.

Kaum hatten sie bemerkt, dass Gäste gekommen waren, flatterten drei von ihnen in das Zimmer und schleppten emsig einen kleinen Tisch sowie zwei Stühle herbei, federleicht ließen sie eine frische, weiße Tischdecke auf den Tisch schweben, und im Nu hatten sie einen Teetisch für vier Personen angerichtet. Währenddessen öffneten sie auch noch die Fenster, ließen frische Luft herein und gossen die Pflanzen. Unberührt von Als neugierigem Blick, erledigten die Moogles still ihre Arbeit. Sie bewegten sich nicht zu Fuß. *Pata-pata-pata* flatterten sie geschwind mit ihren Flügeln, die sie auf dem Rücken hatten. Vielleicht waren sie so schneller. Aber die Flügel waren nicht größer als Als beide Handflächen. Ein Wunder, dass sie sich damit in der Luft halten konnten. Wie schaffen sie es bloß, nicht herunterzufallen?

Und was war das, was da von ihren Köpfen abstand? Es sah aus wie die Tentakel eines Insekts – je länger Al sie betrachtete, desto mehr Fragen schossen ihm durch den Kopf.

Für Al hatten die Moogles bisher nur in einer Märchenwelt existiert, die er aus Erzählungen seiner Großmutter kannte. Moogles lebten normalerweise nicht in der Stadt. Auch außerhalb begegnete man ihnen selten. Denn sie waren äußerst scheu.

Es wäre schon viel verlangt, wenn sie sich im Moghaus um die Abenteurer kümmerten, berichtete Peta.

„Aber ich wusste nicht, dass die Moogles so fleißig sind“, staunte Iris, die ohne Schüchternheit ihre Teetasse zum Mund führte.

Als Al sich umschaute, fingen die Moogles, die ihre Arbeit zunächst einmal erledigt hatten, damit an, Jeds Schulter zu massieren. Jed ließ sie gewähren, allerdings setzte er dabei ein etwas resigniertes Gesicht auf – so, als hätte er es aufgegeben, sie davon abzuhalten.

Peta, die Als fragenden Blick verstand, meinte: „Jed ist für sie etwas Besonderes.“ Kichernd fügte sie hinzu: „Die Moogles vergessen es jemandem nie, wenn ihr Stamm ihm Dank schuldet.“

„Dank schuldet?“

„Ja, sieh mal!“ Damit sprang Peta von ihrem Bett auf und setzte sich auf Jeds Schoß.

Sie zeigte Al und Iris Jeds Gürtel, der um seine Hüften lag. Er bestand aus einer silbernen Kette. Dabei hob Peta Jeds Lederpanzer hoch und entblößte seinen Bauch.

Als Iris Jeds helle Haut sah, schlug sie mit einem verschämten „Huch“ ihre Hände vor das Gesicht.

*Warum nennst du mich einen Idioten, und bei Jed sagst du nur „huch“?*, ärgerte sich Al heimlich. In diesem Moment blieb sein Blick an den aufwändigen Verziehrungen der silbernen Kette hängen.

„Hey.“ Mit einem Gesichtsausdruck, als fühlte er sich belästigt, packte Jed Peta am Nacken und hob sie hoch wie ein Hündchen.

Peta setzte sich brav wieder hin und erzählte: „Vor Kurzem hat Jed die Moogles gerettet. Dafür schenkten sie ihm diese silberne Kette. Da die Geschichte unter den Moogles allgemein bekannt ist, wird er von allen Moogles besonders herzlich willkommen geheißen, wenn er die Kette vorzeigt."

„Es ist nicht so, dass ich sie zur Schau stelle", betonte Jed mürrisch.

*Dann hättest du sie auch in den Rucksack packen können,* dachte Al und merkte, dass sich Jeds Ohren leicht röteten.

„Äh … vielleicht dachtest du ja, dass es die Moogles verletzen würde, wenn du die Kette nicht trägst, obwohl sie sie dir geschenkt haben?"

Daraufhin wurde Jed noch mürrischer und seine Ohrläppchen noch röter.

*Vielleicht ist es ihm peinlich?* Al musterte Jed, der weiterhin schwieg, und dachte, dass er – im Gegensatz zu seinem ersten Eindruck – vielleicht doch kein Mann war, vor dem man sich fürchten musste.

„Peta hat sie ihnen gezeigt, stimmt's?"

Auf diese Frage von Iris antwortete Peta fröhlich und ohne Bedenken: „Aber natürlich!"

Jed warf den beiden Mädchen, die einander einträchtig zunickten, einen Blick zu, als ob er in eine Zitrone gebissen hätte. Die Plauderei brach ab, und alle tranken schweigend ihren Tee. Danach wurde das Thema, über das sie schon auf dem Platz gesprochen hatten, noch einmal aufgenommen.

Peta und Jed waren erst gestern in Bastok angekommen. Da ihr Geld langsam zur Neige ging, suchten sie nach einem Job. Natürlich nach einem Job für Abenteurer.

„Dann könntet ihr doch einfach an dem Feldzug teilnehmen, oder?“

Doch Iris verneinte. „Nein, nein, so einfach geht das nicht. Eine staatliche Mission darf nur jemand ausführen, der auch das Signet dieses Staates besitzt.“

Bei Iris' Worten nickten Jed und Peta zustimmend. Petas Signet war vom Staat Windurst ausgestellt, und Jed hatte ein Signet von San'doria. Wenn sie an dem Feldzug teilnehmen wollten, blieb ihnen nichts anderes übrig, als ein Bündnis mit jemandem zu bilden, der ein Signet von Bastok besaß, wobei dieser dann als Repräsentant des Bündnis galt.

„Moment mal! Das heißt also, *ich* soll der Repräsentant sein?“ Al war erst an diesem Morgen das Signet gewährt worden. Trotzdem …

„Genau. Das heißt, du wirst der Anführer unseres Bündnis“, stellte Iris mit einem Gesicht fest, als wollte sie sagen: *Hast du das jetzt endlich begriffen?*

„Aber ich bin erst seit einer Woche Abenteurer!“, rief Al laut aus, ohne dass er es wollte und sprang auf.

Die Moogles, die seine laute Stimme erschreckte,

zuckten zusammen und brachten sich in einer Zimmerecke in Sicherheit.

„Beruhige dich, Al! Du erschreckst ja die Moogles. Auch ich habe San'doria erst vor zwei Wochen verlassen. Bei mir ist es auch nichts anders", meinte Iris, was allerdings kein stichhaltiges Argument war.

„Fünf Jahre!", murmelte Jed ohne Erklärung. Vermutlich sollte das bedeuten, dass er schon fünf Jahre als Abenteurer hinter sich hatte. In diesem Fall galt er zweifelsohne als Abenteurer mit recht großer Erfahrung. Aber das machte nur noch deutlicher, dass es unpassend wäre, wenn Al der Anführer des Bündnis sein würde.

Als er mit leerem Blick in die Luft starrte, schob sich Petas Gesicht in sein Blickfeld. Genau, dieses Mädchen … – wie lange war sie wohl schon Abenteurerin?

„Das ist ein Ge-heim-nis!"

Al ließ entmutigt den Kopf hängen. Auf jeden Fall war klar, dass die beiden Abenteurer mit beträchtlicher Erfahrung waren.

„Aber, aber, mein Junge! Kopf hoch! Es geht doch nur darum, dass bei der Anmeldung dein Name aufgeschrieben wird."

„Das klappt schon. Immerhin bist du Al", schloss sich Iris Petas Trostversuch mit nüchterner Stimme an.

„Was heißt hier, *immerhin*?", knirschte Al.

„Na, dass du Al bist!" Das machte doch überhaupt keinen Unterschied.

Al ließ sich wieder auf seinen Stuhl sinken und fragte: „Warum habt ihr ausgerechnet uns angesprochen? Mit euren Erfahrungen als Abenteurer hättet ihr doch auch Abenteurer gefunden, die genauso viel Erfahrung mitbringen wie ihr.“ Al wollte zumindest diesen Punkt klären.

„Na, das ist doch offensichtlich!“, antwortete Peta, die ihren Dufttee mit einem Schluck austrank.

„Ihr saht am lustigsten aus!“

*Ich hätte diese Frage lieber nicht stellen sollen!*, dachte Al voller Reue.

## 2

Die Sonne war erst vor etwa zwei Stunden im Osten aufgegangen. Trotzdem brannte sie bereits unbarmherzig auf das Ödland von Gustaberg nieder. Der Geruch heißen Sandes lag in der Luft. Eine leichte Brise trug diesen Geruch bis in die Stadt. Am Tor, das das Ödland von Süd-Gustaberg von der Stadt abgrenzte, herrschte rege Betriebsamkeit. Vor dem Tor lag ein gewaltiges gelbes Band aus vier sich bewegenden Reihen. Das waren die Truppen, die nach Beadeaux marschieren würden, um die Quadavs zu besiegen. Das Federkleid der Chocobos bildete das gelbe Band. Neben jedem Reittier stand ein Abenteurer, aber man erspähte ihre Gestalten kaum, da sie sich im Schatten der riesigen Vögel befanden. Aus der Ferne betrachteten die Stadtbewohner die Truppe. In ihren Blicken lag große Erwartung und gleichzeitig große Sorge. Die Mythril-Musketiere, die den Reihen der Chocobos gegenüber salutierten, hoben alle gleichzeitig ihre Gewehre und schossen einmal in den Himmel. So begann die Zeremonie des Truppenabmarsches.

Hinter den Musketieren lief *er* – und schließlich erschien die Gestalt des Präsidenten von Bastok, Karst, auf der kleinen Empore, die in aller Eile provisorisch errichtet worden war.

Bei seinem Auftritt brach Aufregung unter den Abenteurern aus. Auch wenn dieser Feldzug ein Staatsakt war, wurde nicht die offizielle Armee entsandt. In San'doria, wo es die Königsritter gab, wäre das nichts Ungewöhnliches. Aber in Bastok war es seit dem Anfang der Eroberungsfeldzüge äußerst selten, dass der Präsident selbst vor einem Waffengang gegen die Tiermenschen eine Rede hielt. Es war nur allzu deutlich, wie ernst es der Regierung von Bastok mit diesem Feldzug nach Beadeaux war.

Karst wartete, bis wieder Ruhe eingekehrt war, dann erhob er seine Stimme. „Verehrte und geschätzte Abenteuerinnen und Abenteurer!"

Mit klarer Stimme setzte er seine Rede fort. „In den letzten Jahren hat das gewalttätige Verhalten der Quadavs zugenommen. Mehr und mehr wurde unser friedliches Zusammenleben bedroht, und die Handelswege können nicht länger als sicher bezeichnet werden. Dass unsere Stadt selbst noch nicht Opfer ihrer Überfälle wurde, darf uns nicht über die drohende Gefahr hinweg täuschen. Es ist eine lebenswichtige Frage für ganz Bastok!“

Als Karst über die Bedeutung des Feldzugs zu reden anfing, wartete Max in der vorderen Reihe. Vor ihm stand ein weiblicher Mythril-Musketier, eine Hume. Noch jung. Und ungewöhnlicherweise eine Frau. Wenn er sich recht erinnerte, hieß diese Frau Ayame.

Sie war also der Unteroffizier, der für die Abenteurer zuständig war, die sich hinter Max aufhielten. Den Oberbefehl über die gesamte Truppe befehligte Volker, der Kommandeur der Mythril-Musketiere. Die Rolle von Max bestand darin, zwischen den Abenteurern, die hinter ihm standen, und Ayame zu vermitteln.

Grundsätzlich zogen die Abenteurer es vor, sich frei zu bewegen. Sie verhielten sich nicht wie Soldaten. Max kannte das zur Genüge. Er selber besaß als Soldat und als Abenteurer Erfahrung. Deshalb war ihm diese Aufgabe zugeteilt worden. Max schenkte der Rede des Präsidenten keine große Beachtung. Er konnte sich ihren Inhalt ungefähr vorstellen. Außerdem mochte er es nicht, mit schönen Worten aufgehetzt zu werden. *Ein Krieg ist nie eine saubere Sache*, dachte Max. *Die Tiermenschen kämpfen nicht nach unseren Regeln. Sie neh-*

*men keine Rücksicht auf Frauen und Kinder und zögern nicht, unfaire Methoden einzusetzen.* Darauf sollte man sich gefasst machen. Deshalb sorgte er sich um die, die noch jung waren. Iris und Al. Um die beiden machte er sich am meisten Sorgen.

Da erweckten plötzlich ein paar Worte der Rede dann doch seine Aufmerksamkeit. Es war die Bezeichnung „Schattenlord“, die ihn aufhorchen ließ. Worum ging es gerade?

„… so wie damals, als er noch am Leben war, verhalten sich die Tiermenschen in ihren Ländern ziemlich organisiert. Es scheint, dass sie gerade dabei sind, eine neue militärische Strategie durchzuführen. Das müssen wir unbedingt verhindern! Wir dürfen uns nicht erlauben, den Albtraum von vor zwanzig Jahren noch einmal zu wiederholen! Geschätzte Abenteurerinnen und Abenteurer!“ Karst erhob seine Stimme noch lauter. „Ich setze auf eure Klugheit und euren Mut. Ich wünsche mir einen klaren Sieg bei diesem Feldzug nach Beadeaux!“

Jubel brandete auf. Auch die Stadtbewohner, die aus der Ferne zuschauten, reckten ihre Fäuste in die Luft und jubelten. Wieder ertönte eine Salve von Salut-Schüssen.

„Aufsitzen!“

Das Kommando erklang. Max zog den Zügel an, den er in der Hand hielt, und klopfte leicht auf den Rücken des Chocobos. Daraufhin ging der trainierte Riesenvogel ein wenig in die Knie, damit Max leichter aufsteigen konnte. Max setzte einen Fuß in den Steigbügel, mit dem anderen Fuß stieß er sich vom Boden ab und schwang sich auf den Rücken des Chocobos.

Alle Abenteurer führten synchron dieselbe Bewegung aus.

Die Jubelschreie aus der Umgebung wurden noch lauter.

„Abmarsch!“ Mit diesem Kommando stoben die Chocobos, die soeben noch in Reih und Glied verharrt hatten, gleichzeitig wie eine gelbe Welle auf.

+ + +

Zur selben Zeit …

Draußen vor dem Tor, das über den Hafen von Bastok nach Nord-Gustaberg führte, warteten ebenfalls Truppen. Die Truppen, die gegen Palborough ziehen sollten.

„Hey, hey, reiß dich doch ein bisschen zusammen, Al!“, forderte Iris ihn auf, aber Al war völlig erschöpft und kraftlos.

Seit der Ankündigung vor drei Tagen bis heute hatte er sich einem intensiven Training unterzogen. Wenn er sich an diese drei Tage erinnerte, fühlte er sich gleich doppelt so müde. Als Peta und Jed von Als mangelnder Erfahrung Wind bekommen hatten, gaben sie ihm in diesen drei Tagen freundlicherweise Kampfunterricht. Genau genommen hatte das hauptsächlich Jed übernommen. Jed war, wie Al schon geahnt hatte, ein großartiger Schwertkämpfer. Zwar konnte er auch zaubern – er war tatsächlich ein Rotmagier –, aber seine Stärke lag eindeutig im Schwertkampf. Wenn Al sich nicht irrte, war San'doria als Land des Schwertes bekannt. Von Jed bekam Al in den letzten drei Tagen die Grundlagen des Schwertkampfes ordentlich eingebläut. Jed war ein viel besserer Lehrer als die Lehrer in der Trainingsanstalt. Man konnte nicht behaupten, dass Al ihm dafür nicht dankbar war, aber er war verdammt streng. An diesen Tagen war Al, kaum dass er abends in seine Unterkunft zurückkehrte und sich aufs Bett legte, sogleich in tiefsten Schlaf gefallen. Er schlief sogar noch schneller ein als es ein Schlafzauber vermocht hätte. Er war nicht sicher, ob es gut war, so erschöpft nach Palborough aufzubrechen.

Aber als er Jed seine Befürchtung mitteilte, bekam er nur eine kurze Antwort: „Du bist noch jung!“ Das sollte ungefähr heißen: „Da du noch jung bist, kannst du dich schnell wieder erholen.“ Er blieb nach wie vor ein sehr wortkarger Mann.

„Liebe Abenteurer!“ Die Rede hatte ohne viel Brimborium begonnen. Keine Salut-Schüsse und keine großen Kommandos. Es war auch kein Podium für den Redner aufgebaut worden. Da Al zufällig weit vorne stand, konnte er den Redner erkennen, aber diejenigen in den hinteren Reihen sahen so gut wie nichts. Deshalb dauerte es eine Weile, bis Ruhe einkehrte.

„Ich bedanke mich für eure Entscheidung, am 24sten Feldzug gegen das Bergwerk von Palborough teilzu nehmen!“ Es war ein junger Mann, der die Rede hielt. Es war Naji, der Jüngste der Mythril-Musketiere. Er schien aufgeregt zu sein, denn seine Stimme überschlug sich manchmal. Eigentlich sollte er auf seine Rolle sehr stolz sein, aber Naji hasste es, diese Rede halten zu müssen. Denn er durfte nicht am Feldzug nach Beadeaux teilnehmen und wurde stattdessen nach Palborough abkommandiert.

„Alles nur euretwegen!“, hatte er Al kurz zuvor noch an den Kopf geworfen.

Al hätte gerne widersprochen, „euretwegen“ stimmte nicht. Es hätte „wegen Iris“ heißen müssen.

Lusius hatte Max versprochen, zu Iris’ Schutz einige Mythril-Musketiere mitzuschicken. Er war ein Mann, der sein Wort hielt. Doch Naji war der einzige Musketier, der nach Palborough entsandt wurde.

An das Versprechen „einige“ schien er sich also nicht zu halten. Auch dies war ein Grund, warum Naji verstimmt war. Denn eine junge Gewehrsoldatin, die er für seine Rivalin hielt, wurde an seiner Stelle für den Feldzug nach Beadeaux ausgewählt.

„Naji ist doch gar kein richtiger Mann, wenn er so leicht eingeschnappt ist“, kommentierte Iris.

Na ja, da hatte sie schon recht, aber er wollte so etwas lieber nicht von ihr hören, dachte Al.

Najis Rede hörte kaum jemand zu. Die Palborough-Minen lagen viel näher als Beadeaux. Wenn man vom Tor am Hafen von Bastok durch das Ödland von Nord-Gustaberg marschierte, erreichte man sie schon in einem halben Tag. Außerdem fand dieser Feldzug bereits zum 24sten Mal statt. Das hieß, lange vor Najis Zeit als Musketier waren bereits Truppen entsandt worden. Für die erfahrenen Abenteurer war die Rede Najis also ziemlich langweilig.

Mit einem Seitenblick stellte er fest, dass auch Iris, so wie alle anderen, der Rede keinerlei Beachtung schenkte. Sie plauderte mit Peta belustigt über irgendetwas.

„Bitte pass gut auf Iris auf!“ Al erinnerte sich an die Worte von Max in der vergangenen Nacht. Es war spät am Abend gewesen. Al war gerade am Einschlafen, da klopfte es an die Zimmertür. Müde rieb er sich die Augen und öffnete die Tür. Dort stand Max und wirkte sichtlich erschöpft.

„Bitte pass gut auf Iris auf“ – nur um diese Worte zu sagen, hatte er extra noch mal Als Unterkunft aufgesucht. Obwohl auch er selber früh am nächsten Morgen aufbrechen musste.

Als Max in einer bittenden Geste den Kopf senken wollte, hielt Al ihn verlegen zurück.

Da holte Max unter seinem Kittel eine schwach schimmernde Kugel hervor. „Bitte nimm diese Kugel, falls etwas passiert!“ Mit diesen Worten überreichte er Al die Kugel. Es war eine purpurfarbig strahlende, große Perle. Max sagte, er hätte auch Iris eine solche Perle gegeben und ihr beigebracht, wie man sie benutzte. Wie er erklärte, besaß die Perle magische Eigenschaften.

Al hatte sie zusammen mit den anderen Sachen, die ihm Iris in die Hände gedrückt hatte, in seinen Rucksack gepackt.

Beim Abschied wiederholte Max noch einmal: „Bitte pass gut auf Iris auf!“

Al nickte. Er schloss die Zimmertür, löschte die Laterne, die in einer Ecke stand, und legte sich schlafen. Als er die Augen schloss, erschien ihm das Gesicht von Iris. Sein Magen krampfte sich zusammen. Bis heute war alles nur Übung gewesen. Er hatte es nur mit Gegnern aufgenommen, die er auch mit Sicherheit besiegen konnte. Aber ab morgen würde sich das ändern. Er wusste nicht, wer seine Gegner sein würden. Trotzdem musste er sie besiegen. Wenn ein Kämpfer, wie Max es ihm erklärt hatte, ein Schild war, dann bedeutete sein Fall auch das Ende seiner Kameraden, die hinter ihm standen. Was sie dann erwartete – war der Tod. Was auf den Schultern eines Kämpfers lastete, war nicht nur die Verantwortung für sein eigenes Leben und seinen Tod. In diesem Augenblick wurde das Al zum ersten Mal bewusst.

An Schlaf war jetzt nicht mehr zu denken. Als er dann schließlich doch einschlief, war es schon so spät, dass der östliche Himmel bereits langsam hell wurde und durch den Vorhang am Fenster der Schimmer der Morgensonne hereinfiel …

„Hey, Al!“

„Ja, was ist?“ Von Iris’ Stimme wurde er aus seinen Erinnerungen gerissen und blinzelte mehrmals.

„Los!“, kommandierte Jed kurz und drängend.

Als Al sich umblickte, registrierte er, dass sich die Menschenmenge bereits ungeordnet fortbewegte. Die Marschordnung schien aufgegeben worden zu sein.

„Hm, ja, tut mir leid.“ Al warf seinen Rucksack auf den Rücken und setzte sich mit den anderen zusammen in Bewegung.

Peta fing an, fröhlich vor sich hin zu singen. Die Töne klangen ein bisschen daneben.

„Was ist denn los mit dir?“ Iris, die mit Peta vor Al lief, drehte sich zu ihm um.

„Nichts. Lass uns gehen!“, antwortete Al, als spräche er zu sich selbst. Vor seinen Augen dehnte sich das vertrocknete Ödland von Gustaberg aus.

+ + +

Die Palborough-Minen waren von Bastok in großem Umfang ausgebeutet worden.

Al und seine Kameraden liefen gerade in einem Minengang, der damals gebaut worden war. Die Bewohner von Bastok hatten dieses Bergwerk schon vor langer Zeit verloren, aber hie und da waren noch Spuren von damals zu sehen: Einsame, vergessene Spitzhacken, Schaufeln, Loren … Am Wegrand häufte sich sogar hin und wieder unverarbeitetes Roherz. Anscheinend diente Palborough den Quadavs gar nicht als Bergwerk, sodass diese Sachen unbenutzt liegenblieben und dem Rost überlassen wurden. *Das heißt, für die Quadavs ist das hier nur eine Festung*, dachte Al.

Das Bergwerk bestand aus drei Stockwerken. Der Eingang befand sich unten. Im Moment waren Al und seine Kameraden im dritten Stockwerk unterwegs, im obersten Minengang. Dieser wurde immer breiter, je weiter sie vorstießen. Hier war der Gang mehr als doppelt so breit, wie die Gänge in den Zeruhn-Minen. Der Gang verzweigte sich immer wieder. Dann teilten die Abenteurer jedes Mal ihre Gruppe, wie Naji es ihnen befohlen hatte. Dabei achteten sie auch darauf, dass die Kampfkraft der einzelnen Gruppen einigermaßen ausgewogen blieb. Vor Kurzem hatten sich Al und seine drei Kameraden an einer Abzweigung von der von Naji geführten Haupttruppe getrennt und waren einem Nebengang gefolgt.

„Halt!“ Auf das Kommando von Peta hin verhielten die vier ihren Schritt.

Im Minengang gab es kaum Beleuchtung. Da die Tiermenschen in der Dunkelheit gut sehen konnten, brauchten sie nicht unbedingt Licht. Hier war es viel dunkler als in den Zeruhn-Minen, deshalb hatten sie alle Fackeln dabei.

In der nun einkehrenden Stille war nur raues Atmen und das Geräusch brennender Fackeln zu vernehmen. Der Geruch von brennendem Öl und Holz stieg ihnen in die Nase.

Peta, die an der Spitze der Gruppe lief, schloss die Augen und lauschte. „Da vorne … da sind sie!“ Peta besaß ein gutes Gehör. Bereits vorhin hatte sie mehrmals rechtzeitig vor lauernden Quadavs gewarnt. Der Weg bog gleich nach rechts ab. Was sie nach der Biegung erwartete, war nicht zu sehen.

„Du übernimmst die Nachhut!“, sagte Peta zu Al.

„Gut“, antwortete Al kurz.

Jed übernahm die Spitze. Ihm folgten Peta und Iris. Den Schluss bildete Al. So konnten sie sich verteidigen, selbst wenn sie von vorne und hinten gleichzeitig angegriffen wurden. Es war allerdings abgesprochen, dass auch Al nach vorne kommen sollte, wenn sie sich an einem überschaubaren Platz befanden oder wenn Jed allein den Gegnern nicht standhalten konnte.

Vorsichtshalber warf Al noch einen kontrollierenden

Blick auf sich und seine Kameraden. Alle vier schimmerten leicht, was hier in der Dunkelheit deutlich zu erkennen war. Iris hatte den Schutzra-Zauber gesprochen. Falls die Wirkung des Zaubers bereits nachgelassen hatte, hätte sie ihn jetzt wiederholen müssen. Kurz bevor sie um die Ecke bogen, fing Peta an, Zauberworte zu murmeln.

Zaubern war eine komplexe Kunst. Wie Al inzwischen erfahren hatte, kam es darauf an, sich zu konzentrieren und die Zauberformel in einem bestimmten Rhythmus und mit einer festgelegten Folge von Tönen zu intonieren. Die äußerlichen eindrucksvollen Gesten und Handbewegungen dienten lediglich als Unterstützung. Da es bei einem Kampf wichtig war, dem Gegner einen Schritt voraus zu sein, fingen die Magier bereits davor an, die Zauberworte zu sprechen, weil ihre Konzentration dann nicht gestört wurde.

„… ihr, die Geister, die ihr der Erde innewohnt, hört unser Flehen, helft uns mit eurer Kraft …“

Eigentlich war der Inhalt der Worte nicht so wichtig. Entscheidend waren die Töne. Die Zaubersprüche dienten nur dazu, die richtigen Töne zu transportieren.

Der Stamm Tarutaru hatte die Geheimnise der Zauberkunst bewahrt. Nachdem er sie an die Öffentlichkeit gebracht hatte, waren sie sofort in die Alltagssprache übersetzt worden und inzwischen weit verbreitet. Deshalb wurden die Zauberworte, die die Magier heutzutage verwendeten, meist in der Alltagssprache gesprochen.

„Wenn du genau zuhörst, kannst du sie verstehen“, hatte ihm Iris unterwegs erzählt.

Deshalb konnte auch Al die Zauberworte einigermaßen verstehen.

Mit leiser Stimme beendete Peta den Zauberspruch, dann trat sie einen Schritt nach vorne.

Am Schluss musste man sich vollständig auf den Gegner konzentrieren. Zugleich war das ein Moment, in dem der Magier schutzlos war. Selbstverständlich hatte Jed dies vorhergesehen: Als Peta nach vorne trat, hatte Jed bereits das Schwert gezogen und bog um die Ecke.

Sein silbernes Haar flatterte, als er leicht geduckt losrannte. Iris und Al folgten ihm. Al bog nicht ganz um die Ecke, damit er auch nach hinten sichern konnte, trotzdem hatte er einen guten Blick in die Richtung, in die Jed losstürmte.

Nicht weit weg auf dem Minengang stand ein Quadav-Tiermensch, der einer aufrecht gehenden Schildkröte glich. Anscheinend ein Krieger. Mit einem großen Schwert und einem Schild bewaffnet erwartete er sie.

„Hier kommt der Stein-Zauber!“ Petas kurze Finger zielten genau auf den Quadav-Krieger.

In diesem Augenblick entstanden kleine Ausbuchtungen auf dem Boden rund um den Quadav.

Und nicht nur dort, sondern auch an den Wänden und

an der Decke. Überall, wo Erde zu sehen war, bildeten sich diese Erhöhungen, als ob der Fels Gänsehaut bekäme. Die Spitze der Erhöhungen formte sich erst rund und dann zu einer kleinen Kugel. So wie Luftbläschen im Wasser nach oben stiegen, lösten die Kugeln sich ab. Dann schossen sie genau dahin, wohin Peta mit ihrem Finger zeigte – auf den Quadav.

Der Quadav, der den Zauber fühlte, hob hastig seinen Schild und schützte sein Gesicht. Die Steine, die gegen seinen Panzer und den Schild prallten, krachten laut und die, die seinen ungeschützten Körper trafen, zerrissen seine harte Haut. Aus tiefster Kehle brach die gepresste, gequälte Stimme des Quadavs hervor. Als der Sturm des Zaubers nachgelassen hatte, war sein ganzer Körper von Steinen zerrissen, und der Quadav-Kämpfer stand blutverschmiert da. Als er den Schild senkte, sah Al seine vor Wut glühenden Augen.

Aber gleich drauf riss er diese Augen vor Schreck weit auf. Denn in diesem Moment hob direkt vor ihm der Schwertkämpfer aus Elvaan seine Waffe! In dem schwachen Licht erkannte man, dass Jeds Schwert einen klaren Bogen zeichnete. Ein Schrei ertönte, dessen Echo im Minengang widerhallte.

Als Iris, die Jed gefolgt war, ihn erreichte, rührte sich der Quadav bereits nicht mehr.

„Ausgezeichnet …“, stieß Iris seufzend hervor. Mit nur einem Hieb.

Während Max eine gradlinige, eisenharte Schwerttechnik führte, war Jeds Schwertführung elastisch und vereinte Sanftheit mit Schärfe und Härte.

„Vielleicht braucht ihr unsere Unterstützung ja gar nicht …“, murmelte Al, als er die Fackel wieder aufhob, die er hatte fallen lassen, um die linke Hand frei zu bekommen. So war es die ganze Zeit gelaufen, seit sie die Mine betreten hatten, auch im ersten und zweiten Stockwerk.

„Aber, aber! Wir lassen euch doch auch ordentlich mitmischen, oder?“, widersprach Peta, die Als Murmeln gehört hatte.

In der Tat beteiligte sich auch Al am Kampf, wenn die Gegner in der Überzahl waren. Trotzdem!

„Das schon, aber immer erst, nachdem Jed schon den entscheidenden Hieb geführt hat.“

Er konnte nicht besonders stolz darauf sein, bereits angeschlagene Gegner zu erledigen. Auch wenn Stolz nicht der eigentliche Grund war, warum er kämpfte.

„Mach dir keine Sorgen! Es wird schon noch heftiger.“

„Heftiger?“

Auf Iris’ Frage lachte Peta heiter, mit weit hochgezogenen Mundwinkeln.

„Genau. Unsere richtigen Gegner haben wir noch nicht getroffen. Das hier ist erst der Anfang.“

Bei dieser leichtfertigen Bemerkung von Peta erschrak Al. Selbst wenn sie verletzt waren, waren einige Quadavs immer noch ziemlich stark. Nur dank Jeds Einsatz war bisher nichts Schlimmes passiert. Vielleicht sollte er doch vorsichtiger sein. Al nahm sich zusammen.

„Und was kommt jetzt?“ Petas heitere Stimmung drohte, Als Entschlossenheit gleich wieder zu kippen.

Al war verwirrt. *Oh Mann!* Sind *die Tarutarus alle so wie Peta*? Ihm war erzählt worden, sie wären eher ängstlich und schüchtern. Oder bildete Peta mit ihrem Temperament vielleicht eine Ausnahme?

„Was hast du gesagt?“

„Ich? Nichts.“ Hastig schüttelte Al den Kopf. Warum konnte sie seine Gedanken lesen?

„Bei Al kann man die Gedanken vom Gesicht ablesen“, erklärte Iris.

Al machte ein möglichst ausdrucksloses Gesicht.

Wenn man die Fackel hochhielt, war der Weg, der vor ihnen lag, zu erkennen. Bald würde er wieder um eine Ecke biegen, dieses Mal nach links. Hinter der Ecke kauerte jemand, dessen Schatten zu sehen war.

„Ein Quadav?!“

„Nein, nein.“

Petas Antwort ließ Al die Luft, die er angehalten hatte, wieder erleichtert ausatmen. Verwirrt schaute Al noch mal auf den Schatten und stellte fest, dass er sich überhaupt nicht bewegte. Aber seinem Aussehen nach glich er genau einem Quadav.

Al konnte seine Neugier nicht zügeln und näherte

sich. Da Peta ihn nicht zurückhielt, war es wohl ungefährlich.

„Eine Puppe?“ Es war tatsächlich eine Puppe. Sie war aus Stahl und sah aus wie ein Quadav.

Auch die Größe war ähnlich. Die Puppe lehnte in der Einbuchtung, die sich jenseits der Ecke befand, wo der Minengang nach links abbog. Sie glich einer Ritterrüstung. Sie hielt einen Schild und ein Schwert in den Händen und starrte Al mit Augen aus Glas an.

„Das war nur ein Trick! Verdammt, hast du mich vielleicht erschreckt!“ Al ärgerte sich über sich selbst, dass er sich so hatte übertölpeln lassen. Er streckte seine Hand aus und wollte die Puppe umstoßen.

Da griff jemand an seine Schulter. Im selben Augenblick wurde er schon gewaltig nach hinten gezogen und auf den Boden geworfen. Er landete auf dem Hosenboden. Mit einem Geräusch, das die Luft zerriss, schnürte sich etwas um seinen Hals.

„Du verdammter Idiot!“ Mit diesen Worten wurde Al von etwas Weichem zu Boden gedrückt.

Das Licht der Fackel, die Al hatte fallen lassen, erhellte flammendes, rotes Haar und zwei goldfarbene Augen, die direkt in seine starrten. Diese Augen wurden schmaler, wie Katzenaugen in der Dunkelheit. Was auf Als Bauch und Arme drückte, waren ihr Unterleib und ihre Arme. Was seinen Hals umwickelte, war ihr langer, dünner Schwanz.

„Möchtest du sterben, Kleiner?“, säuselte sie mit eiskalter Stimme und streichelte mit einem Kurzmesser Als Wangen.

Als sie Al am Hals packte und näher zu sich hinzog, spürte er ihren Atem im Gesicht.

In der Dunkelheit lächelte sie spöttisch. Es war eine Frau vom Stamm Mithra.

## 3

„Was hat eine Mithra hier allein zu suchen?“, wunderte sich Jed, der näher kam.

Al lag immer noch unter der Frau.

„Was ist denn das für eine Begrüßung, mein Hübscher!“ Die Mithra-Frau guckte zu Jed auf, wobei sie im Schneidersitz immer noch auf Als Bauch saß. Ihre schmalen Finger drückten auf Als Brust.

Hinter Jed sagte Iris stimmlos etwas. Nur ihre Lippen bewegten sich: *Wie unanständig!* Oder so ähnlich. Aber da täuschte sie sich wirklich.

„Du gehörst doch nicht zu unserer Truppe.“

„Natürlich nicht. Ich bin auch nicht unbedingt auf eurer Seite.“

Iris und Al schluckten bei diesen Worten.

Die Mithra war also ihr Feind. Es war nämlich keineswegs so, dass alle vom Volk Altana auf einer Seite standen.

Jeds Gesicht wirkte völlig ausdruckslos.

Al schaute auf Peta und stellte fest, dass sie mit gewohnt heiterem Gesicht auftauchte.

Peta beugte sich etwas vor, als ob sie sich verneigen würde, lehnte ihren Kopf zur Schulter und sah auf. So befand sie sich schließlich auf gleicher Augenhöhe mit der immer noch sitzenden Mithra-Frau. „Bist du eine Räuberin?“, fragte sie unschuldig.

Das Katzengesicht der Mithra zeigte ein spöttisches Lächeln. Mit diesem Gesichtsausdruck hob sie ihr Hinterteil von Als Bauch und klopfte sich auf die Hüften, als ob sie sich abstauben wollte.

„Na, da liegst du nicht mal so daneben, Kindchen.“

Ihren kleinen Zeigefinger schwenkend, protestierte Peta: „Ich bin kein Kindchen. Ich bin Perutata-Porutata-Prompta!“

„Das kann ich mir niemals merken“, erwiderte darauf die Mithra-Frau. Das klang aber eher so, als ob sie es sich nicht merken *wollte*.

„Dann genügt *Peta*.“

„Jo, jo.“ Die Mithra-Räuberin steckte ihr Kurzschwert wieder in die Scheide an der Hüfte zurück. Dann warf sie noch einen prüfenden Blick auf Al und die anderen. Sie fuhr sich mit der Hand durch ihr dichtes rotes Haar, wühlte es durcheinander und sagte: „Ihr seid ja wirklich ein merkwürdiges Grüppchen. Ein Schönling als Schwertkämpfer und ein grüner Junge als Kämpfer. Ein

Kindchen als Schwarzmagierin und eine unerfahrene Göre als Weißmagierin?“

„Was ist denn so schlimm an einer unerfahrenen Göre?“, sprach Iris mehr zu sich selbst.

„Ha, ha! Tut mir leid, wenn du dich beleidigt fühlst. Ich bin Mirth Sheratte. Ihr könnt mich einfach *Shera* nennen. Ihr habt gar nicht schlecht geraten, doch ich bin keine Räuberin, sondern Schatzsucherin.“

„Das hier ist aber keine antike Grabungsstätte.“

Jeds gemurmeltem Einwand widersprach Shera sofort. „Überall, wo es Schätze gibt, geht man als Schatzsucher hin.“ Sie war offensichtlich in diesen Minengang eingedrungen, weil sie es auf die Schätze der Quadavs abgesehen hatte.

*Aber wenn man Schätze sucht, die jemandem gehören, sollte man sich vielleicht doch eher als „Räuber“ bezeichnen*, dachte Al. Selbst wenn die Eigentümer Tiermenschen waren.

Doch Shera schien kein schlechtes Gewissen zu haben. Sie stemmte ihre Hand in die Hüfte und warf sich in die Brust. Diese Haltung nahm auch Iris öfter ein, doch sah sie bei Shera aufgrund ihrer deutlich hervorgewölbten Brüste viel eindrucksvoller aus.

Wenn sie eine Hume-Frau wäre, läge ihr Alter bei 22 oder 23.

Für Al war es das erste Mal, dass er jemanden vom Stamm der Mithra aus der Nähe betrachtete, aber zweifellos gehörte sie zu diesem Stamm. Das erkannte man an den beiden katzenähnlichen Ohren, die aus dem roten Haar hervorstanden, und an ihrem dünnen langen Schwanz. So sahen in Vana' diel nur die Mithras aus.

„Hier riecht etwas merkwürdig." Es war Jed, der das bemerkte. Er hob die Nase und schnupperte, wobei er sich nach allen Seiten umblickte.

Shera nickte. „Selbst so ein Langohr merkt das." Dann wendete sie ihr Gesicht Al zu: „Aber du bist wirklich noch ein Küken, mein Kleiner."

Al stand auf. In der Dunkelheit liefen seine Wangen rot an vor Wut. „Was willst du damit sagen?!", murrte er.

Währenddessen murmelte Jed hinter Shera mit zusammengezogenen Augenbrauen etwas, was ein ziemlich unpassender Kommentar war: „Die Ohren haben doch nichts mit der Nase zu tun."

Aber darum konnte sich Al im Moment nicht kümmern. Nicht nur, dass er zu Boden geworfen worden war, jetzt auch noch für ein Küken gehalten zu werden, das konnte er sich nicht gefallen lassen! Auch wenn Shera eine hübsche junge Frau war.

„Das … ist doch der Geruch von Pulver."

Alle erstarrten bei Petas Worten.

„Was? Pulver?", wiederholte Al schließlich erschrocken. In den Palborough-Minen war Pulver verwendet worden. So hatte es in der „Palborough-Minen-Sage" gestanden. Gemäß diesem Bericht, den Al von dem Galka namens Parraggoh widerwillig und nach langer Überredung zum Lesen bekommen hatte, waren damit im Bergwerk Sprengungen durchgeführt worden, was damals eine noch ungewöhnliche Technik war.

Aber eines Tages hatte es einen Unfall gegeben. Eine Explosion. Dabei waren viele ums Leben gekommen. Sowohl Hume als auch Galkas.

Seitdem war der Einsatz von Pulver in der Mine untersagt, und Sprengungen wurden als verbotene Technik eingestuft. Seit einigen Jahren wurden sie aber langsam wieder benutzt. Genau wie die Gewehre, mit denen die Musketiere ausgerüstet waren.

Daher war es durchaus möglich, dass hier noch Pulver von damals vorhanden war.

Aber wo?

„In diesem Panzer, oder?“, fragte Iris, die mit ihrem Finger auf die Quadav-Rüstung deutete.

„Exakt. Die ist innen hohl und voller Pulver“, antwortete Shera gelassen.

Al schluckte.

Seine Wangen, die vorhin noch rot vor Wut gewesen waren, wurden jetzt leichenblass. Er konnte sich immer noch nicht vorstellen, dass dieser Panzer zur Aufbewahrung von Pulver dienen sollte. Das hieß nämlich …

„Das heißt, wenn ich ihn vorhin einfach umgestoßen hätte …“

„Bang!“ Shera breitete theatralisch ihre Arme aus.

Al lief ein kalter Schauer über den Rücken. Seine Mundhöhle war plötzlich wie ausgetrocknet.

Shera klopfte mit ihren Fingerspitzen leicht gegen die Rüstung.

„Eine Falle für einen Dummkopf, stimmt's?“, sagte Peta, und Shera nickte.

„So ist es. Wahrscheinlich ist irgendwo in der Puppe eine Zündvorrichtung eingebaut. Mit einem Flammenkristall oder etwas Ähnlichem. Wenn man die Puppe nicht auf eine bestimmte Weise bewegt, wird das Pulver gezündet. Zum Beispiel muss man erst den Hals nach rechts drehen, dann die rechte Hand hochheben und den Schild senken … oder so.“

„Warum wird so etwas ausgerechnet hier aufgestellt?“, wollte Al wissen.

„Gute Frage. Dahinter ist nur scheinbar eine Wand“, antwortete Shera und zeigte mit ihrem Finger auf die Wand hinter der Puppe.

„Du meinst, da ist eine Geheimtür?“, fragte Iris überrascht.

„Genau. Aber selbst wenn man die Tür entdeckt hat – sofern du die Puppe nicht auf sichere Weise bewegen kannst, kommst du nicht rein. Und wenn du merkst, dass die Rüstung eine Falle ist und deshalb die Finger von ihr lässt, dann kannst du die Tür nicht sehen.“

„Aber wenn hier so auffällig eine Puppe steht, wirkt

das doch fast wie ein Signal, dass hier irgend etwas sein muss, oder?“, äußerte Iris zutreffend.

„Das scheint die Intelligenz der Quadavs zu übersteigen. Auf jeden Fall ist die Falle sinnlos, wenn eine ausgezeichnete Räuberin wie ich damit zu tun hat.“ Offenbar bezeichnete sich Shera nun doch als „Räuberin“.

Aber Al hatte keine Zeit, an diesem Punkt nachzuhaken. „Wenn ich mich recht erinnere, stand in diesem Buch, dass es die Quadavs auch schon damals auf dieses Bergwerk abgesehen hatten. Deshalb gab es hier und da Geheimwege. Das scheint einer davon zu sein.“ Als Gehirn arbeitete schnell.

„Ja, wahrscheinlich. Aber dann sind die Geheimgänge vermutlich von den Quadavs entdeckt worden. Und jetzt werden sie von *ihnen* benutzt“, spekulierte Shera.

„Dann kann es sein, dass sie dahinter etwas Wertvolles versteckt haben“, stellte Jed kurz und nüchtern fest.

„Stimmt! Warum sonst hätten sie hier so eine aufwändige Falle aufgestellt?“ Iris wurde plötzlich munter.

„Ich glaube auch“ stimmte Shera zu, und Peta schloss sich an: „Vielleicht gibt es hier Schätze?“

„… aber was sollen wir mit der Falle machen?“

Al erinnerte die Frauen, die in begeisterte Aufregung geraten waren, an das gegenwärtige Problem.

„Darum kümmere *ich* mich“, versprach die Mithra-Räuberin mit großem Selbstvertrauen. Sie hob die beiden Mundwinkel nach oben und lächelte vielsagend.

„Es könnte allerdings auch schiefgehen. Wenn ihr mir helft, versuche ich es. Dafür machen wir Halbe-Halbe, wenn wir einen Schatz finden. Ist das ein Angebot?“

Al und seine Kameraden schauten einander an.

Die Antwort war klar. Was wäre denn das für ein Abenteurer, der nicht erfahren wollte, was hinter einer versteckten Tür auf ihn wartete?

+ + +

„Ein fauler Trick war das!“, rief Iris und schwang ihren Stock.

Al stimmte ihr von ganzem Herzen zu. Aber es wäre ihm lieber gewesen, wenn sie auf feindlichem Gebiet nicht so laut gewesen wäre.

„Nach diesem Krach ist es sowieso schon egal!“, schimpfte Iris.

Al zuckte mit der Schulter, ohne dabei im Lauf anzuhalten. Das stimmte natürlich.

„So etwas kann man doch nicht *eine Falle entschärfen* nennen!“

„He! Ich habe nie gesagt, dass ich die Falle *entschärfen* werde. Ich sagte *lösen*“, erwiderte Shera ohne Scham und Reue.

Die Fünf rannten durch den Minengang, der hinter der Geheimtür lag. Es war nicht sonderlich breit. Es konnten gerade mal zwei Personen nebeneinander laufen.

Da es auf dem Weg keine Laternen gab, waren sie auf die Fackeln in ihren Händen angewiesen. Vorsichtig, damit sie nicht stolperten, aber doch so schnell wie möglich, bewegten sie sich vorwärts.

Sheras „Lösungsmethode" für die Falle war äußerst simpel gewesen.

Aus ihrer Tasche hatte sie ein schmales Seil geholt. Am einen Ende knotete sie eine Schlinge und schlang sie um die Rüstung. Das andere Ende in der Hand scheuchte sie Al und die anderen zurück auf dem Weg, den sie gerade gekommen waren.

Sie erreichten schließlich die Ecke, wo sie zuvor gegen den Quadav gekämpft hatten. Also etwa 20 Schritte zurück. Nachdem Shera alle um die Ecke hatte biegen lassen, zog sie an dem Seil.

„Bang!" Ein ohrenbetäubender Knall ertönte im Minengang.

Al zog seinen Kopf ein. Da er sich nicht rechtzeitig die Ohren zuhalten konnte, dröhnte es ihm noch immer in den Ohren. Es war, als ob eine Glocke im Kopf laut bimmelte.

Selbstverständlich hatte Shera sich ihre Ohren schön zugehalten.

Als sie um die Ecke bogen, fanden sie die Rüstung vollkommen zertrümmert. Ein Teil davon rollte Al entgegen, vielleicht ein Arm. Kaputte Zahnräder und Sprungfedern lagen überall verstreut. *Wenn ich die Sa-*

*chen sammeln und mitnehmen würde, könnte ich sie vielleicht verkaufen?* An solch dummes Zeug dachte er flüchtig.

Auf jeden Fall zeigte sich da, wo zuvor die Rüstung gestanden hatte, eine Öffnung. Dahinter verbarg sich der versteckte Minengang.

Das Problem der Falle, die sie am Weiterkommen gehindert hatte, war in der Tat *gelöst.*

„Was hättest du gemacht, wenn der ganze Gang eingestürzt wäre?"

Auf Jeds Frage antwortete die Räuberin unbekümmert: „Tja, da hätte ich dann wohl nichts machen können."

Da sie bereits solchen Lärm verursacht hatten, war es unnötig, sich unauffällig anzuschleichen.

Wenn jemand am Ende des Wegs auf sie wartete, hatte er sie bereits gehört.

Daher liefen sie schnell vorwärts.

„Fauler Trick. Feige Schwindelei!"

„Ey, halt die Klappe, du!"

Iris schmollte mit gespitzten Lippen.

Shera, die an der Spitze war, fuhr sie an: „Hattest du vielleicht 'ne bessere Idee?!"

Iris schwieg.

Danach liefen alle für eine Weile schweigend nebeneinander her.

„Deine Fackel geht bald aus …", flüsterte Jed Al zu.

Tatsächlich war sie schon fast abgebrannt. *Soll ich eine neue aus dem Rucksack holen*, fragte sich Al.

„Kein Problem. Wir sind schon da“, erklärte Peta.

Darauf blieben alle stehen. Vor ihren Augen, etwa zehn Schritte entfernt, war eine Tür.

Shera bedeutete ihnen mit einer Handbewegung, hier zu warten, dann lief sie geduckt auf die Tür zu. Als geübte Räuberin bewegte sie sich völlig lautlos. Wie eine Katze – na ja, so sah sie ja auch aus – schlich sie sich an und presste ihr Ohr an die Tür. Aus der kleinen Tasche, die an ihrer Hüfte hing, holte sie Werkzeug, mit dem sie wohl das Schloss knacken wollte, und außerdem einen Handspiegel. Sie hielt den Spiegel vor das Schlüsselloch und schaute darauf.

„Manchmal werden Nadeln oder etwas Ähnliches durch das Schlüsselloch geschossen“, erklärte Iris mit flüsternder Stimme.

Al war beeindruckt. „Braucht sie denn kein Licht?“

Bis zu Shera waren es etwa zehn Schritte. Das Licht der Fackel reichte gerade so weit. Wie konnte sie da eine Arbeit durchführen, die solche Präzision erforderte?

„Es scheint zu genügen“, erwiderte Iris.

Als Al wieder zu ihr blickte, war sie bereits dabei, das Schloss zu öffnen. Geschickt steckte sie ein Stück Draht in das Schlüsselloch und nahm es wieder heraus. Sie bog daran herum, offenbar formte sie es auf diese

Weise, bis es genau in das Schloss passte. Diese Arbeit führte sie ohne das geringste Geräusch aus.

Als Al genauer hinsah, bemerkte er, dass sie nicht einmal auf ihre Hand blickte, die den Draht in dem Schlüsselloch bewegte. Ihre Nerven schienen gespannt zu sein, als könnte sie spüren, was hinter der Tür vor sich ging.

„Erstklassig …“, murmelte Iris vor sich hin.

*Sie gibt niemals eine falsche Bewertung über jemanden ab, selbst wenn sie sich über ihn geärgert hat*, dachte Al bewundernd.

„Was hast du denn?“

Als Al Iris anblickte, lächelte er sie unbewusst an.

In der Dunkelheit errötete Iris’ Gesicht leicht. „Komischer Al“, murmelte sie.

„Es scheint offen zu sein.“

Bei Jeds Worten kehrte bei allen die Anspannung zurück.

Shera formte mit ihren Fingern einen kleinen Kreis.

Als Shera zurückkam, nahmen Al und Jed ihren Platz an der Tür ein. Al hatte Shera auch seine Fackel gegeben. Shera hob drei Finger hoch. Das hieß wahrscheinlich, dass sich drei Gegner hinter der Türe befanden. Iris und Peta fingen gleichzeitig an, die Zauberworte zu sprechen. Al und Jed standen jeweils an einer Seite der Tür. Jed zog mit aller Kraft die Tür auf. Al und Jed stürzten in den Raum und trennten sich sofort nach links und rechts.

Denn wenn die Gegner von ihnen verdeckt wurden, konnten Iris und Peta den Zauber nicht durchführen.

Aber es war stockdunkel! Al konnte die Gegner im Raum regelrecht spüren – eine unheimliche Spannung. Tiermenschen konnten in der Dunkelheit gut sehen. Sie hatten also das Licht gelöscht und Al und seine Kameraden erwartet.

„Licht!“, schrie Jed kurz. Im selben Augenblick wurde auch schon eine Fackel in den Raum geworfen.

Shera hatte mitgedacht.

In dem runden Raum tauchten schemenhaft die Gestalten von drei Quadavs auf wie Geister. Zwischen Al und Jed befanden sich ein viereckiger Tisch und Stühle. Davor standen zwei Gegner, dahinter einer. Der, der hinter dem Tisch kauerte, war riesig. Die Köpfe der beiden anderen reichten ihm gerade bis zur Brust. Als dieser Riese etwas brüllte, hoben die beiden, die vorne standen, ihre Waffen: einen Beil und einen Stock.

Der Quadav mit dem Beil rannte um den Tisch herum und stürzte sich auf Jed.

Der andere mit dem Stock beschwor Worte in einem seltsamen Singsang.

„Er will zaubern! Hindert ihn daran!“, schrie Jed, während er dem Beil auswich.

Gleich darauf schossen Iris und Peta ihren Zauber auf den hinteren Quadav ab. Sie schienen sich entschieden zu haben, auf den Stärksten der drei zu zielen.

Die Strahlungen des Dia-Zaubers von Iris und des Gift-Zaubers von Peta trafen den hinteren Quadav. Mit einer Drehung versuchte er auszuweichen, aber mit solch billigen Tricks kann man einem Zauber nicht entkommen.

In diesem Augenblick trat Al bereits dem Quadav mit dem Stock entgegen, der wahrscheinlich ein Fluchmagier war.

Er ließ seinen Stock blitzartig von oben nach unten sausen und richtete ihn auf Al.

Obwohl Al klar war, dass er nicht ausweichen konnte, drehte auch er seinen Körper. Doch die Strahlung des Zaubers umgab ihn bereits. Das Glitzern drang in seinen Körper ein.

Sein Körper wurde schwer. Ihm schien, dass sein Schwert plötzlich viel mehr wog.

Er spürte, dass der Dia-Zauber bei ihm wirkte, aber er konnte nichts dagegen unternehmen. Da biss er seine Zähne zusammen und sammelte all seine Kräfte, um den Zauber zu brechen. Als Al unbeeindruckt auf ihn losstürzte, spiegelte sich Überraschung auf dem Gesicht des Quadavs. Er zog seinen Stock zurück und begann, weitere Zauberworte zu sprechen.

„Das lasse ich nicht zu!" Al sprang auf den Tisch, der zwischen ihnen stand, und verpasste ihm einen kräftigen Fußtritt.

Noch in der Luft schwebend, legte Al sein ganzes Gewicht in den Schwertarm und schlug nach dem Kopf des Quadavs.

Der hatte es aufgegeben, seinen Zauberspruch zu vollenden und hielt verzweifelt seinen Stock über den Kopf, um Als Angriff abzuwehren. Al umklammerte den Schwertgriff auch mit der Linken und schlug ohne Zögern mit ganzer Kraft zu.

Mit einem Krach zerbarst der spiralförmig gedrehte Holzstock in der Mitte.

Der Quadav riss seinen spitzen Krötenmund und die Augen weit auf.

Al drückte sein Schwert weiter nach unten. Sein Schwert, das den Stock durchschlagen hatte, ritzte die Brust des Quadavs auf. Rotes Blut spritzte in alle Richtungen.

Mit einem gequälten Schrei, der tief in den Ohren schmerzte, fiel der Quadav auf den Rücken.

„Al, pass auf!"

Al fuhr herum. Eigentlich hatte er zunächst seinen Atem wieder beruhigen wollen. Dicht vor ihm stand ein weiterer Quadav. Der Riese!

„GRR."

Er hatte ihn nur mit seiner Schulter gestoßen, aber trotzdem flog Al quer durch den Raum. Er landete auf dem Rücken. In diesem Moment stockte sein Atem. Vor seinen Augen wurde es schwarz. Er geriet in Panik, da er dachte, nicht mehr atmen zu können.

„Al!“

Instinktiv reagierte er.

Mit ganzer Kraft warf er seinen Körper zur Seite. Knapp neben ihm krachte ein riesiger Knüppel auf den Boden. Die Dielen brachen. Holzstücke flogen in alle Richtungen.

Im Boden gähnte ein großes Loch. Vor Entsetzen standen Al die Nackenhaare zu Berge.

„He, du! Hierher!“, rief Jeds scharfe Stimme hinter dem Quadav mit dem Knüppel. Jed versuchte, dessen Aufmerksamkeit auf sich zu lenken. Anscheinend hatte er den Quadav mit dem Beil schon erledigt.

Vielleicht wollte der Quadav die Herausforderung annehmen. Oder war Al ihm als Gegner zu schwach? Jedenfalls drehte er sich langsam um. Als wollte er zeigen, dass das alles viel zu langweilig für ihn war und weder Al noch Jed für ihn als Gegner in Frage kamen. Er schien nicht im Geringsten davon beeindruckt, dass seine Kameraden bereits gefallen waren.

In diesen wenigen Augenblicken versuchte Al, seinen keuchenden Atem zu beruhigen.

Peta und Iris näherten sich bis ungefähr zur Tür.

Al bedeutete ihnen mit den Händen, nicht näherzukommen. Da merkte er, dass sein linker Arm wie taub war. Wo er den Schild trug, fühlte der Arm sich wie gelähmt an. Wahrscheinlich hatte er sich verletzt, als er auf den Boden geprallt war. Aber er hatte jetzt keine Zeit, sich darum zu kümmern. Dieser Quadav war eine harte Nuss.

Bestimmt hatten ihn der Dia-Zauber von Iris und der Gift-Zauber von Peta getroffen. Aber die Bewegungen dieses riesigen Quadavs zeigten keine Spur von Schwerfälligkeit.

Jed traf ihn mehrfach mit dem Schwert. Immer wenn Jeds Klinge aufblitzte und er die Knüppelangriffe unterlief, fügte er dem Quadav eine derbe Wunde zu. Das Ziel war schließlich groß genug und einfach zu erwischen. Aber der Quadav fiel nicht.

Al schauderte. War es ein Untoter? Al hatte von diesen Wesen bisher nur gehört.

Jed schaute Al an. Er schien ihm etwas sagen zu wollen mit seinem Blick.

Mit kleinen Schritten versuchte er, seine Position nach und nach zu wechseln.

Es wurde immer dunkler im Zimmer. Die Fackel war fast abgebrannt.

Ob Shera eine Ersatz-Fackel bereithielt? Al hatte aber keine Zeit, sich lange darüber Gedanken zu machen. Es war besser, diesen Quadav zu erledigen, bevor die Fackel abgebrannt war. In diesem Augenblick begriff Al endlich Jeds Absicht.

Der Quadav kehrte Al langsam den Rücken zu.

Behutsam hob Al sein Schwert und schlich von hinten an den Gegner heran. Al betete innerlich, dass der Quadav ihn nicht bemerkte. *Bitte kümmere dich jetzt einfach nicht um mich!* Er hörte, wie Zauberworte gesprochen wurden. Die Stimmen von Peta und Iris.

Kurz wandte der Quadav den Kopf zur Tür. Ein hohes Geräusch drang aus seinem Mund. Es hörte sich an wie ein Pfiff. Den kurzen Augenblick, in dem der Quadav abgelenkt war, hatte Jed genutzt. Er hatte ihm einen schnellen Stoß versetzt. Der Stoß, der in seine Brust eindrang, machte den Quadav wütend. Tödliche Spannung erfüllte die Luft. Al verspürte plötzlich einen sanften, warmen Wind auf seiner Haut. Im nächsten Moment fühlte er, wie sein Körper plötzlich leichter wurde. Die Taubheit am linken Arm verschwand.

Das war der „Heilen-Zauber“ von Iris. Ein Zauber, den sie an ihm schon öfter durchgeführt hatte. Plötzlich erinnerte sich Al an die Tage auf dem Ödland von Gustaberg.

Im selben Moment blieb der Quadav stehen. Das lag am Fessel-Zauber von Peta. Seine Füße schienen am Boden zu kleben. Es war nur ein kurzer Augenblick. Aber er reichte vollkommen. In diesem Moment erlosch die Fackel und hüllte den Raum in Dunkelheit.

Jed und Al traten gleichzeitig vor. Al zielte auf den Ansatz des Schwanzes.

Der Rücken des Quadavs war mit einem Kampfpanzer wie bei einer Schildkröte bedeckt. Hätte er darauf gezielt, wäre höchstens sein Schert abgebrochen.

Er zog sein Schwert hoch, als würde er Wasser schöpfen.

Jed hatte auf die Verbindung zwischen zwei Panzerteilen gezielt. Das bemerkte Al erst, als der Quadav schon gefallen war. Trotz der Dunkelheit hatte Jeds Schwert den winzigen Spalt zwischen den Panzerteilen durchstoßen. Nur dem Gefühl seiner Hand folgend stieß Al sein Schwert mit einer Drehung in den Körper des Gegners.

Der Quadav wand sich vor Schmerzen und versuchte, Al und Jed abzuschütteln. Dass Al standhalten konnte, war nur Iris' Heilzauber zu verdanken. Ohne ihn hätte er sein Schwert sicher fallenlassen. Nachdem er sich ein letztes Mal aufgebäumt hatte, blieb der Quadav auf einmal regungslos zwischen Al und Jed stehen.

Die beiden zogen ihre Schwerter zurück. Mit einem lauten Krachen fiel der Quadav zu Boden.

Als ob sie darauf gewartet hätte, zündete Shera eine neue Fackel an. Der Raum wurde erneut von flackerndem Schein erhellt.

„Alles in Ordnung?" Al nickte Iris zu, die zu ihm rannte, und hob eine Hand.

Es war zwar alles noch mal gut gegangen, aber er war mit den Nerven völlig fertig.

*So etwas gibt es also auch. Ein unglaublicher Gegner.* Erneut blickte er sich in dem Raum um und stellte fest, dass er ziemlich leer war. In der Mitte standen ein viereckiger Tisch und Stühle. Wahrscheinlich stammten sie nicht von den Quadavs, sondern von denjenigen, die die Palborough-Minen erbaut hatten. Sie waren ziemlich alt und abgenutzt.

In einer Ecke waren einige Holzkisten aufeinander gestapelt.

„Vie-lleicht-sind-da-die-Schätze-drin?“, trällerte Shera und näherte sich den Kisten in bester Laune.

Leider war es aber nicht so, wie Shera es sich gewünscht hatte.

Es waren keine Schätze darin. Sondern eine herbe Überraschung: Eine große Menge Pulver.

„Ein Glück, dass wir keinen Flammenzauber verwendet haben!“ Auf Petas Worte, die sie wie immer in fröhlichem Tonfall äußerte, antworteten alle mit bedrücktem Schweigen.

„Ich dachte gerade daran, dass es ziemlich bescheuert war, hier eine brennende Fackel reinzuwerfen …“

„Al, du Dummerchen! Das hättest du nicht sagen …“, kommentierte Iris, dann brach sie ab und schloss ihren Mund. Es gab Fälle, bei denen man etwas sagen musste, obwohl man genau wusste, dass es besser war, wenn man nichts sagte.

Was sie nicht wussten: Warum es ausgerechnet hier eine solche Menge Pulver gab?

Mit dieser Menge hätte man sogar eine Burg in die Luft sprengen können.

Peta meinte, dass sie noch nie gesehen hätte, dass die Quadavs Pulver verwendeten.

„Allerdings benutzten Goblins manchmal Pulver. Einige von ihnen setzen gerne pulvergefüllte Handgranaten ein. Aber dass die Quadavs Waffen mit Pulver verwenden, ist mir neu.“ Peta schüttelte mehrmals bedächtig den Kopf.

Hinten im Raum existierte noch eine Tür. Sie war nicht abgesperrt. Als Al und die anderen die Tür öffneten, bot sich ihnen ein überraschender Anblick. Vor ihren Augen floss ein Fluss gemächlich dahin. Von rechts nach links verlief ein Tunnel, durch den sich der Fluss seinen Weg bahnte. Ein unterirdisches Gewässer also. An der Seitenwand des Tunnels befand sich eine Öffnung, die zu dem Raum führte, in dem sie sich aufhielten. Der Fluss war etwa 20 Schritte breit, der Tunnel hatte etwa die doppelte Breite. Auch die Decke war ziemlich hoch. Zu beiden Seiten des Flusses erstreckten sich Uferstreifen. Am diesseitigen Ufer gab es einen kleinen Steg. Dort lag ein armseliges Boot vertäut.

„Das ist ja eher eine Kiste als ein Boot“, stellte Iris fest. Es sah wirklich so aus. Als hätte man eine etwas größere Kiste einfach aufs Wasser gesetzt. Vielleicht konnten fünf oder sechs Personen darin Platz finden, aber das Boot war ziemlich alt. Es konnte gut sein, dass es voll Wasser lief und sank, wenn man es benutzte.

„Wohin dieser Fluss wohl führt?“

„Wenn man ihm folgt, wird man es sehen", antwortete Jed auf Als Frage mit ernsthaftem Gesicht.

„Hallo! Ist euch auch nichts passiert?"

Aus dem Zimmer erklang eine Stimme.

„Ah, die beleidigte Leberwurst", identifizierte Iris sie.

Es war Naji. Immerhin war er der Truppenführer.

*Es wäre höflicher, wenn Iris sich wenigstens seinen Namen merken würde*, dachte Al.

Die Schritte vieler Personen waren zu hören.

Naji und seine Kameraden kamen, um zu erfahren, was sich hier abgespielt hatte. Denn sie hatten den Knall der Explosion gehört.

Auch Naji war überrascht, als er den Fluss entdeckte. Aber er wusste, wohin er floss.

„Nach Bastok. Damals, als das Bergwerk noch betrieben wurde, benutzte man diesen Fluss, um das Mythril-Erzgestein in die Stadt zu transportieren."

Najis Ausführungen erinnerten Al und Iris daran, dass es auch tief in den Zeruhn-Minen einen Fluss gab. Allerdings war es verboten, ihm nahe zu kommen, und deshalb war dort auch ein Wächter aufgestellt.

Das hieß, auch die Regierung wusste von dem Fluss. Es war einleuchtend, dass damit auch Naji unterrichtet war.

„Aber, Moment mal! Das bedeutet ja, wenn man über diesen Fluss fährt, könnte man in Bastok eindringen? Das ist aber nicht gerade günstig, oder?"

Iris erzählte Naji von der großen Pulvermenge, die sie gefunden hatten.

Als Naji das hörte, wurde er blass.

„Kann es nicht vielleicht sein, dass die Quadavs gar nicht wissen, dass es sich hier um Pulver handelt?“, fragte Jed, ohne selbst wirklich daran zu glauben.

Darauf erwiderte Shera sogleich: „Nein, das kannst du vergessen. Du hast doch diese Panzerpuppe gesehen. Sie wissen es bestimmt. Und deshalb ist dieser Raum auch geheim und liegt so versteckt.“

Auch Peta meldete sich zu Wort: „Vielleicht haben sie den Geheimweg erst vor Kurzem gefunden. Denn es gab dort noch überhaupt keine Spuren von ihnen. Vielleicht haben sie auch erst vor Kurzem gelernt, mit dem Pulver umzugehen.“ Dann fügte sie leise hinzu: „Vielleicht hat es ihnen jemand verraten.“

Ihre Stimme war so leise, dass Al sie gerade noch hören konnte.

Eine große Menge Pulver. Eine Menge, mit der man eine Burg zerstören konnte. Das Wissen, wie man damit umgeht. Die Falle mit der Panzerpuppe. So eine ausgefeilte Technik!

„Vielleicht … wird Bastok … zum Ziel ihres Angriffs?“, sprach Iris leise vor sich hin.

Alle wurden still. Al, Naji und auch die anderen Abenteurer, die mit Naji gekommen waren.

„Lasst uns mit dem Boot den Fluss hinunterfahren!“

Als Aufforderung ließ die anderen überrascht aufblicken.

„Wir sollten es zumindest überprüfen."

„Na ja, das stimmt, aber…", meinte Iris mit fragendem Blick, „geht dieser Kahn nicht unter, wenn wir einsteigen?"

„Ach was …, und außerdem – eine kleine Bootsfahrt macht doch Spaß."

Es war Peta, die als erste einstieg. Leichtfüßig sprang sie in das Boot, dann – zu Als Erschrecken – hüpfte sie mehrmals auf und ab.

„Seht ihr, scheint alles in Ordnung zu sein!"

„Gut, lasst uns aufbrechen! Kommandant Naji, wir werden mit dem Boot fahren."

Als Al das sagte, traf auch Naji seine Entscheidung.

„Einverstanden. Das Pulver werden wir hier rausbringen. Ich habe einen Zauberer bei meinen Leuten, der den Warp-Zauber beherrscht. Ich schicke ihn gleich in die Stadt zurück, damit er dort die Neuigkeiten überbringen kann."

Schnell war alles abgesprochen, dann stiegen auch Al und seine Kameraden in das Boot.

„Was denn … willst *du* etwa mit uns gehen?"

„Klar, warum auch nicht? Mach dir keine Gedanken!", antwortete Shera der schmollenden Iris völlig unbeeindruckt. Die Mithra-Räuberin hatte, wie selbstverständlich, mitten zwischen ihnen Platz genommen.

Al versuchte gar nicht erst, mit der Katzenfrau zu diskutieren. Er hatte es schon geahnt. Mit Worten war er Frauen sowieso nicht gewachsen. *Es bringt nichts, wenn wir uns jetzt streiten*, sagte er sich. Als er das Tau löste, begann das Boot, langsam Fahrt aufzunehmen.

Nach etwa drei Stunden kamen Al und seine Kameraden in den Zeruhn-Minen an.

KAPITEL 3
Jed

# I

Es war schon ziemlich spät geworden, aber in der Gaststätte „Nest der Fledermäuse“ wurde noch immer gesungen.

„Werte Gäste! Bitte lassen Sie es genug sein für heute!“ Die Stimme des Wirts, der seine Gäste mit wässrigen Augen zurückzuhalten versuchte, ging im Jubel unter. Es hatte keinen Zweck.

Die Hauptursache waren Peta und Shera. Sie hatten die andere Gäste angesteckt, als sie angefangen hatten, einen Toast auszubringen.

„Auf unsere gesunde Rückkehr! Proooоost!“, rief die edle Dame Shera mit dunkel geränderten, wässrigen Augen. Shera, die bereits stark betrunken war, bestand darauf, dass man sie ehrerbietend mit „edle Dame“ ansprach. Ansonsten biss sie einfach zu.

Ein Betrunkener, der halb zum Spaß auf diese Ehrenbezeugung verzichtet hatte, musste das am eigenen Leib erfahren.

Sheras Gesicht hatte sich bereits nach dem ersten Glas Ale gerötet.

Peta dagegen schien unbegrenzte Mengen zu vertragen.

Al wunderte sich, wohin in diesem kleinen Körper solche Mengen Alkohol verschwinden konnten. Er hatte zwar gehört, dass die magische Kraft des Stammes Tarutaru unermesslich war, aber er hätte nicht gedacht, dass dies auch auf deren Alkoholkonsum zutraf.

Wer zwischen den beiden saß und schweigsam trank, war Jed. Shera hatte sich aufdringlich bei ihm eingehängt, aber er bemühte sich nicht, sich mit Gewalt zu befreien. Wahrscheinlich hatte er Angst davor, sonst von ihr gebissen zu werden.

Al und Iris tranken keinen Alkohol. Sie begnügten sich mit Saft.

Iris, die es hasste, in irgendetwas nachzustehen, hatte zwar beim ersten Anstoßen ihr mit Ale gefülltes Glas zum Mund geführt, scheiterte aber bereits, als sie das Glas gerade mal zur Hälfte geleert hatte.

Al hätte zwar weiter trinken können, aber dann hätte Iris – widerspenstig wie sie war – ebenfalls weiter zugelangt. Es wäre ein bisschen ungünstig, wenn sie volltrunken zu Boden gefallen wäre. Deshalb hatte Al sich damit abgefunden, mit ihr zusammen Apfelsaft zu trinken.

Peta begann, wieder zu singen. Wie immer traf ihr Lied nicht genau den Ton.

Der Wirt hatte es aufgegeben, sie zurückzuhalten. Er verteilte die schäumenden Bierkrüge nach allen Seiten, genauso wie Shera und Peta ihn angewiesen hatten.

Zufällig warf Al einen Blick auf Iris. Es kam ihm so vor, als ob ihr Körper von links nach rechts schwankte.

„Hey, Iris. Wäre es nicht besser, wenn wir langsam mal nach Hause gehen würden?“

Iris’ Stirn runzelte sich unmutig.

Um ihre Reaktion zu testen, tippte Al probeweise dagegen.

Sie fiel langsam nach hinten.

„Um Himmels Willen, bist du wahnsinnig!“

Hastig griff Al ihren Arm.

„Huiiii. Al, die ganze Welt dreht sich um mich.“

„Du bist betrunken!“, sagte Al schlicht.

Er hatte nicht damit gerechnet, dass sie von einem halben Krug Ale bereits betrunken sein würde.

„Ich bringe sie nach Hause“, bot Jed an. Er stand hinter Iris, ohne dass Al es bemerkt hatte.

„Nein, ich mache das!“ Al hielt Jed zurück, der aufstehen wollte.

„Dann fehlt die Hauptperson auf der Party.“

„Die Hauptperson?“

„Der Führer des Bündnisses bist du“, meinte Jed mit einem leisen Lächeln auf den Lippen.

Dann packte er Iris am Arm und stellte sie auf die Füße.

Iris schien sich entschieden zu haben, brav nach Hause zu gehen. „Bis bald“, meinte sie kurz, und dann ließ sie sich von Jed begleiten.

Petas Lied, das sie auf einem Stuhl stehend vortrug, endete. In der Gaststätte wurde geklatscht und gejubelt.

Das Mädchen aus Tarutaru plumpste wieder auf seinen Stuhl und führte einen frischen Krug zum Mund.

„Vielleicht wollte er sich über mich lustig machen?“, murmelte Al in Gedanken an das Gespräch mit Jed. Dann seufzte er.

„Hey, was machst du denn für ein verdrießliches Gesicht? Trink! Hey, trink weiter!“

„Äh, Shera, was ist denn?“

Keine Reaktion.

„Shera?“ Von ihrem scharfen Blick getroffen, versuchte Al es noch mal: „Edle Dame Shera, natürlich.“

„Schon besser, mein Junge“, Shera hakte sich bei ihm unter.

Dann wurde ihm ein voller Krug Ale in die Hand gedrückt. Da Jed nicht mehr da war, musste Al dessen Rolle übernehmen.

„Jetzt – lassss deinen Kuuummer, laaaas ihn einfach mit dem Ale wegfließen!“ Sie drückte den Krug an Als Mund und zwang ihn zum Trinken. „Hey, trink, trink! Oder möchtest du mit der edlen Dame Shera von Mund zu Mund trinken?“

Die anderen Männer grölten: „Dann bitte mit mir auch!“

„Nein, nein, ich trinke ja schon!“ Al trank hastig aus. Falls er Sheras Aufforderung nachgekommen wäre, hätte er keinen Einfluss darauf gehabt, was die Männer hinterher daraus gemacht hätten. Er wollte, dass sie seinen

Arm losließ. Denn sein Ellbogen drückte gegen etwas Weiches – sehr Weibliches, und das machte ihm ziemlich verlegen.

Dass sich sein Gesicht plötzlich ganz heiß anfühlte, lag sicher nicht nur am Alkohol.

„Hey, du kannst ja richtig trinken! Noch einen Krug!"

Al musste weiter trinken, und am Schluss wusste er nicht einmal, wie viele Krüge er geleert hatte. Als er wieder zu sich kam, befanden sich lediglich er und Peta in der Gaststätte.

Irgendwann war er wohl eingenickt. Es brannte nur noch eine einzige Laterne.

„Wo ist Shera?"

„Hm? Shera? Der Typ hat sie weggebracht. Ich habe ihm gesagt, er soll sie in irgendein freies Zimmer legen."

Mit dem „Typ" meinte sie wohl den Wirt. Al wollte auch auf sein Zimmer gehen und eine Runde schlafen. Bis zur Morgendämmerung waren noch zwei, drei Stunden Zeit. Er wollte, auch wenn es nur kurz war, in seinem eigenen Bett schlafen. „Ich gehe auch schlafen."

„Mhm!" Sie sprang vom Stuhl auf den Boden, klopfte ein paar Mal auf ihr Kleid, bis es wieder ordentlich aussah. Warum schwankte sie nicht einmal? Sie wirkte, als ob sie überhaupt nicht betrunken wäre.

„Geht es dir gut?"

„Wieso?"

*Was heißt hier „wieso“...*

„Ich geh’ dann mal ins Moghaus zurück.“

Einen Moment lang dachte Al, er könnte dieses Kind doch nicht mitten in der Nacht allein nach Hause gehen lassen. Dann erinnerte er sich aber daran, dass sie, trotz ihres Aussehens, bestimmt älter war als er. Der Dummkopf, der ihr etwas anzutun versuchte, würde von ihrer schwarzen Magie buchstäblich schwarz gebrannt werden.

Sie war ganz und gar nicht so hilflos, wie sie schien. Peta schlenderte zur Tür, dann drehte sie sich um, so als ob ihr gerade etwas eingefallen wäre und sagte: „Du, Al?“

Al, der sein Zimmer aufsuchen wollte, blieb stehen.

„Hast du Lust auf eine Reise?“

Da diese Frage so plötzlich kam, verstand er nicht gleich, was sie damit meinte. „Eine Reise?“

„Ja, ja! Ich und Jed werden nach San’doria gehen.“

San’doria war Iris’ Heimat. Es war ein Königreich, das von Bastok aus gesehen ziemlich weit im Norden lag. Sie hatten zwar bisher nicht davon gesprochen, aber wenn er in Ruhe darüber nachdachte, gehörten weder Peta noch Jed zum Volk von Bastok. Da Jed gesagt hatte, er besäße ein Signet von San’doria, war dies vermutlich seine Heimat, und Peta kam wahrscheinlich aus Windurst. Für die beiden war Bastok nur eine Zwischenstation. Das war bei Abenteurern nicht selten.

„Hast du nicht Lust mitzukommen?“
„Mit euch zusammen?“
„Ja. Shera meinte, sie käme auch mit.“
Wann hatten sie darüber geredet? „Bitte lass mir noch etwas Zeit, darüber nachzudenken!“ Al konnte sich nicht gleich entscheiden.
„Ja, denk darüber nach! Aber wir haben nicht mehr viel Zeit.“ Mit diesen Worten machte sie sich auf den Heimweg.
Während Al auf sein Zimmer ging, fragte er sich selbst, warum er nicht sofort zugestimmt hatte. Eigentlich sollte ihm nichts lieber sein, als eine Reise. Immerhin hatte er beschlossen, ein Abenteurer zu werden, weil er die immer gleiche Landschaft seiner Heimat nicht mehr ertragen konnte. Auf einer Reise könnte er viel Neues kennenlernen. Aber trotzdem …, warum?
Im Gang war die Beleuchtung bereits gedämpft. Der Mondschein, der durch die Fensterkreuze hereinfloss, zeichnete schwarze und weiße Streifen auf den Boden. Als er die Zimmertür öffnete, wartete ein ordentlich gemachtes Bett auf ihn. Er ließ das Bett wie es war, legte sich gleich mit dem Rücken darauf und bettete seinen Kopf auf das Kissen. *Zumindest sollte ich meine verschwitzte Kleidung ausziehen, bevor ich mich hinlege, sonst werde ich wieder als „Idiot“ bezeichnet*, dachte er. Das Bild, das in seinem Kopf auftauchte, machte ihm endlich bewusst, warum er Petas Frage nicht sofort hat-

te beantworten können. Bastok zu verlassen, hieß zugleich, sich von ihr zu trennen.

Die Nachrichten, dass das von Al geführte Bündnis einen Quadav – und dazu vielleicht sogar einen Anführer – getötet und in einem versteckten Raum eine große Menge Pulver entdeckt hatte, wurden umgehend an das Präsidium weitergeleitet.

Der Laborleiter Cid zeigte sich verblüfft, dass die Quadavs offenbar mit Pulver umgehen konnten. Und auch der Mechanismus der Panzerpuppe, deren Einzelteile sie mitgebracht hatten, erstaunte ihn außerordentlich. Solch ausgefeilte Technik war bei den Quadavs bisher unvorstellbar gewesen.

Iris' Vermutung, dass ein Angriff auf Bastok geplant sein könnte, erregte große Besorgnis im Präsidium. An diesem Abend wurde das Licht im Präsidium lange nicht gelöscht.

Die ganze Nacht lang wurde eine Sitzung abgehalten. Der Präsident, sein Adjutant und auch Naji waren bei dieser Sitzung anwesend. Zum Schluss wurde beschlossen, sowohl die zurückeroberten Palborough-Minen zu sichern als auch die Bewachung der Zeruhn-Minen zu verstärken – für den Fall, dass es den Quadavs gelang, es abermals zurückzuerobern.

Denn der Feldzug nach Beadeaux war ein Misserfolg gewesen. Den Truppen gelang es zwar, das Fort des Gegners zu beschädigen. Doch konnten sie es nicht endgültig zerstören, denn je näher sie kamen, desto wehrhafter erwies sich das Fort. Die Truppe zog sich deshalb zurück, bevor ihre eigenen Verluste zu groß gerieten.

„Verdammt! Dieser Feldzug hat beiden Seiten nur Schaden gebracht“, fluchte Karst bitter vor sich hin.

Am Himmel dämmerte es langsam. Am Ende der Sitzung wurde noch ein weiterer Beschluss getroffen. Für das Präsidium war es zwar nur eine kleine, eher unbedeutende Sache, aber für einige entfaltete dieser Beschluss eine enorme Bedeutung.

Keiner konnte zu dieser Zeit ahnen, dass dieser kleine innenpolitische Beschluss von Bastok im Laufe der Zeit die ganze Welt von Vana’ diel beeinflussen sollte.

+ + +

*Das wird heute wieder ein heißer Tag*, dachte Al, als er in den wolkenlosen, blauen Himmel blickte, während er auf einer Kopfsteinpflasterstraße im Handelsbezirk unterwegs war.

An den beiden Ufern des Schwarze-Asche-Flusses, der sich durch die Stadt schlängelte, reihten sich Menschen, die ihre Angelschnüre ins Wasser hängen ließen. Da die frühen Morgenstunden bereits lange vorbei waren, konnten sie mit keinem großen Fang mehr rechnen, aber das Ergebnis war für sie wohl Nebensache. Eine entspannte, ruhige Stimmung breitete sich in der Stadt aus. Ab und zu hielt Al an, warf einen Blick auf die Stadt und prüfte seinen Standort und die Richtung. Al wollte zum Haus von Max, das sich am Rand des Handelsbezirks befand. Lachende Kinder liefen an ihm vorüber.

Ein Mädchen mit einem frechen Gesicht rümpfte die Nase. Ihr gefiel wohl sein Aussehen mit dem verstaubten Panzer nicht besonders.

Waren denn alle Mädchen so? *Wozu müssen sie sich so viel um das Aussehen von anderen kümmern*, wunderte sich Al.

Er hörte eine Harfe spielen. Dann folgte der Klang einer Flöte. Wahrscheinlich war hier ein Laden für Musikinstrumente. Als Al daran vorbeilief, wurde er gefragt, ob er nicht eines kaufen wolle. Schweigend schüttelte er den Kopf und ging weiter. An diesem Morgen war ein Bote auf sein Zimmer gekommen. Von ihm hatte er einen Brief entgegen genommen und sich dann auf den Weg zum Präsidium begeben. So plötzlich zum Präsidium gerufen zu werden, hatte ihn schon überrascht. Aber was ihm dort mitgeteilt wurde, verblüffte ihn noch mehr. Er wurde beauftragt, nach San'doria zu gehen. Die Auswahl der Kameraden, die ihn begleiten sollten, blieb ihm selbst überlassen. Offenbar glaubten sie, dass die Mitglieder von Als Gruppe seine festen Bündniskameraden waren. Er wagte nicht zu gestehen, dass sie einfach seinen Namen benutzt hatten, um den Auftrag für Palborough zu ergattern.

Gleich danach besuchte Al das Moghaus, wo Peta und Jed wohnten. Es war in jeder Hinsicht unmöglich, allein nach San'doria zu reisen. Er brauchte Kameraden. Und zwar solche, die über gewisse Fähigkeiten verfügten. Da Jed und Peta auch nach San'doria wollten, konnten sie ihn vielleicht begleiten – zumindest auf dem Weg dorthin. Wenn sie ablehnten, musste er anfangen, sich neue Kameraden zu suchen. Al hatte sich bereits entschlossen, diesen Auftrag anzunehmen.

Es war ein Auftrag direkt vom Präsidium. Er als Neuling würde nicht oft so eine Gelegenheit bekommen. Was er tun musste, war allerdings alles andere als einfach.

In Jeds Zimmer im Moghaus war aus irgendeinem Grund auch Shera anwesend. Deshalb wirkte das Zimmer, das sowieso schon klein war, noch enger.

Al erinnerte sich: Als er aufgewacht war, war Shera bereits verschwunden.

Shera, die nach dem gestrigen Abend üble Kopfschmerzen hatte, ließ sich von den Moogles genüsslich ihre Schultern massieren.

Als Al sein Anliegen mitteilte, erklärte Peta leichthin: „Egal, wie! Hauptsache, wir kommen nach San'doria! Das passt doch super. Also lass uns zusammen gehen!"

Jed nickte: „Ich habe nichts dagegen."

Shera meinte nur kurz: „Macht was ihr wollt!", und

schloss wieder die Augen. Sie genoss sichtlich ihre Schultermassage.

Al warf einen Blick auf die Moogles, die mit niedergeschlagenen Augen massierten, und fragte sich für einen Moment, ob sie verlegen waren oder ob es ihnen Freude machte. Danach verließ Al Jeds Zimmer und streifte ziellos durch die Straßen der Stadt. Er dachte an seine Kameraden, die den Palborough-Feldzug mitgemacht hatten … Nachdem er einen tiefen Seufzer ausgestoßen hatte, guckte er hoch. Ein zweistöckiges Haus aus Backstein fiel ihm ins Auge. Das Haus von Max. Schnell spurtete Al die drei Stufen zur Haustür hoch. Er versuchte, seinen Elan beizubehalten und betätigte den Türklopfer ehe ihn der Mut verließ. Eine gutmütige Dame führte ihn ins Wohnzimmer. Wahrscheinlich die Haushälterin, die Iris schon erwähnt hatte.

Kurz danach erschienen Iris und Max, der gerade an diesem Morgen von dem Feldzug zurückgekehrt war, im Zimmer.

Während Al mit ihnen zusammen ein verspätetes Frühstück einnahm, teilte er ihnen mit, dass er nach San'doria gehen wollte. „Auch in San'doria soll ein Feldzug gegen die Tiermenschen in Planung sein."

Die beiden lauschten Als Erzählung wortlos.

„Ich soll daran teilnehmen."

*Als Symbol für die Freundschaft von Bastok und San'doria biete ich mit Freuden unsere Abenteurer als*

*Kampfkraft an.* So hieß es in dem Handschreiben, das Al vom Präsidium anvertraut wurde. Das war die offizielle Begründung, warum er nach San'doria gehen sollte.

„Nebenbei sollst du auch Informationen sammeln, stimmt's?", fragte Max, und Al nickte.

Die Regierung von Bastok hielt die Tatsache, dass die Quadavs über Schwarzpulver verfügten, für äußerst besorgniserregend. Wie Lucius an jenem Abend gesagt hatte, als Al und Iris im Präsidium waren, machte sich bei den Tiermenschen eine neue Entwicklung bemerkbar.

Die Regierung von Bastok hatte daraufhin in der Nacht beschlossen, in jeden Staat zuverlässige Abenteurer zu entsenden und auf diese Weise mehr Informationen über die Tiermenschen zu gewinnen. Einige Abenteurer wurden ausgewählt. Einer davon war Al.

„Das ist doch super!"

Al beantwortete Iris' Ausruf mit Stillschweigen. Er hatte das Gefühl, dass die Entdeckung der Geheimtür und des Pulvers überbewertet wurde. Das war schließlich nicht sein Verdienst.

Dennoch wagte er es nicht, diesen Auftrag abzulehnen.

„Deshalb …"

*… muss ich Bastok verlassen.* Al wollte dieses Thema gerade anschneiden, doch Iris kam ihm zuvor und überraschte ihn: „Dann müssen wir uns jetzt auf eine lange Reise vorbereiten!"

„Hä?“

„Was?“ Al und Max waren beide sprachlos. Erst starrten sie Iris an, dann trafen sich ihre Blicke. Als die beiden Iris erneut anstarrten, riefen sie gleichzeitig: „Willst du etwa mit!?“

Iris nickte, als ob sie sagen wollte: *Selbstverständlich!*

Obwohl Al sich das aus tiefstem Herzen gewünscht hatte, war er doch eher verblüfft.

Aber es war Max, der in helle Aufregung geriet. Er versuchte alles, um Iris zurückzuhalten, die jedoch stur blieb.

Ihr Streit dauerte etwa eine Stunde. Nein, das war kein Streit. Einseitig und pausenlos redete Max auf Iris ein.

Er klärte sie auf über die Gefahren der Reise und des Auftrages. Er versuchte zu überreden, beschwichtigte, drohte, und am Ende schlug er sogar so wütend auf den Tisch, dass die Teller bis zum letzten auf den Boden polterten.

Währenddessen öffnete Iris nicht einmal den Mund. Still und ruhig betrachtete sie Max.

Al sagte lieber nichts. Es war Max, der sich bisher um die elternlose Iris gekümmert hatte. Er war es, der sich am meisten Sorgen um sie machte. Was hätte Al da sagen können, der sie erst seit Kurzem kannte? Er konnte nur zuschauen.

Max setzte sich wieder auf den Stuhl, schwer atmend und mit hängenden Schultern.

„Mein lieber Onkel“, sprach Iris, ihre schwarzen Augen öffneten sich weit. „Ich weiß zur Genüge, wie sehr Ihr Euch um mich sorgt.“

Max kam zu sich, hob den Kopf und schaute Iris an.

„Ihr habt gesagt, dass Ihr mich noch einmal fragen werdet, sobald Ihr zurückgekommen seid. Könnt Ihr mich jetzt noch einmal fragen?“

Nach diesen Worten von Iris fragte Max mit einem resignierten Gesichtsausdruck: „Iris, ich … ich möchte, dass du in Bastok ein normales Leben führst. Willst du das auch?“ Seine Stimme klang gepresst. „Aber nicht ich entscheide darüber“, fuhr er fort. „Ob du Abenteurer wirst oder nicht, das entscheidest du selbst.“

Iris erwiderte ruhig: „Ich werde Abenteurer. So wie mein Vater und meine Mutter es waren.“

Zwei Tage später hatten Al und seine Kameraden Bastok bereits verlassen.

+ + +

Als Al von der Brücke hinabblickte, gähnte dort eine unheimlich Tiefe, sodass er plötzlich den Drang verspürte, hinunterzuspringen.

„Wie fürchterlich!“, schauderte Shera mit fröhlicher Stimme. Irgendetwas schien ihr viel Spaß zu machen. Sie lehnte sich so weit über die Brücke hinaus, dass sie

Gefahr lief abzustürzen und blickte auf den Fluss hinunter, der am Grund der Schlucht dahin floss.

Eine akrobatische Meisterleistung, die Al niemals nachmachen könnte. Schon der Anblick genügte, um sein Herz vor Furcht erstarren zu lassen.

„Du könntest fallen. Dann werde ich dich aber nicht retten“, schimpfte Iris, die genau in der Mitte der Brücke lief.

„Wenn du fällst, kann dich keiner mehr retten.“ So etwas Ungeheuerliches murmelte Jed kurz und trocken vor sich hin. Dieser Typ spazierte in aller Seelenruhe am Rand der Brücke dahin und warf nur ab und zu einen Blick nach unten. Genau wie Peta.

Als Körper zitterte. Das könnte er nie. Er ließ einen kleinen Stein fallen und stellte fest, dass er einmal tief ein- und ausatmen konnte, bis der Stein in den Fluss plumpste. Es war wirklich unheimlich tief.

Al und seine vier Kameraden, die in aller Frühe aus Bastok aufgebrochen waren, hatten gegen Abend die Zeikt-Schlucht in Nord-Gustaberg erreicht. Die Schlucht begann am Hügel von Seiham und endete im Trockental von Dangruf-Wadi.

Wenn man sie überquerte, erreichte man das Konschtat-Hochland.

Diese tiefe Spalte zu überqueren, die Gustaberg in Nord und Süd trennte, war die erste Schwierigkeit auf der Reise. Es existierte nur eine einzige Brücke, nämlich die, auf der sie sich gerade befanden. Eigentlich gab es noch eine, wenn man dem Fluss stromaufwärts folgte, aber dazwischen türmte sich ein riesiger Fels auf, den man unmöglich überwinden konnte.

Wenn sie das Konschtat-Hochland hinter sich hatten, mussten sie die Sanddünen von Valkurm überqueren, um schließlich das Territorium von San'doria zu erreichen.

An sich brauchten sie nur dem Weg zu folgen, auf dem Iris und Max damals von San'doria gekommen waren. Ohne Zwischenfälle benötigte man etwa eine Woche für die ganze Strecke.

Der Fluss dort unten war schmal und besaß nicht einmal einen Namen. Es war schon bewundernswert, wie ein solch kleiner Fluss eine so tiefe Schlucht graben konnte.

„Wie viele Jahren dauert es wohl, bis so eine Schlucht entsteht?“, murmelte Al.

„Sicher mehr als 20 oder 30 Jahre. Vielleicht 200 oder 300 Jahre? Nein, noch länger. Diese Schlucht ist viel, viel älter als unsere Geschichte zurückreicht. Genau wie dieser Wasserfall, schau hin, da drüben!“ Petas Finger deutete auf einen Wasserfall, der vor dem indigo-blauen Himmel die Abendsonne widerspiegelte und glitzernde Tropfen sprühend in die Tiefe stürzte.

Wie gesagt, konnten Al und seine Kameraden nicht zu der Brücke am Oberlauf gelangen, da es dazwischen einen Felsen gab. An diesem Felsen floss der Wasserfall in die Tiefe.

Er wurde Drachen-Fall genannt. Al erinnerte sich, dass es die schönste Landschaft von Gustaberg sein sollte. Als er letztes Mal hier war, hatte er den Wasscrfall von Dichtem gesehen. Aus solcher Höhe fiel dort das Wasser, dass man die Metallwerke zweimal hätte aufeinander türmen können. Das wirkte wahnsinnig eindrucksvoll! Wenn hier keine Tiermenschen gelauert hätten, wäre es sicherlich eine beliebte Touristenattraktion.

„Ich kann ihn hören", Iris lauschte angestrengt.

Das Tosen des Wassers wurde vom Wind bis hierher getragen. Damals, als Als es aus der Nähe gehört hatte, war es so laut gewesen, dass er fürchtete, sein Trommelfell könnte platzen. Selbst wenn man sich anschrie, konnte man kaum verstehen, was jemand neben einem sagte. Obwohl hochsommerliche Temperaturen geherrscht hatten, war es in der Nähe des Wasserfalls kühl gewesen, erinnerte sich Al.

„Die Veränderungen der Natur sind so langsam, dass sie für unsere Augen nicht sichtbar sind. Dennoch verändert die Welt sich ständig. Dieser Wasserfall, genau wie diese Schlucht, alles entstand auf diese Weise", dozierte Peta mit stiller, ruhiger Stimme.

Langsam, aber unentwegt hatte sich der Fluss in den steinharten Grund gegraben – so war nach langer, langer Zeit diese Schlucht entstanden.

„Wenn ihr noch weiter reist, könnt ihr noch mehr interessante Sachen sehen. Es gibt vieles, was noch beeindruckender ist, als dieser Wasserfall.“

*Am Ende des Weges wartet eine sich ständig wandelnde Zukunft auf dich.* Al fiel dieser Vers eines Liedes ein, das Peta irgendwann gesungen hatte. Die Zukunft änderte sich. So wie die Welt auch.

„Vana' diel ist ein schöner Ort. Ich liebe diese Welt“, Peta drehte sich mit einem Lächeln zu Al um. Ihre Worte klangen, als ob sie von einer langen Reise aus fernen Welten zurückgekehrt wäre. Die Abenddämmerung rötete ihre Wangen. Petas Gesicht, das sonst vollkommen unschuldig anmutete, kam Al plötzlich vor wie das Gesicht seiner Großmutter, wenn sie gerade eine Geschichte beendet hatte. Ein Gesicht, wie es nur jemand besaß, der unglaublich viel gesehen und erlebt hatte.

Für eine Weile lauschten alle schweigend dem Geräusch des Wasserfalls aus der Ferne. Als sie die Brücke hinter sich hatten, beschlossen sie, dort im Freien die Nacht zu verbringen. Es war eine ordentliche Strecke, die sie an diesem Tag zurückgelegt hatten. Für die ganze Reise war eine Woche geplant. Es nützte nichts, sich übermäßig zu beeilen. Der Himmel war bereits voller Sterne, als sie sich Brennholz und etwas zum Essen besorgt hatten. Der Wasserfall war nicht mehr zu sehen. Nur sein Rauschen traf noch ihre Ohren.

Für ein Lagerfeuer legten sie Steine zu einem Kreis.

Darin schichteten sie trockene Zweige auf und darauf gut brennbare, trockene Blätter.

„Hat jemand einen Flammenkristall?“, Iris kramte in ihrem kleinen Beutel, den sie an der Hüfte trug.

„Ich nicht. Wieso?“

„Was hast du denn mit dem Hüftbeutel angestellt, den ich dir gekauft habe?!“

Al merkte, dass ihr Blick sich auf seine Hüfte fixierte. Ach ja, Al erinnerte sich: Im Gepäck mit den Sachen, die Iris ihm vor dem Aufbruch nach Palborough gekauft und in die Hand gedrückt hatte, befand sich ein kleiner Beutel aus Leder, der mit einem Gürtel an der Hüfte zu tragen war. Dieser Beutel musste eigentlich, wenn er sich nicht irrte, immer noch in seinem Rucksack sein, so wie er ihn hineingestopft hatte. Als Al sich umschaute, merkte er, dass Jed, Peta und Shera alle in solchen Beuteln herumkramten, die sie an der Hüfte trugen. *Vielleicht bin ich der Einzige, der ihn nicht trägt?* Al war ein bisschen verlegen.

„Mann, was hast du denn mit den Kristallen gemacht, die du bekommen hast?“ Iris' Stimme kreischte vor Aufregung. Einen Abenteurer, dem das Signet gewährt worden war, versorgte der Staat mit einem Kristall, jedes Mal, wenn er einen Tiermenschen getötet und dies angegeben hatte.

„Ich habe alles verkauft. Ist das schlimm?“, antwortete Al.

Da zog Iris ein Gesicht, als ob sie ihn jeden Moment anfallen wollte.

Er wusste nicht warum, aber irgendwie schien er sie richtig wütend gemacht zu haben.

„Ich habe drei Stück dabei“, sagte Peta.

„Ich habe fünf. Soll ich das machen?“, erwiderte Shera.

Ihr folgte Jed mit den Worten: „Zwölf Stück. Ich mach’s!“, dann kniete er sich vor den provisorischen Herd. Aus dem Lederbeutel holte er einen kleinen, roten Edelstein heraus.

Der Kristall. Quelle der Verwandlung aller Dinge. Sein roter Glanz kennzeichnete ihn als Flammenkristall. Jed nahm ihn fest in die Hand und konzentrierte sich, als ob er ein Gebet spräche. Nach einer Weile fiel rotes Licht zwischen seinen Fingern hindurch, die er zu einer Faust geballt hatte. Ein dumpfes Explosionsgeräusch ertönte. Dann plumpste ein kleiner Feuerklumpen aus Jeds geöffneter Hand auf die trockenen Blätter, die sich leise entzündeten. Schnell pustete Jed auf diese Stelle. Die Flamme wurde langsam größer. Schließlich ging sie auf das Holz über.

„Wahnsinn …!“, meinte Al bewundernd.

„Was heißt hier ‚Wahnsinn‘?! Das sollte eigentlich jeder können, dazu muss man kein Magier sein. Du kannst das auch!“, erwiderte Iris genervt.

„Aber ich durfte es noch nie probieren“, Al versuchte,

sich zu rechtfertigen. Der Kristall war ein wertvolles Material. Zumindest in seinem Heimatdorf. Nur seine Großmutter, die am Rande des Dorfes wohnte und früher eine Magierin gewesen war, durfte ihn benutzen. Es wurde als Hexenkunst betrachtet. Ein Laie durfte so etwas gar nicht erst versuchen.

„Du hast es in den Metallwerken und bei den Gilden gesehen, oder? Mit entsprechender Übung kann es jeder. Aber ohne Übung kannst du es ewig nicht!“, motzte Iris noch gereizter.

„Schon gut, Iris. Reg dich nicht so auf! Aber ich kann gut verstehen, dass du dich ärgerst, weil dein Geschenk nicht entsprechend gewürdigt wird.“

Bei diesen Worten, die Peta mit einem Lächeln aussprach, errötete Iris. Das lag nicht am Lagerfeuer.

So war das also! Jetzt erst hatte Al begriffen … Er wollte sich entschuldigen, doch Iris kehrte ihm den Rücken zu. Als das Lagerfeuer brannte, brieten sie das Fleisch eines Wildhasen und einer Eidechse und legten es auf Brotscheiben, die ihnen der Wirt der Gaststätte gegeben hatte. Der Fluss war zu weit unten im Tal. Es war unmöglich, sich von dort Wasser zu holen. Und mit dem Wasser, das sie mitgenommen hatten, wollten sie möglichst sparsam umgehen. Daher verzichteten sie auf die Suppe. Nach dem Essen regelten sie den Wachdienst, denn in der Nacht gehörte die Welt den Tiermenschen. Ohne Wache, die die Kameraden der Gruppe abwechselnd übernahmen, konnte man nachts kaum ruhig schlafen.

Die erste Wache übernahmen Jed und Shera.

Al wickelte sich in eine Wolldecke. Bevor er einschlief, fiel ihm noch etwas ein. Daher fragte er Iris: „Wann wird Max wohl mit uns zusammentreffen?"

„Weiß auch nicht genau. Ich schätze, bei Valkurm …" Auch sie lag wohl in eine Wolldecke eingewickelt. Denn Iris' Stimme klang etwas dumpf.

Während Al in den Himmel voller Sterne blickte, sank er irgendwann in den Schlaf.

+ + +

Kaum hatten sie das Konschtat-Hochland betreten, war die Landschaft wie ausgewechselt.

Statt des bräunlichen Ödlands von Gustaberg lag eine saftig grüne Hügellandschaft vor ihnen.

Abgesehen davon, dass sie einmal von einem Goblin mit einem riesigen Metzger-Beil verfolgt wurden, war es eine friedliche Reise. Auf den grünen Hügeln grasten geruhsam wilde Schafe, und die Flügel der Windmühlen, die auf den Hügeln standen, drehten sich langsam im Wind.

*Wenn es keine Tiermenschen gäbe, käme viel mehr Weizenmehl, das in diesen Mühlen gemahlen wird, auf den Markt von Bastok*, dachte Al. Jetzt konnte man die

Mühlen nur benutzen, wenn sie unter dem Schutz von Abenteurern standen.

Hinter den Windmühlen entdeckte er ein Gebäude, das wie ein kleiner, weißer Berg mit einer Spitze aussah.

Eine Ruine aus alter Zeit, erzählten ihm Peta und Jed. Ähnliche Ruinen sollte es auch in Windurst und in San'doria geben. Sie waren Zeugnisse einer alten Hochkultur, die auf beiden Kontinenten geblüht hatte, lange bevor das Volk von Altana hier gelandet war.

Al wollte sie sich gern genauer ansehen, aber er verzichtete darauf. Denn sie hatten ein Ziel und mussten sich beeilen.

Als sie eine Schlucht betraten, deren beide Seiten aus emporragenden Felswänden bestanden, verwandelte sich der grüne Boden in Sand. Bald standen sie vor einer Höhle.

„Jetzt wird es ein bisschen unangenehm. Hier leben bissige Fledermäuse. Passt also gut auf!"

Genau wie Iris gesagte hatte, nisteten in der Höhle tatsächlich Fledermäuse – sobald sie Al und seine Kameraden bemerkten, griffen die Fledermäuse auch sofort an. Ohne Iris' Vorwarnung hätten sie damit wohl einige Probleme gehabt.

Nachdem sie die dunkle, enge Höhle durchquert und einen kleinen Hügel hinter sich gebracht hatten, änderte sich die Landschaft, die sich vor ihren Augen ausbreitete, wieder vollständig.

Ein endloses Meer aus weißem Sand dehnte sich aus.

Die Dünen von Valkurm. Weit in der Ferne war – so als klebte es am Horizont – ein blaues Meer zu sehen.

„Dort ist der Hafen von Selbina. Von da fährt ein Schiff nach Mhaura", äußerte Peta mit zusammengekniffenen Augen, während sie eine Hand über die Stirn hielt.

„Aber das ist ein Umweg", meinte Jed.

Peta stimmte zu. Der Hafen von Selbina lag im Süden. Al und seine Kameraden wollten jedoch nach Norden.

„Mit diesem Schiff bin ich auf diesen Kontinent gekommen. Wenn wir dorthin gehen würden, wüsste ich eine gute Unterkunft", Shera schmiegte sich an Jed. Sie versuchte, seinen Arm zu nehmen.

Jed befreite sich jedoch mit einer unauffälligen Bewegung.

Zum x-ten Mal seufzte Shera.

„Hast du immer noch nicht genug?", raunte Iris leise.

Al dachte, es wäre unmöglich, den Arm eines Schwertkämpfers zu ergreifen.

Doch Shera versuchte es immer wieder, seit sie die Reise begonnen hatten.

„Ich und Jed, wir haben uns in Jeuno getroffen."

Jed nickte.

Das Großfürstentum Jeuno befand sich genau in der Mitte der beiden Kontinente. Das bedeutete, die beiden hatten bereits eine sehr lange Reise hinter sich.

„Ich hatte in Jeuno und Bastok etwas zu tun", meinte Jed knapp, dann schaute er sich um. Nicht weit entfernt lag eine Oase, wo spärliche Sträucher wuchsen.

„Es ist besser, die Wüste erst bei Nacht zu durchqueren. Lasst uns hier rasten!", schlug Jed vor und schaute zur Sonne auf, die gerade ihren höchsten Stand erreicht hatte. Die Temperatur würde noch weiter steigen. Das war keine gute Zeit, um durch die Wüste zu gehen.

Auf Jeds Vorschlag beschlossen sie, zunächst etwas zu essen und dann bis Mitternacht zu schlafen.

Und in dieser Nacht sollte die friedliche Reise von Al und seinen Kameraden zu Ende gehen.

## 2

Al wachte auf, als er flüsternde Stimmen vernahm.

Als er seine Augen öffnete, sah er Sheras Gesicht so nah vor sich, dass er ihren Atem spüren konnte. Sie lag bäuchlings im Sand, auf beide Ellbogen gestützt, ihr Kinn auf den Händen, und schaute auf ihn herab.

„She… Shera?" Als Herz sprang ihm fast aus dem Mund.

„Gu-ten Mor-gen! Mmm, du siehst echt süß aus, wenn du schläfst! Zum Fressen süß!"

Al war verlegen. *Sag doch so etwas bitte nicht, während du dir die Lippen leckst*, dachte Al. Ihm kam es vor, als ob sie ihn wirklich gleich fressen wollte.

Mit großer Mühe bemühte er sich, sein heftig klopfendes Herz wieder zu beruhigen.

Hastig guckte er sich um und suchte nach Iris, die ebenfalls Wachdienst hatte.

„Ähm … habe ich vielleicht verpennt?“ Al schob sich langsam nach hinten und wollte sich gerade aufrichten. Sein Kopf war völlig klar – er musste also ziemlich lang und tief geschlafen haben.

„Keine Sorge. Das hast du nicht. Ich wollte dich eh demnächst aufwecken.“

Als er Iris' Stimme hörte, drehte er sich um und stellte fest, dass sie gleich in der Nähe stand.

Sie hatte ihm den Rücken zugedreht und wärmte sich am Feuer.

Bei Iris' Antwort fiel ihm ein Stein vom Herzen. Al merkte, dass auch Peta und Jed noch schliefen.

„Ich wollte dein süßes Schlafgesicht noch ein bisschen genießen“, säuselte Shera.

„Was redest du denn da?“, erwiderte Iris.

„Na, das hast du doch auch gesagt.“

„Quatsch, so was habe ich bestimmt nicht gesagt!“, leugnete Iris mit leiserer Stimme. Sie nahm wohl Rücksicht auf Peta und Jed, die noch schliefen.

Da sie sich allerdings nicht umdrehte, konnte Al nicht sehen, welchen Gesichtsausdruck sie dabei hatte.

„So? Hast du nicht?“, Shera warf einen kurzen Blick auf Iris, dann wechselte sie plötzlich das Thema: „Schaut mal, da drüben! Da kann man das Feuer der Fischerboote erkennen!“

Sie packte Al kräftig an der Schulter, zog ihn zu sich hin und drehte seinen Kopf ruckartig in die Richtung, wo tagsüber das Meer zu sehen war. Dann schmiegte sie ihren Körper eng an seinen.

„Halt, halt, Shera!“ Al hatte das Gefühl, dass gerade Iris’ Schultern kurz gezittert hatten.

„Schau, da sind die Lichter des Hafens von Selbina!“

„Ja, verstehe. Aber bitte lass mich jetzt los!“

„Da, da drüben! Da kann man sie schimmern sehen. – Du, Al …?“

„W… was denn?“

Shera, die immer wieder einen schnellen Blick auf Iris warf, gurrte: „Was hältst du davon, jetzt gleich mit einem Schiff nach Windurst zu fahren, nur wir zwei?“

*Bitte sag so etwas nicht mit so einer sinnlichen Stimme!*, bat Al innerlich.

Ihm wäre es viel lieber gewesen, wenn Shera so etwas bei Jed gemacht hätte. Ein Scherz wurde of nicht als solcher verstanden. Besonders nicht von einem gewissen Jemand, der ihnen gerade den Rücken zuwandte.

„Ja, na klar. Da sieht man sie. Die Lichter! Iris, sieh doch mal!“, Al gab sich große Mühe, seine Stimme lustig klingen zu lassen.

„Lass mich in Ruhe! Ich will sie nicht sehen.“

Jetzt wunderte sich Al. Er hatte das Gefühl, dass Iris’

Stimme ein bisschen anders klang als sonst. Nur ein bisschen.

„Auch wenn du es nicht sehen willst – es ist wirklich schön. Schau doch!“

Es war eine mondlose Nacht. In der Dunkelheit war das Meer nicht zu erkennen. Nur die Lichter, die sich am Horizont reihten, leuchteten hier und da auf.

Das war ein Zeichen, das dort Menschen lebten. Warme Lichter, die denen, die sie erblickten, das Herz erfreuten.

„Lass mich in Ruhe! Mich interessiert weder das Meer noch das Schiff.“ Sie klang, als ob sie sich über etwas ärgerte.

Bei dieser Stimme von Iris löste Shera ihren Körper von Al. Sie zog die Augenbrauen zusammen und machte ein nachdenkliches Gesicht. Nachdem Sie den Kopf bedächtig geschüttelt hatte, sagte sie: „Na gut. Dann lass uns mal die anderen aufwecken!“

„Ja, ja, gut! Wir sollten langsam …“ Noch bevor Al seinen Satz beenden konnte, senkte sich plötzlich vor seinen Augen der Sand ab.

Eine trichterförmige Mulde bildete sich, wie das Nest eines Ameisenlöwen.

„Shera!“

Shera, die schon unterwegs war, um Peta und Jed aufzuwecken, kehrte zu Al zurück.

Al deutete mit seinem Finger auf die Stelle.

Shera schluckte vor Entsetzen.

Aus dem Boden des Trichters streckte sich ihnen eine Hand entgegen. Das war ein äußerst bizarrer Anblick. In der Dunkelheit ragte ein Arm aus einer Sandmulde empor, die Handfläche zum Himmel gerichtet. Die Fingernägel waren unheimlich lang. Das Licht der Laternen der Fischerboote im Hintergrund fiel auf diese Handfläche. Es sah aus, als ob die Hand die Lichter packen und zerdrücken wollte.

Al schluckte laut. Irgendwo in seinem Kopf läuteten Alarmglocken, doch er konnte diese Hand nicht aus den Augen lassen.

Shera, die neben ihm stand, schien es genauso zu gehen.

Die Hand rutschte aus dieser Position nach vorne und scharrte über den Sand.

Sie hinterließ die Spuren von fünf Fingernägeln. Anschließend tauchte ein weiterer Arm aus dem Sand auf.

„Was ist denn los?“, rief Iris.

Al hörte, dass auch ihr die Luft wegblieb. Die beiden Hände krallten sich in den Sand und versuchten das, was sich darunter befand, hoch zu stemmen. *Es* kam heraus.

Der Kopf. Darauf befand sich nicht ein einziges Haar. Geschweige denn Augen. In den eingesunkenen Höhlen flackerte nur bläuliches Licht. Das Fleisch und die Haut an den Wangen fehlte, und weiße Knochen leuchteten. Die Kreatur stützte sich mit beiden Händen in den Sand und zog ihren Körper langsam heraus, als kröche sie aus einer Felsspalte.

Nur ein paar Kleidungsfetzen klebten noch am Rumpf. Jedes Mal, wenn sie sich bewegte, rieselte Sand herunter. Auf der rechten Rumpfseite waren die Rippen zu sehen. Die Knochen lagen völlig frei. Es konnte kein normales Lebewesen sein.

„Ein Untoter, ein Ghoul, ein Fleischfresser-Teufel!", ächzte Shera. „Schnell, weckt die anderen!"

„Shera!"

Shera zog ihr Kurzschwert und stürzte sich auf den Ghoul.

Bei diesem Anblick löste sich auch Al aus seiner Erstarrung. Er griff nach seinem Schwert, das er neben das Kopfkissen gelegt hatte, und rief Iris zu: „Weck Jed und Peta auf, Iris!"

Ihm hätte auffallen sollen, dass er darauf keine Antwort erhielt. Aber Al konnte den Ghoul nicht aus den Augen lassen.

Als er sein Schwert hob, versuchte Shera, von hinten an die Kreatur heranzukommen. Was sie daran hinderte, war der Wind. Als ob die Windstille vorher nur Einbildung gewesen wäre, wehte plötzlich ein starker Lufthauch. Aber nur für einen Moment. Der Windstoß wirbelte einen Vorhang aus Sand auf. Shera wandte ihren Kopf zur Seite, damit ihr der Sand nicht in die Augen drang. Das war der entscheidende Moment. Der Ghoul, der sich mit unglaublicher Geschwindigkeit umdrehte, stieß mit seinen langen Fingernägeln nach Shera! Sie wurde weggeschleudert und landete mit dem Rücken auf dem Boden.

Al wurde leichenblass.

Shera, die hinter dem Ghoul lag, bewegte sich gar nicht mehr. Selbst als sie jetzt langsam im Sand versank.

„Shera!"

„Al, versuch, seine Aufmerksamkeit auf dich zu ziehen!"

Mit Jeds Worten kam Al wieder zu sich.

„Hey, hier ist dein Gegner!" Um den Ghoul zu provozieren, schleuderte Al mit seinem Fuß Sand nach ihm. Davon getroffen, drehte sich die Kreatur langsam um. Schritt für Schritt tappste er auf Al zu. Dann begann er plötzlich zu rennen.

„Weich ihm aus!"

Dass es Al gelang, dem anstürmenden Ghoul auszuweichen, war bloß Jeds rechtzeitigem Warnruf zu verdanken. Al drehte sich schnell um und blickte dem stolpernden Ghoul nach. Jed stand hinter dem Lagerfeuer und griff nach seinem Schwert. Er sprang über das Feuer hinweg und versuchte, dem Ghoul einen Stoß zu versetzen.

„Hey, was ist denn mit dir? Iris!" Das war Peta. Sie packte die immer noch auf dem Boden hockende Iris an der Schulter und schüttelte sie.

Al wurde klar, dass Iris die beiden nicht aufgeweckt haben konnte. Sie krümmte sich zusammen wie ein Baby.

Iris schüttelte den Kopf wie ein Kleinkind, das *nein* sagen wollte.

Jetzt erst fiel Al auf, dass etwas mit ihr nicht stimmte.

„Al!“

Jed gab ihm ein Zeichen mit den Augen. Er blickte zu Shera hin.

Um ihm zu zeigen, dass er verstanden hatte, hob Al sein Schwert und schlug nach dem Ghoul. Dieser wurde am Rücken getroffen und wandte sich schnell um. Die blauen Flammen in den Augenhöhlen loderten auf vor Wut.

Al erstarrte vor Furcht. Er konnte sich kaum mehr bewegen. Er biss die Zähne zusammen und widerstand der Furcht.

Jed beherrschte die Zauberkunst ebenfalls. Er war in der Lage, anstelle von Iris, den Heilzauber „Heilen“ an Shera durchzuführen. Doch in dem Moment, in dem er die Zauberworte rezitierte, war er absolut schutzlos.

So lange musste Al den Ghoul übernehmen. Den Zauber der Wiederbelebung konnte keiner von ihnen. Wenn Shera tot war, war nichts mehr zu machen. Also musste man die Formel für „Heilen“ beschwören, bevor es zu spät war.

„Iris!“, rief Peta.

„Peta! Mach das später!" Es war das erste Mal, dass Al Jed brüllen hörte. Dann fing Jed an, die Zauberworte für die Heilung zu sprechen.

Der Ghoul streckte eine Klaue nach Al aus. Al antwortete mit einem Schwerthieb.

Ein hartes Geräusch ertönte, und die Fingerkuppen mit samt den scharfen Nägeln, die Al abgeschlagen hatte, flogen durch die Luft. Theoretisch hatte Al damit die Hälfte der Bewaffnung des Ghouls unschädlich gemacht.

Doch seinem Gegner schien das nicht zu stören. Er wich nicht einmal zurück. Stattdessen schwang er den anderen Arm nach vorne und zielte auf Als Bauch.

Diesmal versuchte Al, ihm mit einer Körperdrehung zu entkommen. Das Bein, das er zurückgesetzt hatte, sank im Sand ein. Er konnte sich nicht halten. Als er seine Beine gegen den Boden stemmte, sank er noch tiefer, und sein Körper neigte sich zur Seite.

„Verdammt!" Er hatte sein Gleichgewicht verloren. Es gelang ihm nicht, sofort wieder eine stabile Haltung einzunehmen.

Die langen Krallen des Ghouls zielten noch einmal auf Als Bauch.

Er rackerte sich ab, sie mit einer Schwertparade abzuwehren, doch er schaffte es nicht.

Die Krallen durchstießen seinen Lederpanzer und bohrten sich in seinen Bauch.

Es war nur ein kurzer Moment, in dem Al Schmerzen verspürte. Dann breitete sich ein Gefühl der Lähmung in seinem ganzen Körper aus, sodass Al nichts mehr fühlte. Erst später erfuhr er, dass die Fingernägel des Ghouls ein Betäubungsgift abgaben. Doch Al verlor sein Bewusstsein nicht. Leider.

Der Ghoul packte seinen Körper, der sich wegen der Lähmung nicht mehr bewegen konnte, mit beiden Händen. Dann öffnete er sein Maul weit. Darin reihten sich Zähne, die alle so spitz waren wie Dolche. Diese Zähne gruben sich in Als Bauch.

Ohne auch nur einen Finger bewegen zu können, blieb Al nichts anderes übrig, als mit geöffneten Augen zuzuschauen. *Fleischfresserteufel.* Al verstand jetzt die Bedeutung dieses Wortes. Er machte sich auf den Tod gefasst. Dann wurde sein Bewusstsein von Dunkelheit verschluckt. Was ihm als Letztes ins Blickfeld kam, waren die Laternen der Fischerboote im Hafen von Selbina.

+ + +

In Als geöffneten Augen spiegelte sich das Gesicht von Shera wider, die ihn anblickte.

*Diesmal sieht sie gar nicht so sinnlich aus wie vorhin, sondern ganz besorgt*, dachte Al und spürte, wie sein Kopf dröhnte. Jetzt hatte er auch keine Angst davor, dass sie ihn gleich packen und fressen würde.

„Bin … ich … noch am Leben?“, fragte Al mit brüchiger Stimme.

„Natürlich. Red nicht solchen Unsinn!“, sagte Shera und atmete tief aus.

„Gut … dir ist also auch nichts Schlimmes passiert.“

Langsam kehrte die Erinnerung zurück. Und damit begann auch Als Kopf, wieder normal zu arbeiten. Er stellte fest, dass er nicht mehr im Sand lag, sondern auf einem Bett in irgendeinem Zimmer.

Es war ein ziemlich tristes Zimmer. Schmutzige, unverputzte Wände mit Schimmelflecken umgaben ihn, und das einzige Fenster klapperte jedes Mal, wenn der Wind wehte. Die Matratze war hart und die Bettwäsche rau.

„Wo bin ich hier? Und was ist mit den anderen?“

Al versuchte, sich aufzurichten, doch Shera hielt ihn zurück. Nur mit einem sanften Stoß gegen seine Brust drückte sie ihn wieder aufs Bett.

Als Körper fühlte sich noch völlig kraftlos an. Am Bauch trug er einen dicken Verband, der mehrmals herumgewickelt war.

Im Licht der Laterne, die von der Decke herunterbaumelte, war nur Shera zu entdecken. Einen Moment dachte Al, dass nur sie beide gerettet worden waren. Eiskalt floss es ihm den Rücken hinab.

Shera, die Als Befürchtung erahnte, schüttelte den Kopf, um ihn zu beruhigen:

„Keine Angst. Die anderen sind ebenfalls in Sicherheit. Wir sind hier in einer Unterkunft in Selbina. Ich werde sie rufen. Bleib du einfach da liegen!“

Erst als Al das hörte, atmete er erleichtert auf. Nachdem Shera die Tür geöffnet und das Zimmer verlassen hatte, war Al alleine. Draußen vor dem Fenster war es dunkel. Als Al von dem Ghoul angegriffen worden war, war es mitten in der Nacht gewesen. Entweder war also der Tag noch nicht angebrochen oder es war bereits ein Tag vergangen und bereits wieder Nacht. Oder waren vielleicht sogar schon mehrere Tage verstrichen? Al hörte leise Stimmen, die Dielen quietschten, und dann öffnete sich die Tür wieder. Ein kleines Gesicht blickte herein: Peta!

„Na bitte! Du siehst doch schon wieder ganz gut aus.“

„Geh schnell rein! Hinter dir staut es sich.“ Jed drängte sich ins Zimmer, und Peta sprang leichtfüßig zu Al. Sie hüpfte auf den Stuhl neben dem Bett, den vorhin Shera benutzt hatte, und ließ sich nieder. Hinter ihr traten Jed und Shera ein. Dann kam noch jemand.

„Herr Max!“ Als der riesige Galka auftauchte, hatte Al den Eindruck, das Zimmer würde plötzlich enger.

Max trat an sein Bett, senkte den Kopf mit den Worten: „Entschuldige, dass ich so spät komme.“

„Nein, Ihr müsst Euch nicht entschuldigen! Aber wie habt Ihr erfahren, dass wir hier untergebracht sind?“

„So war es nicht ganz“, mischte Peta sich ein.

Max hatte seinen Auftrag in Bastok so schnell wie möglich erledigt. Bei den Dünen von Barkrum holte er Al und seine Kameraden ein. Und zwar unmittelbar nachdem Al von dem Ghoul schwer verletzt worden war. Was danach geschah, erzählte Peta.

Als Al zu Boden gefallen war, stoppte Petas Fessel-Zauber sofort die Bewegungen des Ghouls. Dann schlug Max die Kreatur, die sich nicht mehr bewegen konnte, mit seinem Langschwert nieder.

Peta schaute etwas frustriert drein: „Wenn mein Zauber doch nur ein bisschen schneller gewirkt hätte!"

Shera, die der Ghoul weggeschleudert hatte, hatte nur leichte Verletzungen davongetragen. Sie war nicht gelähmt gewesen, sondern hatte nur wegen des Aufpralls kurz ihr Bewusstsein verloren. „Ich war mir sicher, dass ich ihm ausweichen kann. Mir ist das peinlich ohne Ende!", murmelte sie vor sich hin.

Das hieß, Al war letztlich der Einzige, der sich schwere Verletzungen zugezogen hatte.

„Du hast einen ganzen Tag geschlafen", erklärte Peta und beendete ihre Erzählung.

Erst jetzt fiel Al auf, dass eine Person fehlte.

„Aber was ist mit Iris?"

Alle schwiegen plötzlich.

„Ist ihr etwas passiert?" Plötzlich machte Al sich Sorgen um sie. Er erinnerte sich an Iris' ungewöhnliches Verhalten, als sie von dem Ghoul angegriffen wurden.

„Nein … das Mädchen ist im Nebenzimmer. Auch unverletzt. Aber sie ist ziemlich niedergeschlagen, weil sie dich nicht retten konnte." Max' Stimme klang auf einmal heiser. Als ob ihm etwas tief im Hals steckte. Er sprach, als ob es ihm äußerst schwer fiele.

„Irgendetwas stimmte nicht mit ihr. Könnt Ihr uns etwas darüber erzählen?", bat Peta, die auf dem Stuhl saß und zu Max aufblickte. Von unten schielte sie den Ritter an. Ihr forschender Blick brachte ihn in Verlegenheit.

„Ja … ich habe nicht damit gerechnet, dass so etwas passieren würde. Aber es ist vielleicht besser, es euch zu erzählen. Ihr seid schließlich ihre Kameraden …"

Nach dieser Vorbemerkung fing Max an zu reden: „Iris' Eltern waren Abenteurer. Ihr Vater war ein Schwarzmagier und ihre Mutter war, so wie Iris jetzt, eine Weißmagierin."

„Das ist ja äußerst beeindruckend. Dann ist sie sozusagen eine waschechte Magierin?", meinte Shera und stieß einen leisen Pfiff aus.

Max nickte.

„Die beiden bildeten mit uns – mit mir und noch drei anderen – ein Bündnis."

Aber als Iris auf die Welt kam, wurde dieses Bündnis vorerst aufgelöst. Denn mit einem Baby konnte man keine Abenteuer bestehen. Ihre Eltern waren zwar beide Hume, aber aus verschiedenen Gründen besaßen sie ein

Haus in San'doria. Max und seine ehemaligen Kameraden trafen erst wieder zusammen, als Iris schon vier Jahre alt war. Iris zeigte bereits damals Talent für die Zauberei. Daher hatten ihre Eltern nach gründlicher Überlegung beschlossen, ihr die Gelegenheit zu geben, in Windurst, das als Land der Zauber berühmt war, die Zauberkunst zu studieren.

„Wir beschlossen aus Anlass unseres ersten Wiedersehens seit vier Jahren, zusammen mit Iris' Eltern zum Kontinent Mindalcia zu fahren, auf dem der Bundesstaat Windurst liegt. Wir boten ihnen an, sie zu eskortieren. Wir trafen uns in diesem Hafen."

„Ah, so. Dann ward Ihr also schon einmal hier in Selbina?"

Max nickte wieder. „Ja. Sowohl ich als auch Iris sehen diesen Hafen nicht zum ersten Mal. Aber als wir nach Bastok reisten, haben wir Selbina nicht besucht – wir konnten nicht."

Irgendwie ahnte Al es bereits. Iris hatte ihm erzählt, dass sie mit vier Jahren Waise geworden war. Er vermutete, dass hier in Selbina etwas Schlimmes passiert sein musste.

Seine Vermutung stimmte aber nur halb.

„Es geschah in der Nacht, als wir das Schiff nach Mhaura bestiegen …"

+ + +

Es war eine mondlose, neblige Nacht. Max, der nicht einschlafen konnte, da er ein banges Vorgefühl hatte, kam an Deck. Angestrengt spähte er in den Nebel und versuchte, ihn zu durchdringen. Hie und da, wo der Nebel weniger dicht war, schimmerte das stockdunkle, schwarze Meer durch. Vom Bug aus lief er an der Steuerbord-Seite des Schiffs entlang, aber es war nichts Ungewöhnliches zu bemerken. Im Licht des Schiffes waren nur der weiße Nebel und das schwarze Meer zu sehen.

„Hey, was ist denn los?"

Die Stimme versetzte Max in Alarmbereitschaft. Er hatte aufs Meer geblickt und wandte sich schnell in die Richtung, aus der die Stimme gekommen war.

„Ach, du bist es, Palm."

Da saß ein alter Bekannter, der vom Deck aus eine Angelrute über die Reling baumeln ließ. Der Abenteurer Palm gehörte zwar zum Stamm Tarutaru, dessen Stärke eigentlich die Zauberei war, aber irgendwie war er wohl aus der Art geschlagen und – so wie Max – ein Kämpfer geworden. Er gehörte zu Max' Bündnis.

„Max, was machst du denn hier mitten in der Nacht?"

„Und was machst *du* hier?" Max war verblüfft. Palm war zwar ein Angelliebhaber ohnegleichen, und wann immer er Zeit fand, warf er seine Angelschnur aus. Aber Max hätte nicht gedacht, dass er sogar in einer solch nebligen Nacht angelte. „Hast du etwas gefangen?"

„Nein, gar nichts“, erwiderte Palm und unterdrückte ein Gähnen.

Max lächelte ihn ein bisschen säuerlich an.

„Es ist komisch. Ich hab noch keinen einzigen Fisch in der Nähe der Angel gehabt. Normalerweise interessieren sie sich zumindest für den Köder, aber heute passiert rein gar nichts.“

„Aber …“

„Es ist fast so, als ob ausgerechnet heute Nacht sämtliche Fische aus dieser Gegend weg geschwommen wären.“

Bei diesen Worten kehrte die düstere Vorahnung in Max’ Herz zurück.

„Hast du etwas Ungewöhnliches gesehen oder gehört, Palm?“

„Nein. Ist was passiert?“

Max schüttelte den Kopf. Es war nicht so, dass etwas passiert wäre. Er hatte nur ein komisches Gefühl, gegen das er einfach nicht ankam.

Als er Palm das sagte, erwiderte der leichthin: „Liegt vielleicht am Nebel, oder?“

Oben auf der Mastspitze hockte ein Wächter im Ausguck.

„Heute hat der mit den schärfsten Augen an Bord die Wache. Wenn sogar der keinen Mucks macht, brauchen wir uns nicht zu sorgen“, meinte Palm beruhigend.

„Woher weißt du das?“

„Grag hat es gesagt. Er hat es aufgeschnappt, als er mit der Mannschaft *gespielt* hat“, antwortete Palm sichtlich amüsiert. Grag gehörte ebenfalls zu Max' Kameraden. Er war ein Räuber vom Stamm Elvaan. Obwohl die Elvaaner als überaus ernsthafte Leute galten, liebte dieser Mann es, leidenschaftlich zu wetten. Wenn er behauptete, er hätte *gespielt*, hieß das, dass er irgendwelche Wetten abgeschlossen hatte.

Wieder einmal dachte Max daran, was für ein bunt zusammengewürfelter Haufen ihr Bündnis doch war. Außer Max, Grag und Palm gehörten noch Taffy dazu, ein Kämpfer vom Stamm Mithra, und die Weißmagierin Sylvia und Fram, der Schwarzmagier. Sechs Abenteurer insgesamt.

Palm hob seine Angelrute und prüfte den Köder an der Hakenspitze. Nachdem er die Lage des Schwimmers verstellt hatte, warf er die Angel wieder ins nächtliche Meer. Max, der ihm noch eine Weile zuschaute, wollte ihn gerade mit der Warnung „Pass auf, dass du nichts Seltsames aus dem Wasser fischst!“ verlassen und hatte sich schon halb umgedreht, da rief Palm auf einmal: „Hey, Max!“

„Was ist? Hast du was gefang…?“

Max, der sich Palm wieder zuwandte, hielt den Atem an. Wind kam auf, und als ob Vorhänge von beiden Seiten aufgezogen wurden, öffnete sich an der Spitze der Angelrute der Nebel.

Gerade hatte der Mann im Ausguck wieder geschimpft: „Diese Suppe ist so dick. Da sieht man keinen Zentimeter weit.“ Denn von allen Seiten umgab ihn dichter Nebel.

So hatte er keine Gelegenheit, seine scharfen Augen, auf die er stolz war, zu benutzen.

Vielleicht hatte ihn die Langweile auch ein bisschen eingelullt? Aber ihm die Schuld an dem zu geben, was nun geschah, wäre ungerecht. Denn mit Sicherheit waren keinerlei Vorzeichen zu bemerken. Die Windböe blähte das Segel auf, aber nur kurz. Dann fiel es wieder schlaff zusammen.

„Nichts zu sehen … hey, was ist das denn?“, rief der Mann im Ausguck.

Der Nebel öffnete sich abermals, und die rechte Bugseite war zu erkennen.

Die Augen des Wächters waren wirklich scharf. Darauf konnte man wetten. In diesem kurzen Augenblick registrierte er alles. Ein Schiff, ein riesiges Schiff, lag plötzlich dicht an ihrer rechten Seite.

Dieses Schiff hatte kein einziges intaktes Segel. Nur Fetzen hingen herab, die eigentlich der leiseste Windstoß hätte wegfegen müssen. Warum nahmen diese Segel dann den Wind auf und wölbten sich?

Noch dazu …

„Das gibt es doch nicht …“ Die Richtung, in die die Segel sich wölbten, hatte gar nichts mit der Windrichtung zu tun. Wenn man genauer hinguckte, entdeckte man an den Mastspitzen mehrere bläuliche Irrlichter. Wie die Feuer von Leuchttürmen.

Die Irrlichter, so erzählte man, wurden von den Donnergeistern erzeugt. Oder es waren die Laternen von Seeleuten, die auf dem Meer umgekommen waren. Mit diesen Lichtern versuchten sie, Schiffsbesatzungen ins Totenreich zu locken.

Die Augen des Wächters wurden von diesen Irrlichtern förmlich aufgesogen.

Jetzt war es sicher.

„G …"

Der Wächter atmete schnell ein und im nächsten Moment schrie er aus vollem Hals.

„Ein Geisterschiff!"

Als der Schrei des Wächters ertönte, machte sich sofort Aufregung auf dem Schiff breit. Eines nach dem anderen gingen die Lichter in den Kajüten an. Die Mannschaft begann, die Fahrgäste aufzuwecken. Es wurde nach den Abenteurern gerufen, die sich an Bord befanden.

„Palm, sie kommen!", brüllte Max.

Im selben Augenblick war ein Geräusch zu hören, als würde etwas die Luft zerreißen. Etwas sauste durch die Dunkelheit und schlug mehrmals laut krachend auf das Deck auf. Es waren große Enterhaken aus Eisen. Daran waren Seile befestigt.

Max sah, wie die Seile mit gewaltiger Kraft angezogen wurden und die Enterhaken über das Deck schleiften, die sich schließlich an der Reling einhakten. Gleich mehrere Seile spannten sich. Im Nu gab es mehrere Verbindungen zwischen den beiden Schiffen. Als die Seile straff gezogen wurden, schwankte ihr Schiff, und der Abstand verringerte sich.

„Max, kapp die Seile!“ Palm hatte bereits sein Kurzschwert gezogen, das er an der Hüfte trug. Er hieb es gegen ein Seil und versuchte, es durchzuschneiden. Aber so sehr er auch säbelte, das angespannte Seil war so dick und hart, dass er mit seinem Kurzschwert nichts ausrichten konnte.

„So ein Mist!“ Max zog sein Langschwert und schlug mit ganzer Kraft nach einem Seil. Mit einem fauchenden Geräusch zischten die beiden Seilenden aufgrund der enormen Spannung nach beiden Seiten durch die Luft. Sofort rannten die beiden Gefährten zum nächsten Seil.

Aber sie schafften es nicht, alle Seile zu kappen. Das Geisterschiff führte inzwischen die nächste Aktion durch. Krachend schlugen zwischen den Schiffen Holzbretter nieder, die als Übergang dienten – und zwar an drei Stellen: vorne, hinten und in der Mitte.

Wieder umgab Nebel das Schiff. Der Blick reichte nicht bis zum anderen Ende der Bretter.

Doch Max strengte seine Augen an und versuchte, ihn

zu durchdringen. Er erkannte so etwas wie den Schatten eines Menschen: „Die Untoten kommen!“, warnte er.

Dann waren sie zu hören. Seltsam klingende Schritte. Klappernde Geräusche, als sie über die Bretter liefen.

„Sie sind da …“

Was da aus dem Nebel auftauchte, waren keine Menschen. Auch keine Tiermenschen. Es waren Gestalten, die nicht mehr lebten.

„Skelett-Kämpfer …!“ Es waren Knochen, die sich bewegten. Skelette mit Schwertern. Am anderen Arm trugen sie Eisenschilder. Sie kamen in geordneten Reihen. Es waren viele!

Max drehte sich zu den Abenteurern um, die angerannt kamen. Da standen Magier in ihren Roben. Auch einige Räuber in Lederpanzern waren da. Und Ritter in ihren silberweißen Rüstungen. Alle Abenteurer, die an Bord waren, versammelten sich nach und nach.

Aber im Vergleich zu den Gegnern waren es eindeutig zu wenige.

Max riss sich zusammen und wandte sich den schauerlichen Gegnern zu: „Ihr Verdammten! Ich lasse euch hier nicht vorbei!“

Sie durften auf keinen Fall in die Kajüten eindringen. Max verstärkte den Griff seiner Hand, die das Schwert hielt. Er dachte an das kleine Mädchen, das er gerade erst kennengelernt hatte. Das Kind von Sylvia und Fram. Es war so klein, dass der riesige Galka Max sich fast

Sorgen machte, ob es überhaupt richtig wuchs – so winzig sah es aus.

Trotzdem waren seine strahlenden Augen voller Neugier für die Welt, die es seit seiner Geburt umgab; und ein warmes Licht wohnte in ihnen, das es den Erwachsenen schenkte, die es liebten. *So ein kleines Leben kann ich nicht diesen Verdammten überlassen!*

„An mir kommt ihr niemals vorbei!“, brüllte der Galka-Kämpfer, dann stürmte er auf die Skelette los.

+ + +

Iris, die erst vier Jahre alt war, hatte kaum verstanden, was damals geschehen war. Ihr fehlte noch der Wortschatz, um ihre Angst und Unruhe auszudrücken.

Wenn sie an der Stockspitze ein kleines Licht entzündete oder das Wasser im Glas kreisen ließ, ohne es dabei zu berühren, dann benutzte sie zwar geheimnisvoll klingende Worte, aber sie wusste selber, dass sie nur nachplapperte, was sie von ihren Eltern hörte.

*Weil sich Mutter und Vater freuen, wenn ich das tue.* An jenem Abend war sie seit Sonnenuntergang ungewöhnlich nervös. Ihr Herz klopfte laut, und sie ließ sich nicht beruhigen.

Wenn ihre Eltern sie allein zu Hause ließen, wurde sie genauso unruhig wie jetzt. Selbst wenn ihre Amme sie in die Arme nahm oder das Lieblings-Gute-Nacht-Lied vorsang, ließ sie sich nicht trösten. Spät in der Nacht wurde Iris plötzlich wach.

Als sie ihre Augen in der Dunkelheit weit aufriss, fing sie an, grundlos zu weinen.

„Was ist denn los, Iris?" Auch als ihre Mutter sie fest an die Brust drückte, um sie zu trösten, wollte sie nicht aufhören zu weinen.

Sogar ihr Vater, der neben ihnen schlief, wachte auf und streichelte mit seiner großen Hand Iris' Kopf, aber das nützte auch nichts.

Mit einem tiefen Seufzer und den Worten, „da kann man nichts machen", zündete ihr Vater, der Schwarzmagier Fram, das Licht im Zimmer an.

Als die Laterne brannte, erfüllte warmes, orangefarbenes Licht das Zimmer.

Iris' Gesicht hellte sich aber nur ein kleines Bisschen auf.

Mit einem besorgten Blick auf das Kind, das immer noch mit feuchter Nase schniefte, fragte Fram seine Frau: „Ist was passiert, Sylvia?"

„Nicht dass ich wüsste." Sylvia schüttelte den Kopf.

„Ich fürchte mich", jammerte Iris.

„Oh je", murmelte ihre Mutter. Sie dachte, dass Iris wegen ihrer ersten Schiffsreise Angst hätte. Schließlich hatte sie noch nie auf einem schwankenden Schiff geschlafen.

„Hab keine Angst, Iris! Papa und Mama sind bei dir,

ja?“ Sylvia küsste Iris auf die Wange, dann schloss sie sie fest in die Arme. So lag Iris’ Kopf an der Brust ihrer Mutter, und sie konnte ihren Herzschlag hören. Zärtlich streichelte Sylvia Iris den Rücken.

Dennoch blickten Iris’ Augen, die sich sonst irgendwann friedlich schlossen, wenn sie so getröstet wurde, starr zum Bullauge hinaus. Als ob sie etwas jenseits der Dunkelheit sehen wollte. Plötzlich schrie Iris auf: „Nein! Ich habe Angst!“

Mit diesem Schrei klammerte sie sich fest an ihre Mutter. In diesem Augenblick schwankte das Schiff auf eine Weise, die nicht vom Seegang herrühren konnte. Einen Moment später ertönten die Alarmglocken!

Iris begann, laut zu heulen.

„Gehst du?!“ Sylvia guckte Fram an.

Der nickte: „Bleib du hier! Ich sehe nach, was los ist!“

Fram warf sich seine Robe über die Schultern und rannte aus dem Zimmer.

Der Rücken ihres Vaters war das Letzte, was Iris von ihm sah.

„Iris, beruhige dich …! Bitte hör auf zu weinen, bitte!“, sprach Sylvia so sanft wie möglich und tätschelte den Rücken ihrer Tochter. Was da draußen vor sich ging, wusste sie bald. Sie hatte die Stimmen der Besatzung gehört, die im ganzen Schiff ertönten und nach den Abenteurern riefen. Auch das Wort „Geisterschiff“ hatte sie verstanden. Ihr Schiff wurde jetzt, in diesem

Augenblick, von einem Geisterschiff geentert. Sie sorgte sich um ihren Ehemann, aber im Moment konnte sie sich darum nicht kümmern. Außerdem war Fram, obwohl er nicht so aussah, ein ausgezeichneter Magier. So leicht ließ er sich nicht umbringen. *Nein, ihm passiert schon nichts*, machte Sylvia sich selber Mut. *Jetzt sollte ich als Erstes an die Sicherheit unseres Kindes denken*, rief sie sich zur Ordnung. *Das ist es auch, was Fram von mir erwartet.*

Jedes Mal, wenn Schritte auf dem Gang ertönten, lauschte sie voller Hoffnung, dass es ihr Ehemann sein würde. Aber er war es nicht. Er kam nicht zurück. *Nein. Ihm passiert schon nichts.*

Sie unterdrückte ihre Tränen. Sie kannten sich erst seit sieben Jahren. Sie hatten sich versprochen, immer zusammen auf Reisen zu gehen, aber als sie schwanger wurde, pausierten sie mit dem Abenteurerleben. Erst als Iris zur Welt kam, wurde ihnen klar, dass auch die Erziehung eines Kindes ein Abenteuer war. San'doria war kein Land, in dem es sich als Hume angenehm leben ließ. Aber sie wussten, dass sie beide bei der Erziehung von Iris ihr Bestes gaben. Nicht selten war es ziemlich hart für sie, aber Iris vervielfachte auch ihre Freude. Von Iris' Lachen fühlte Sylvia sich sogar oft getröstet. *Deshalb muss ich sie mit aller Kraft beschützen!*

Auf dem Gang wurde es still. Sie spürte, dass sich plötzlich niemand mehr dort aufhielt. Sylvia und Iris befanden sich ganz im Heck des Schiffes, in einer Kajüte erster Klasse. Das war zwar teuer, aber sie dachte, dass es dort am sichersten war. Dachte sie.

Aber wessen Schritte waren das? Es klang wie ein Klappern. Solche Geräusche machte kein Mensch. Jedenfalls waren es nicht die Schritte ihres geliebten Ehemanns. Bestimmt nicht.

Das waren Geräusche, die von schabenden Knochen verursacht wurden.

„Iris … hör mir gut zu!“, flüsterte Sylvia.

Iris schien bei diesem Tonfall etwas zu spüren. Sie hörte plötzlich auf zu weinen.

„Gut so, sei ein braves Kind! Schau, nimm das hier in den Mund!“

Sylvia führte Iris’ Lieblingshandtuch zu ihrem Mund.

„Hör genau zu! Gib keinen Laut von dir! Egal, was passiert.“

Sylvia öffnete die Tür eines Kleiderschranks, der sich ganz hinten im Zimmer befand. Sie nahm Iris in die Arme und stellte sie in den Schrank. Sie führte möglichst viele Schutzra-Zauber für ihre Tochter durch. *Das könnte das letzte Geschenk für meine Tochter werden*, dachte sie flüchtig. Sie schüttelte den Kopf und vertrieb ihre lähmenden Gedanken.

Aus irgendeinem Grund war sie innerlich ganz ruhig. Vielleicht, weil sie ganz genau wusste, was sie zu tun hatte.

„Gib keinen Laut von dir!“, wiederholte sie noch einmal, während sie die Tür schloss. „Egal, was passiert!“

Danach brachte sie ihre Kleider in Ordnung und nahm ihren Stock fest in die Hand. Auch wenn sie wusste, dass es nichts nützte, schloss sie die Zimmertür ab.

Sie erinnerte sich an frühere Erlebnisse. *Was kann ich mit einem einzigen Angriff ausrichten*?

Unbewusst formte ihr Mund sich zu einem Lächeln. Der erste Angriff war entscheidend. Aus ihrem langen Abenteurerleben wusste sie zur Genüge, wie es war, wenn eine Weißmagierin zum Nahkampf gezwungen wurde. Kommt *nur! Aber ich sterbe nicht allein.*

Ihr Mann kehrte nicht zurück. Da wurde plötzlich die massive Tür aus ihren Angeln gerissen.

In diesem Moment beendete Sylvia die Rezitation des Zauberspruches, und das ganze Zimmer wurde von gleißendem Licht erfüllt.

Durch das Schlüsselloch des Kleiderschranks hatte Iris auf den Rücken ihrer Mutter gestarrt. Bis zum letzten Moment hatte sie zugeschaut. Bei dem blendend hellen Licht schloss Iris die Augen. Die Tränen brachen ihr aus. Ihre Zähne gruben sich in ihre Lippen, sodass sie Blut schmeckte. Aber sie gab keinen Laut von sich. Bis sie in Ohnmacht fiel, hielt sie das Versprechen, das sie ihrer Mutter gegeben hatte.

+ + +

Die Gefallenen – Abenteurer, Besatzungsmitglieder und normale Passagiere – erhoben sich.

Sie standen inmitten von Lachen aus Blut. Die gebrochenen Hälse zur Seite neigend, die Eingeweide aus dem aufgeschlitzten Bauch hängend, so setzten sie sich langsam – Männer und Frauen, Alte und Junge – mit unsicheren Schritten in Bewegung. Sie versuchten *zurückzukehren.* Zu dem Kapitän, dem sie nun dienen sollten. In ihren Augen spiegelte sich nichts mehr wider, was von dieser Welt war. Sie waren für immer und ewig aus der Welt der Lebenden ausgestoßen.

Sie kehrten zurück …

Die Kreatur befand sich ganz hinten im Heck des Geisterschiffes. Für ihren Rang mochte die Kajüte etwas zu klein sein, aber sie war der sicherste Platz im ganzen Schiff.

Das Wesen legte grundsätzlich größten Wert auf seine Sicherheit. Das war nicht mehr als recht und billig. Schließlich war es der Kapitän des Schiffes. Es musste weiter leben – oder sollte man besser sagen, weiter tot bleiben? – um seine Pflicht zu erfüllen. Unter allen lebenden Wesen sollte es den Fluch verbreiten und zu diesem Zweck über die Meere fahren. Das war der Befehl, den es von seinem Schöpfer erhalten hatte, als ihm das Schiff übergeben worden war. Auf seinem Knochengesicht tauchte ein teuflisches Grinsen auf. Es schien, dass seine Besatzung nun ausreichend ergänzt worden war.

Das Geisterschiff verschwand so geräuschlos, wie es aufgetaucht war, im Nebel.

## 3

Das Schweigen, das sich im Zimmer ausbreitete, war bedrückender denn je.

Al kam es so vor, als ob sich selbst das Licht, das im Zimmer brannte, plötzlich verdunkelte.

„Das war vor elf Jahren. Unser Schiff konnte nichts anderes tun, als nach Selbina zurückzufahren, wobei wir die Hälfte der Besatzung und der Fahrgäste verloren hatten. Man kann von Glück sagen, dass wir überhaupt zurückkehren konnten. Denn man musste es fast ein Wunder nennen, dass das Schiff unter solchen Umständen noch navigierfähig war.

Max' Bündnis löste sich für immer auf. Er hatte drei Kameraden verloren: Fram, Sylvia und den Elvaaner Räuber Grag.

„Nach langer Überlegung haben wir Iris nach San'doria begleitet. Wir mussten hart verhandeln, damit ihr Haus nicht vom Königshof beschlagnahmt wurde. Letzten Endes wurde vereinbart, dass wir drei Überlebenden die Verwaltung und den Erhalt des Hauses übernahmen.

Denn Fram und Sylvia schuldeten San'doria noch etwas."

Um welche Schulden es sich dabei handelte, erwähnte Max aber nicht.

„Um die Betreuung von Iris habe ich eine Kirche in der Nachbarschaft gebeten. Wir drei hatten ja keine Ahnung, wie man ein Kind erzieht."

„Diesen Teil der Geschichte kenne ich schon so ungefähr", bemerkte Al.

Als er kurz zusammenfasste, was Iris ihm erzählt hatte, nickte Max zustimmend.

„In den ersten zwei Jahren, in denen sie in der Obhut der Kirche war, soll Iris kein einziges Wort gesprochen haben", berichtete Max. „Ich vermute, dass es ihr die Sprache geraubt hat, weil das Versprechen, das sie ihrer Mutter gegeben hatte, zu einer Besessenheit wurde."

„Oh Mann! Die Kleine hat ja ganz schön was mitgemacht!" Shera ließ sich auf das Bett fallen, in dem Al lag und schüttelte seufzend den Kopf.

Peta, die ihren Zeigefinger nachdenklich auf das Kinn gelegt hatte und zur Decke starrte, fragte Max: „Äh, Ihr habt doch gesagt, dass die Leute, die von den Skeletten getötet wurden, wieder auferstanden und auf das Geisterschiff gegangen sind?"

„Ja, ich habe es zwar nicht selber gesehen, aber Palm hat es erzählt. Ein schauderhafter Anblick soll das gewesen sein."

„Und was ist mit den Leichen von Iris' Eltern passiert?"

„Peta!", kreischte Shera in einem Ton, als ob sie Peta zur Ordnung rufen wollte.

Aber Peta verzog keine Miene und blickte Max weiterhin an.

„Wir konnten sie nicht finden."

„Das heißt, das Geisterschiff könnte sie mitgenommen haben?"

Mit verzerrtem Gesicht nickte Max.

„Es ist durchaus möglich, dass dieses Schiff noch irgendwo auf dem Meer herumirrt. Dann hat es auch Iris' Eltern zu seinen Dienern gemacht."

„Jetzt fängst du auch noch an, Jed!"

Mit vor Ärger geröteten Wangen sprang Shera auf.

„Ja, das klingt logisch", meinte Peta ruhig.

Jed nickte ihr zu. „Wenn man der Wahrheit nicht ins Gesicht sieht, macht man es dadurch auch nicht besser … aua!"

Schnell wie ein Blitz hatte Shera ihm mit der Faust in den Bauch geschlagen.

„Eben weil es logisch ist, muss man es überhaupt nicht erst erwähnen. So etwas Simples verstehst du natürlich nicht! Du kaltherziger Idiot!" Shera hatte Tränen in den Augen. Dann wendete sie ihr Gesicht ab und durchquerte mit großen Schritten das Zimmer. Sie riss die Zimmertür auf und stürmte wütend hinaus. „Ich gehe jetzt schlafen.“ Trotz allem war ihre Stimme leise. Wohl deshalb, weil sie auf Iris, die sich ja im Nebenzimmer befand, Rücksicht nahm.

Ein weiterer Seufzer wurde ausgestoßen.

Al wusste aber nicht, von wem. Vielleicht von ihm selbst.

„Na, auf alle Fälle muss Al noch eine Weile das Bett hüten.“

„Nein, nein, ich bin schon wieder in Ordnung.“ Al versuchte, sich sogleich aufzurichten. Doch er wurde von Peta mit nur einem einzigen Finger wieder aufs Bett gedrückt. „Du musst dich noch schonen“, warnte sie ihn in sanftem Ton.

Protest war wohl zwecklos, und so ergab sich Al in sein Schicksal, während Peta und Jed ruhig das Zimmer verließen.

Max wollte auch gehen.

Doch Al hatte noch eine Frage: „Entschuldigt bitte, Max?“

Max, der sich umdrehte, neigte seinen Kopf fragend zur Seite.

„Wart Ihr damals ein Kämpfer und noch kein Ritter?“

Als Al die Geschichte gehört hatte, hatte er sich über diesen Punkt gewundert.

Normalerweise wurden nur Personen als „Ritter“ bezeichnet, die jemandem dienten. Zum Beispiel die Ritter von San’doria. Sie hatten dem König Treue gelobt.

Deshalb konnte man es für fragwürdig halten, wenn ein Abenteurer zugleich auch Ritter war. Denn Abenteurer dienten niemandem. Es war nicht einmal sicher, dass sich Abenteurer einem Land verpflichtet fühlten, selbst wenn sie dessen Signet besaßen.

Schließlich bildeten sie auch Bündnisse mit Abenteurern aus anderen Ländern und hielten das für ganz selbstverständlich. Trotzdem gab es in der Tat einige unter ihnen, die „Ritter" genannt wurden. Al hatte ein paar davon gesehen, die damals sein Dorf besucht hatten. Alle besaßen eine ähnliche Ausstrahlung. Auch deshalb hatte er Max stets für einen Ritter gehalten, seit er ihn zum ersten Mal gesehen hatte.

„Seit diesem Vorfall vor elf Jahren, habe ich mir vorgenommen, ein Ritter zu werden", sagte Max in ruhigem, belehrendem Ton. „Als ich noch jung war, wollte ich nur die Kraft besitzen, meine Gegner zu besiegen. Aber allein mit dieser Kraft konnte ich sie nicht retten."

Sie – damit meinte er Fram, Sylvia, Grag und viele andere Leute, die von den Geistern umgebracht worden waren.

„Kennst du den Unterschied zwischen einem Kämpfer und einem Ritter, Al?"

Die Worte, die Max dann sprach, waren so eindrucksvoll, das Al sie nie wieder vergessen und für alle Zeiten in seinem Herzen bewahren würde.

„Ich bemühte mich, ein Ritter zu werden, weil ich die

so genannte Kraft des Beschützens erwerben wollte. Um das zu erreichen, habe ich zehn Jahre gebraucht“, fügte Max hinzu.

Als er das Zimmer verließ, murmelte er noch vor sich hin: „Diesmal werde ich euch vor ihnen beschützen.“

+ + +

Es dauerte schließlich noch einen ganzen Tag, bis Al wieder aufstehen konnte.

Wenn man „Heilen“ durchführte, schlossen sich die Wunden in der Regel im Nu wieder und verheilten. Bis aber der Blutverlust wieder ersetzt war, dauerte es ein bisschen länger. Vielleicht lag es auch daran, dass Al zum ersten Mal gelähmt worden war.

Währenddessen kamen Shera und die anderen abwechselnd und kümmerten sich um ihn.

Al fand es ein bisschen peinlich, weil er das Gefühl hatte, dass sie ihn wie ein Kind behandelten.

Auf jeden Fall schien es Shera viel Spaß zu machen, Al, der im Bett bleiben musste, zu ihrem Spielzeug umzufunktionieren.

Als sie ihm einen angeblich frittierten Flugfisch aus den Gewässern von Selbina brachte, überlegte er sich ernsthaft, ob er nicht doch gleich aufstehen sollte.

Der Fisch mit den hervorstehenden Augen und Flossen in Flatterhaltung war knusprig und goldbraun gebacken.

Er war so groß wie ein Kinderkopf. Sie befahl ihm, ihn ganz aufzuessen. Sie drohte sogar, dass sie ihm nicht erlauben würde, etwas übrig zu lassen. Aber Al, der im Gebirge aufgewachsen war, hatte bisher nur Süßwasserfische gegessen. Deshalb zweifelte er ernsthaft daran, ob solches Zeug überhaupt genießbar war. Er hatte Angst vor den hervorstehenden Augen, die ihn vom Teller aus scharf anstarrten. Diese Augen könnten womöglich in einem Albtraum auftauchen. Es gelang ihm zwar, etwas von dem Fisch zu essen, aber er war nicht in der Lage, ihn zu schmecken, da er von diesen Augen völlig abgelenkt war. Als er ungefähr die Hälfte hinuntergewürgt hatte, bat er mit feuchten Augen um die Erlaubnis aufzuhören.

Iris tauchte kein einziges Mal auf.

Als es Abend wurde und er endlich aufstehen konnte, unternahm er einen Spaziergang zum Hafen hinunter. Der Hafen von Selbina glich einem verlassenen Fischerdorf. Die Töne einer Laute, die von irgendwoher erklangen, passten wunderbarer Weise gut zu der Stimmung.

Obwohl es nur eine einzige Schifffahrtslinie gab, die die zwei Kontinente verband, war es am Hafen alles andere als betriebsam.

Vermutlich weil sich das Flugschiff langsam zum Haupttransportmittel zwischen den vier Ländern von Altana – Bastok, San'doria, Windurst und Jeuno – entwickelte?

Auch die Laternen der Fischerboote erzeugten eine eher traurige Stimmung, wenn man sie von hier aus betrachtete. Im Hafen lag das Linienschiff aus Mhaura vor Anker.

In einer Hafenkneipe hörte Al von Reisenden, die mit diesem Schiff gekommen waren, alle möglichen Geschichten. Angeblich fuhr das Geisterschiff noch immer über die Meere.

Die Zeit der Flaute war längst vorbei, und im Hafen wehte ein sanfter Wind vom Meer her.

Laut flatterten die Wurfnetze, die zum Trocknen aushingen.

Da kauerte ein Mädchen auf einem Stein, an dem normalerweise Ankertaue festgemacht wurden.

Al stellte fest, dass es Iris war.

Sie hatte ihn aber nicht bemerkt.

Als Al verstohlen ihr Gesicht musterte, starrte sie auf ein Schiff. Ihr Gesicht war blass. Sie machte eine Miene, als ob sie gleich weinen würde.

Ohne es eigentlich zu wollen, sprach Al sie an.

Iris zuckte zusammen, dann drehte sie sich um. Sie atmete vor Erleichterung aus.

„Al …“

Al fragte sie, ob alles mit ihr in Ordnung wäre. Erst jetzt bemerkte er, dass sie, obwohl es Sommer war, am ganzen Körper zitterte. Der Schweiß auf ihrer Stirn kam nicht von der Hitze. Es war kalter Schweiß.

„Bist du wirklich in Ordnung? Vielleicht ist es besser, wenn du zur Unterkunft zurückgehst …?“

Iris schüttelte den Kopf. Sie drückte ihre Finger in die Handfläche und legte die fest geballten Fäuste auf die Knie. „Entschuldige …, Al.“

Er war sprachlos, und er konnte ihr nicht einmal sagen, dass sie sich nicht zu entschuldigen brauchte.

„Ich wollte unbedingt eine Weißmagierin werden, um Rache für meinen Vater und meine Mutter zu nehmen. Ich wollte den untoten Ungeheuern gegenüber niemals unterlegen sein. Aber ich wurde starr vor Schreck, als ich den Ghoul gesehen habe …“ Ihre Tränen tropften auf die geballte Faust. „Entschuldige, bitte! Ich hätte dich retten müssen, ich …“ Erneut ergoss sich ein wahrer Sturzbach an Tränen aus ihren geröteten Augen.

Al schaute zum Himmel empor. Die Sterne sahen verschwommen aus.

*Ich bin derjenige, der sich entschuldigen sollte. Was habe ich schon Großartiges geleistet? Ich war viel zu übermütig und das alles nur, weil ich jetzt vielleicht einen altersschwachen Goblin erledigen kann.* Solche und ähnliche Gedanken kreisten in seinem Kopf.

Al ärgerte sich über sich selbst, dass er nicht einmal die passenden Worte fand, um das weinende Mädchen zu trösten.

Mit einem lauten Pfiff lief das Linienschiff aus dem Hafen aus.

# KAPITEL · 4

# Peta

# I

Der silbern fallende Regen erschwerte die Sicht. Al und seine Kameraden – auch Max hatte sich ihnen angeschlossen – hatten die Dünen von Valkurm hinter sich gebracht und befanden sich nun auf dem La Theine-Plateau.

Im Vergleich zu den Dünen, wo man nichts als weißen Sand sah, soweit das Augen reichte, wirkte das La Theine-Plateau sehr farbenfroh und frisch. Zu dieser Jahreszeit sollten sich vor dem blauen Himmel eigentlich grüne Wälder mit braunen Hügeln und lila oder weißen Blumenwiesen abwechseln, die der hiesigen Landschaft die Farbigkeit verliehen – zumindest war es normalerweise so.

„Wo sind wir jetzt ungefähr?"

Auf Als Frage antwortete Jed: „Langsam müssten wir rechts eine Ruine aus alter Zeit erkennen. So eine, wie auf dem Konschtat-Hochland."

„Vielleicht, wenn die Sonne scheinen würde, oder?", meinte Shera trocken, und damit endete ihr Wortwechsel.

Sie hatten heute sehr früh am Morgen ihre Unterkunft verlassen. Immerhin hatten sie doch drei Nächte dort verbracht. Da Als Verfassung fast wiederhergestellt war, sprach nichts dagegen, die Reise fortzusetzen. Bevor die

Truppen von San'doria gegen die Tiermenschen aufbrachen, musste Al dort angekommen sein. Deshalb konnte er nicht ewig im Bett bleiben und sich schonen.

*Aber vielleicht hätten wir unseren Aufbruch noch um einen Tag verschieben sollen.* Solche Gedanken umzingelten Al hin und wieder.

Der Regen, der kurz nach Mittag eingesetzt hatte, gerade als sie das Hochland betreten hatten, ließ bis jetzt nicht nach.

Die ganze Zeit bedeckten schwarze Wolken den Himmel. Al hatte das Gefühl, dass die Landschaft wegen des unentwegt fallenden Regens nur wie durch einen dünnen, grauen Vorhang waberte. Sie hatte all ihre Farbigkeit verloren, die Wege waren matschig, sodass sie ständig auf ihre Füße achten mussten, um nicht auszurutschen. Von wegen die Landschaft genießen!

In diesem Hochland gab es hier und da tiefe Spalten, die aussahen, wie mit einem riesigen Messer in die Erde geschnitten. Diese Spalten fielen ziemlich steil ab, sodass man kaum hinabklettern konnte. Sie durchzogen die Landschaft bis kurz vor der Verbindungsstraße, hatten seine Kameraden Al erklärt. Er sollte sich deshalb in Acht nehmen.

Doch bei dieser schlechten Sicht wurde er immer unruhiger. Es erwies sich also als ziemlich deprimierend.

Wenn sie den Wald namens Ronfaure, der da drüben durchschimmerte, erst einmal durchquert hatten, dann wäre es bis zum Königreich San'doria nur noch ein Katzensprung.

„Wie lange … dauert es denn noch?“, murmelte Al vor sich hin, ohne jemanden bestimmtes zu fragen.

„Mindestens zwei Tage. Bei diesem Regen ist es nicht einmal sicher, ob wir es heute bis zum Ronfaure schaffen“, antwortete Max.

„Wie schrecklich! Bei diesem Wetter will ich auf keinen Fall im Freien übernachten“, seufzte Shera dramatisch.

Dann kehrte wieder Schweigen ein.

Die Kapuze tief in die Stirn gezogen und die Mäntel eng um den Körper geschlungen, konnten sie nichts anderes tun als weitergehen. An ihren Mänteln lief das Regenwasser hinunter und tropfte pausenlos vom Saum. Es sickerte bereits in Als Stiefel. Bei jedem Schritt spürte er das Wasser, das sich darin angesammelt hatte. Das war richtig unangenehm.

Dass die Konversation so stockend war, lag wohl vor allem an ihm und Iris, glaubte Al.

Iris, die sich normalerweise ständig einmischte, sagte jetzt kaum etwas. Sie ging neben Max her, starrte nur auf den Boden und setzte schweigend einen Fuß vor den anderen, fast wie eine Maschine.

Genau wie Al.

Seit jenem Abend am Hafen wusste er nicht mehr, worüber er sich mit ihr unterhalten sollte, und es schien, dass diese bedrückte Stimmung die anderen angesteckt hatte.

Gleich nachdem sie die Unterkunft verlassen hatten, hatte Peta wie immer vor sich hingesungen. Doch das konnte sie nicht ewig machen. Als ihr Gesang verstummte und alle schwiegen, hatte keiner mehr versucht, die Stimmung aufzulockern.

Selbst wenn mal jemand etwas sagte, schwebten die Wörter wie orientierungslos in der Luft und waren irgendwann verschwunden wie Schaum.

Shera, die früher bei jeder Gelegenheit versucht hatte, sich an Jed heranzumachen, verhielt sich ihm gegenüber äußerst kühl, seitdem sie ihn in den Bauch geboxt hatte. Dennoch suchte sie ständig seine Nähe und lief neben ihm her.

*Komisch!* – so in etwa hätte Iris das normalerweise kommentiert.

Auf Als Lippen, der sich diese Szene vorstellte, schwebte ein leises Lächeln, dann wurden sie aber gleich wieder hart. Al hatte nicht gewusst, wie bedrückend es war, wenn man nicht mehr lachen konnte. Die sechs marschierten einen leicht abfallenden Weg langsam hinunter. Rechts war ein kleiner Hügel zu sehen, und links reihten sich in regelmäßigen Abständen Pfähle, zwischen denen Drähte gespannt waren. Das bedeutete, dass sich dahinter wieder ein Abgrund befand. Die Drähte waren an manchen Stellen gerissen und nicht repariert worden. Aber weil diese Gegend das Revier der Tiermenschen war, konnte man sich nicht auch noch um beschädigte Drähte kümmern. Sie befanden sich hier bereits im Gebiet der Orks.

Am Anfang spürte Al nur eine winzige Erschütterung. So winzig, dass er dachte, ihm wäre ein bisschen schwindelig geworden. Dem folgte ein dröhnendes Geräusch, das im Bauch vibrierte.

Al merkte bald, dass die Erde bei diesem Geräusch bebte. Kleine Steine hüpften auf und ab. Das Geräusch schien von hinten zu kommen.

Jed, der vor Al lief, drehte sich um.

Al erkannte deutlich, dass er blass wurde. Auch Al drehte sich um und versuchte mit angestrengtem Blick, den Vorhang aus Regen zu durchdringen. Einen Moment glaubte er, seinen Augen nicht trauen zu können. Hinter ihm sollte sich eigentlich ein sanft ansteigender Weg befinden. Aber …

Da war ein Berg! Ein riesiger Berg, der vor ihnen aufragte. Unglaublicherweise *bewegte* sich dieser Berg auch noch. Regentropfen fielen in Als weit aufgesperrten Mund, aber das bemerkte er gar nicht. Etwas Riesiges folgte ihnen, das begriff Al jetzt endlich.

Den Vorhang aus Regen durchstoßend, tauchten plötzlich zwei lange Hörner auf. Hinter den Hörnern befand sich ein schwarzer Schafskopf. Gigantisch! Der Kopf war so hoch, wie ein zweistöckiges Haus.

„Warum ausgerechnet hier!“, knirschte Jed.

„Ein Rammbock …“, flüsterte Iris leise. Ihre Stimme klang heiser.

„Ein Rammbock? Das passt! Mit diesen riesigen Hörnern kann der locker eine Burg zerstören.“ Petas Worte klangen zwar unbekümmert, doch ihrer Stimme fehlte der sonst übliche scherzhafte Tonfall.

Eines der mit langen Haaren bewachsenen Vorderbeine der riesigen Kreatur stampfte auf den Boden. Es bebte so heftig, dass die Erde regelrecht erzitterte. Wasser spritzte auf und traf einen Moment später Al und die anderen. Der gewaltige Schafsbock hob seinen Kopf, dann blökte er laut.

„Er hat uns bemerkt!“, schrie Jed. „Nichts wie weg!“

Es widersprach niemand.

Max zog sein beidhändiges Schwert vom Rücken und trat dem Schaf entgegen. „Ich übernehme die Nachhut“, rief er. „Ich ziehe seine Aufmerksamkeit auf mich, solange es geht. Lauft!“

Seine Stimme im Rücken rannten Al und die anderen so schnell sie konnten den abfallenden Weg hinunter.

„Links ist der Wald. Flieht zwischen die Bäume!“, hörten sie Max noch rufen.

Durch spritzende Wasserpfützen rannten sie aus Leibeskräften.

Al spurtete in den Wald. Er wagte nicht, sich umzudrehen. Er starrte nur geradeaus und rannte.

„Ahhh!“, kreischte Iris. Ihre Stimme kam von links.

Al hielt sofort an. Er schaute sich um und geriet fast in Panik.

Alle hatten sich irgendwann zerstreut und aus den Augen verloren.

Nur die Schreie von Max, der das Schaf reizte, waren noch zu hören.

„Iris, ist alles in Ordnung!?“, brüllte Al in die Richtung, aus der ihr Schrei gekommen war. Einen Moment später hörte er ihre Antwort mit krächzender Stimme: „Hilfe …“

Dass Al sie nicht sehen konnte, ließ ihn erschauern. Er rannte in die Richtung und konnte gerade noch anhalten. Vor seinen Füßen gähnte ein Abgrund. Er war so steil, dass die Wände fast senkrecht abfielen.

„Iris, wo bist du!?“

„Hier …“ Iris, die etwa um eine Körperlänge in den Riss gerutscht war, umklammerte mit beiden Händen einen hervorstehenden Fels.

Al legte sich – ungeachtet des nassen Bodens – auf den Bauch und streckte seine Hand aus. „Halt dich fest!“ Seine linke Hand krallte er ins Gras und streckte seinen rechten Arm so weit wie möglich aus. Aber der Abstand war zu groß. Er konnte sie auf diese Weise nicht erreichen. Vorsichtig robbte Al weiter nach vorne. Mit der linken Hand prüfte er Griffmöglichkeiten und streckte die rechte zu Iris.

Stachelige Gräser ritzten seinen nackten Arm, aber darum konnte er sich gerade nicht kümmern. Seine Fingerspitzen berührten Iris' Hand.

Iris, die ihre rechte Hand vom Fels löste, packte Als Hand.

„Gut! So, langsam …"

„A … a … Al!" Mit weit aufgerissenen Augen starrte Iris auf eine Stelle hinter Al.

Der wurde auf einmal blass. Sämtliche Nackenhaare standen ihm zu Berge. Vielleicht …!

Das dröhnende Blöken des Rammbocks ertönte hinter ihm, und der Boden bebte!

Auf einmal rutschte Als Hand ab. „…!"

Al fiel. Um ihn aufzufangen, schwang sich Iris ihm entgegen. Aber natürlich hatte sie nicht genug Kraft, um ihn zu halten. Ihr beider Gewicht zog sie unaufhaltsam nach unten.

Sie konnten nicht verhindern, dass sie ins Rutschen gerieten.

Al drehte Iris' Körper von der Wand weg, damit sie sich an der Felskante nicht verletzte. Er machte seinen Rücken rund und zog Iris auf sich. So schlitterten die beiden den Abhang hinab. Zum Grund der Felsspalte.

„Was machst du denn für Sachen, du Verrückte", murmelte Al und presste Iris fest in seine Arme.

+ + +

Man konnte von Glück sagen, dass sie in der Höhle vor dem Regen Zuflucht gefunden hatten.

Zumindest dachte das Al. Immerhin hatte es ihn und Iris nicht das Leben gekostet, dass sie in diesen Abgrund gestürzt waren. So war nur die Haut an Als Rücken aufgeschürft und sein rechtes Bein gebrochen. Da Iris dabei war, konnten solche Verletzungen aber mit ihrem „Heilzauber" sehr leicht beseitigt werden.

Der Grund der Felsspalte bildete ein schmales Tal. Zu beiden Seiten ragten schroffe Felswände auf, sodass es unmöglich war hinaufzuklettern. Sie hatten die Felsspalte allerdings noch nicht von vorne bis hinten untersucht – es konnte also sein, dass es irgendwo etwas sanfter bergauf ging – doch mit einem gebrochenen Bein war es unmöglich, so weit zu laufen. Iris hatte ihn mit blassem Gesicht dazu gedrängt, das „Heilen" sofort durchzuführen, doch Al hatte darauf bestanden, erst einen Ort zu finden, an dem sie sich ausruhen konnten, denn es wurde bereits dunkel.

Er hatte keine Lust, bei Regen im Freien zu übernachten, also hatte er sich mit schmerzendem Bein weitergeschleppt, bis sie schließlich die Höhle entdeckt hatten, die sich seitlich in den Felsen bohrte und nicht weit von der Stelle entfernt lag, wo sie abgestürzt waren. In dieser Höhle fanden die beiden Unterschlupf, und Iris konnte endlich das „Heilen" an ihm vollbringen.

Noch im Sitzen bewegte Al sein rechtes Bein ein paar

Mal. Er stellte fest, dass er keine Schmerzen mehr hatte und sein Bein problemlos bewegen konnte.

Auch der Rücken tat nicht mehr weh. „Ja, es scheint wieder in Ordnung zu sein. Danke, Iris."

„Nichts … zu danken", entgegnete Iris nur, dann wurde ihr Gesicht ausdruckslos, und sie schwieg wieder.

Die Stelle, an der Al und Iris sich aufhielten, befand sich ziemlich nah am Eingang der Höhle und bildete eine Einbuchtung. Die Sonne war fast untergegangen, sodass vom Boden der Felsspalte aus nur ein schwach erleuchteter schmaler Streifen des Himmels durchschimmerte. Bald würde es stockdunkel sein. Nur die Regentropfen, die auf den Boden trommelten, waren zu hören.

Da sie ihre Kameraden verloren hatten und keine Landkarte besaßen, wussten sie nicht einmal, wo sie sich gerade befanden. Ihre Lage schien wirklich ziemlich aussichtslos.

„Glaubst du, dass mit Onkel Max und den anderen alles in Ordnung ist?"

„Natürlich."

Iris machte ein verärgertes Gesicht. „Woher willst du das wissen?"

„Hast du vergessen, dass es *uns* verfolgt hat. Also ist mit den anderen alles in Ordnung."

In Wahrheit war es natürlich auch möglich, dass es zuerst Max und seine Kameraden getötet hatte und ihnen danach erst gefolgt war, aber an diese Möglichkeit wollte er lieber nicht denken. Außerdem – auch wenn dieser Bock eine ungeheuere Größe hatte, so war und blieb er doch zunächst nur ein Schaf – also ein Pflanzenfresser. Dass er Al und Iris verfolgt hatte, lag sicher nicht daran, dass er sie fressen wollte.

Wenn man einem Stier mit einem Stück Stoff vor der Nase herumfuchtelte, rannte er darauf zu, einfach weil er gereizt war. So war es auch hier. Das war ein weiteres Argument dafür, warum Max und die anderen wahrscheinlich in Sicherheit waren, solange der Bock Al und Iris verfolgt hatte.

„Ja, da hast du … recht." Fast wie eine Bestätigung für Iris' Erleichterung, knurrte ihr Magen leise. In der zunehmenden Dunkelheit erröteten ihre Wangen. Hastig drückte sie gegen ihren Bauch und bewegte sich leicht hin und her.

Als ob er darauf antworten wollte, knurrte jetzt auch Als Magen.

Sie blickten sich gegenseitig an.

„Lass uns etwas essen!" Al kippte seinen Rucksack um, der neben ihm stand.

„Wir sollten auch Feuer machen. Hast du etwas Brennbares?"

Alle möglichen Sachen, die er ohne groß darüber nachzudenken, eingepackt hatte, kamen nach und nach zum Vorschein: Getrocknetes Fleisch, getrocknete Pilze, getrockneter Fisch. Natürlich nicht nur Proviant. Die Fackel, die mit Ölpapier eingewickelt war, um sie vor Nässe zu schützen, legte er beiseite, da er sie sicher gleich benötigen würde.

„Was ist das?"

In der Dunkelheit lag etwas, das schwach leuchtete. Ein purpurnes Licht. Es war die große Perle, die Max ihm vor der Reise ausgehändigt hatte.

Beim Anblick der Perle verschluckte sich Iris fast. „Die Verbindungsperle!" Hastig fing sie an, ihren Rucksack zu durchstöbern. Auch Iris holte ihre Perle heraus, die ebenso purpurn war wie Als, nahm sie fest in die Hand und hielt sie vor ihre Stirn. Auch Al nahm die Perle, die er bis jetzt völlig vergessen hatte, in die Hand, beobachtete jede Bewegung von Iris und machte ihr alles genau nach.

Die Perle, die in die Dunkelheit ringsum schwaches purpurnes Licht ausstrahlte, fühlte sich ein wenig warm an.

„Al! Iris! Könnt ihr mich hören?" Plötzlich erklang die Stimme von Max in seinem Kopf.

„Onkel!", rief Iris.

*Wa … was ist das!?* Das dachte Al zwar nur, doch ertönte seine innere Stimme im Kopf deutlich als Echo.

*Hey, du, spinnst du? Stör uns nicht!*

*Was soll ich denn tun?* „Was soll ich denn tun?"

*Oh Mann! Du bist zu laut! Zu laut, zu laut, zu laut!*

*Ich kann die Stimme meines Onkels überhaupt nicht hören!*

Hastig nahm Al die Perle von der Stirn.

Als er Iris anschaute, stellte er fest, dass sie mit geschlossenen Augen ihre Brauen zusammenzog und ein verärgertes Gesicht machte.

*Ich kann doch nichts dafür! Du hast mir nicht beigebracht, wie man sie benutzt.*

Allerdings musste sich Al noch im selben Moment eingestehen, dass er vergessen hatte, sie danach zu fragen, und so seufzte er nur. Nachdem er ein paar Mal tief ein und wieder ausgeatmet hatte, bemühte er sich, seinen Kopf möglichst leer werden zu lassen. Danach griff er die Perle fest und hob sie an die Stirn. Die Stimmen von Max und Iris waren zu hören.

*Das heißt, ihr beide seid in Sicherheit?*

*Ja, bei uns ist alles in Ordnung, Onkel. Euch ist also auch nichts passiert?,* antwortete Iris auf die Frage von Max.

Al konnte also davon ausgehen, dass Max und seine drei Begleiter zusammen und wohlauf waren. Die Nachricht, dass ihre Flucht gelungen war, ließ ihn erleichtert aufatmen. Al überließ Iris das weitere Gespräch und hörte ruhig zu.

Die Stelle, an der Al und Iris abgestürzt waren, hatten sie schnell ausfindig gemacht. Allerdings wusste Max noch nicht, wo sie gefahrlos hinunterklettern konnten.

*Bleibt wo ihr seid und haltet euch weiterhin versteckt! Da in dieser Gegend oft Orks lauern, ist es besser, wenn wir nach euch suchen, weil wir zu viert sind. Wir versuchen, eine Stelle zu finden, wo wir hinabklettern können.*

*Gut. Verstanden, Onkel.*

Max' Stimme brach ab.

Al sah, dass Iris die Perle von der Stirn nahm, und er tat es ihr gleich.

Die Spannung löste sich, und beide atmeten tief durch. *Es ist schon ziemlich schwierig, an nichts zu denken*, überlegte Al.

„Hey, du, deine Stimme kam ab und zu mal durch."

„Nein!" Hoffentlich hatte er an nichts Schlimmes gedacht. Als er Iris jedoch kichern hörte, dachte er: *So schlimm wird es schon nicht gewesen sein.*

Um die Fackel zu entzünden, benutzten sie wie immer die Flamme des Kristalls.

Iris warf den Kristall zu Al hinüber: „Probier's mal! Übe ein bisschen!"

Obwohl sie ihm gesagt hatte, es wäre nicht schlimm, wenn er es nicht gleich konnte, wurde ihr Blick strenger und strenger, jedes Mal, wenn Al einen Fehler machte.

„Eigentlich braucht man den Kristall nicht unbedingt, um Feuer zu machen, das weißt du doch. Du machst dich viel zu sehr von dem Kristall abhängig."

Als Beispiel nannte Iris den Flammenzauber in der

Lehre der Schwarzen Magie. Diese Magier benötigten zum Zaubern keinen Kristall.

„Auch die Krieger beherrschen die Flamme, nicht wahr?“

Diese Frage konnte Al nur bejahen. „Jed hat auch schon zu mir gesagt, dass ich langsam zumindest die *Brennende Klinge* meistern können sollte.“

Die „Brennende Klinge“ war eine Technik, bei der man das Schwert die Flamme des Kampfgeistes aufnehmen ließ. Bei richtigem Training konnte man die Stufe erreichen, in der es tatsächlich eine Flamme ausstieß. Das nannte man dann „Rotes-Lotus-Schwert“.

Iris nickte zustimmend. „Die Form der Dinge hat ihre Bedeutung. Alle Dinge bestehen aus acht Elementen, und für jedes Element gibt es eine bestimmte Form, die die Energie dieses Elementes am besten zur Wirkung bringt. Die Form des Schwertes kann die Energie des Feuers am besten wirksam machen. Was nötig ist, um mit einer solchen Form die Energie der Elemente zu nutzen, ist weder Zauberkraft noch ein Kristall, sondern tagtägliches Training und die richtige Art und Weise, seine Lebensenergie zu bündeln“, philosophierte Iris und streckte ihm ihren Stock entgegen.

Er griff danach.

Mit geschlossenen Augen atmete Al ein paar Mal tief durch, dann hob und senkte er den Stock leicht und schwang ihn danach schnell zur Seite. Schimmernde

Lichtkörnchen wanden sich um den Stock und zerstreuten sich plötzlich.

„Die Form des Stockes ist gut geeignet, um die Energie des Lichtes wirksam zu machen“, fügte Iris hinzu.

„Siehst du, einen Kristall brauchst du nicht unbedingt. Er ist bloß ein leicht bedienbarer Katalysator beziehungsweise Initialsprengstoff, um die Dinge zu verwandeln. Du schafft es bestimmt.“

Da sie ihm so viel Vertrauen schenkte, konnte er schlecht kneifen. Nach drei Fehlschlägen klappte es endlich, die Fackel zu entzünden.

Kaum hatte Al erleichtert aufgeatmet, da sagte Iris gnadenlos. „Du schuldest mir vier Stück.“

*Hast du sie mir nicht geschenkt?*

„Warum sollte ich?“, erwiderte sie schroff.

Sie hatte recht. Al hatte selber gesagt, dass Kristalle kostbar waren. Er merkte, dass sie sich, ohne dass es ihnen bewusst geworden war, auf ihre übliche Art unterhielten.

Als die Fackel brannte, wurde es in der Höhle viel heller, als sie erwartet hatten. Vielleicht deswegen, weil ihre Augen schon an die Dunkelheit gewöhnt waren.

„Es geht ziemlich weit hinein.“ Mit der Fackel in der Hand lief Al ein bisschen herum. Die Höhle schien viel tiefer zu sein, als man es am Eingang vermuten konnte.

„Es ist besser, wenn du nicht so tief hineingehst. Man weiß nie, was in so einer Höhle alles lauert.“

Aufgrund dieser nicht sehr ermutigenden Bemerkung kehrte Al schnell zu Iris zurück.

Sie rammten die Fackel in den Boden und nahmen ihre Mahlzeit ein. Sie aßen ein bisschen getrocknetes Fleisch und Obst, das Iris dabei hatte. Da kein Brennholz für ein Lagerfeuer vorhanden war, konnten sie kein Wasser kochen. Seitdem sie sich im Hochland befanden, mussten sie sich zwar keine Sorgen ums Wasser machen, aber solange es kein Brennholz gab, war an heißes Wasser nicht zu denken.

Die Fackel brannte ruhig. Der aufsteigende Rauch staute sich an der Decke, dann waberte er gemächlich aus der Höhle hinaus.

Während sie in die knisternde Flamme starrten, setzten sie ihre Unterhaltung wieder fort. Am Anfang sprachen sie noch über Belangloses. Über das Geschehen in Gustaberg oder über ihre lustigen Reiseerlebnisse. Danach kamen sie auf ihre Kindheit zu sprechen. Zum Beispiel, wie Iris dazu kam, die Lebewesen ohne Beine nicht leiden zu können. Solche Geschichten.

Al berichtete von seinen wilden Streichen als Kind. Vor allem über die Geschichte, als er zur Spitze des Glockenturms der Dorfkirche hinaufgeklettert war, aber nicht wieder hinunterklettern konnte, lachte Iris aus vollem Hals. Nachdem das ganze Dorf in Aufregung geraten war, rettete ihn schließlich ein Dompteur, der sich zufällig im Dorf aufhielt. An den Fuß des riesigen Vogels geklammert, den der Dompteur dressiert hatte, kam Al zwar wieder auf den Boden herunter, aber ein Vogel erleichtert sich manchmal, bevor er abhebt, um sein Körpergewicht zu verringern.

„In dem Moment, als ich mich an seinen Fuß klammerte, hat er einen riesigen Haufen Scheiße auf meinem Kopf abgeladen!"

Als Iris fröhlich lachte, machte Al ein zorniges Gesicht.

Die beiden vermieden es mit Absicht, schwermütige Geschichten zu erzählen.

„Aber warum bist du da überhaupt hinaufgeklettert?"

Als er eine Antwort auf Iris' Frage suchte, begann er sich erst wieder, genau an die Geschichte zu erinnern: „Vielleicht wollte ich etwas entdecken, das ich noch nie gesehen hatte? Wahrscheinlich. Ich fragte mich, was ich von da oben wohl zu Gesicht kriegen würde."

Auch wenn er später über und über mit Vogelkot bedeckt war – der Flug am Himmel hatte ihm viel Spaß gemacht. Zwar hasste er das ländliche Dorfleben nicht gerade, aber Al suchte ständig nach Dingen, die er noch nie gesehen hatte. Da ihm der Alltag im Dorf ziemlich eintönig vorkam, begann er sich oft zu langweilen.

„Meine Großmutter sagte mir: ‚Für dich ist das Dorf zu eng.' Seitdem, glaube ich, fing ich an, mir zu wünschen, ein Abenteurer zu werden und noch viele andere Dinge zu sehen."

Es war nicht der Kampf mit Ungeheuern, der Al reizte, sondern vielmehr die Neugier auf das Unbekannte, die ihn antrieb.

Als Al noch klein war, meinte seine Großmutter, die eine großartige Geschichtenerzählerin war, zu ihm: „Du wirst irgendwann in die große Welt hinausgehen. In die Welt, in der die Dinge sich verändern. In dieser Welt wirst du eine lange, lange Reise machen."

Als sie ihm das erzählte, begriff er noch nicht, wovon sie sprach. Trotzdem behielt er diese Worte immer im Herzen und vergaß sie nie. Auch jetzt nicht.

„Deine Großmutter ..."

Iris' Murmeln holte ihn in die Gegenwart zurück.

Er guckte sie an.

„Ich möchte sie auch kennenlernen." Iris stützte ihre Ellbogen auf die Knie, und auf ihre gekreuzten Hände legte sie ihr Kinn. In dieser Haltung betrachtete sie still die Flamme der Fackel.

„Wenn du in mein Dorf kommst, kann ich euch beide bekannt machen."

„Ja", erwiderte sie und schloss ihre Augen.

„Du kannst schlafen, wenn du willst."

*In letzter Zeit bist du so gut wie nie zum Schlafen gekommen*, fügte er gedanklich hinzu.

„Ja."

Aber er konnte Iris nicht in Ruhe schlafen lassen. Als die erste Fackel fast ausgegangen war und er die zweite aus dem Rucksack herausholte, drang ein seltsames Geräusch aus der Tiefe der Höhle.

+ + +

Es war Iris, die es im Halbschlaf zuerst hörte.

„Was ist das für ein Geräusch?“, fragte sie, die Augenlider nur halb geöffnet, und hob ihren Kopf.

„Geräusch?“

Al lauschte angestrengt. Da hörte er es auch …

Es klang, als ob Metallstücke aneinander gerieben wurden. Oder auch wie das Zirpen von Grillen.

Al zündete die zweite Fackel an. Dann hielt er sie hoch und ging in die Richtung, aus der das Geräusch kam. Es drang aus der Tiefe der Höhle. Nach der Einbuchtung, in der Al und Iris lagerten, bog der Höhlengang nach links. Er stützte sich mit den Händen an die Wand und spähte vorsichtig um die Ecke und schaute in den Gang. An der Stelle, wo bis vor Kurzem noch gar nichts gewesen war, stand auf einmal ein riesiger Pilz, bestimmt halb so groß wie Al.

„Es ist ein Giftfungus …“ Erschrocken ließ Al beinahe die Fackel fallen.

Iris, die ihm unbemerkt gefolgt war, schaute neben ihm nun ebenfalls in den Höhlengang.

„Hör mal, er zirpt …“ Der Pilz hatte vier Beine. Wahrscheinlich hatten sie sich aus der Wurzel geformt. Im ersten Augenblick erinnerte die Form dieser Beine an einen Frosch.

Zwei waren an der Vorderseite, und zwei an der Hinterseite – obwohl Al nicht sicher war, wo bei einem Pilz vorne und hinten war. Während sie ihn betrachteten, zitterten die Muskeln an seinen Beinen. Es sah aus, als würde er gleich hochspringen. Die Kappe, die um einiges größer war als Als Schild, vibrierte leicht.

Es ertönte ein zischendes Geräusch.

„Vielleicht sollten wir ihn gleich erledigen. Kann sein, dass er gerade seine Artgenossen ruft."

Im Moment hatten sie es nur mit einem einzigen zu tun. Das war zwar nicht gerade unproblematisch, aber damit kamen sie schon zurecht.

„Gut, machen wir das." Al ging zurück und holte sein Schwert und seinen Schild.

Auch Iris griff nach ihrem Stock. Dann sprach sie die Zauberworte, schwenkte den Stock und führte für sie beide den Schutzra-Zauber durch.

Dann gingen sie vorsichtig bis zur Ecke.

„Diesmal denkst du daran, oder?"

„Du meinst, ich darf erst losstürzen, wenn du mit dem Zauber fertig bist, stimmt's?", Al grinste Iris an, die sich vorsichtshalber vergewissern wollte.

Ihr Plan war folgendermaßen: Kurz bevor Iris die Zauberworte zu Ende rezitiert haben würde, sollte Al die Fackel auf den Gang werfen, damit der Gegner für Iris gut zu sehen war. Daraufhin würde sie nach vorne treten und den Zauber durchführen. Dann würde Al sofort losstürzen und den Gegner niederschlagen. Ein perfekter Plan. Eigentlich. Doch schon am Anfang geriet er durcheinander.

Gleich nachdem Iris angefangen hatte, die Dia-Zauberformel zu rezitieren, veränderten sich die Töne des Giftfungus.

„Mist!"

Als Iris gesagt hatte, dass der Pilz möglicherweise seine Kameraden rufen würde, hätte Al das ein bisschen ernster nehmen sollen. Wenn er Stimmen hören konnte, war er natürlich auch in der Lage, die Töne der Zauberformel wahrzunehmen. Al warf die Fackel. Wie sie befürchtet hatten, setzte sich der Pilz bereits in Bewegung. Er sprang ihnen entgegen. Ohne Zögern trat auch Al nach vorne und schlug zu. Als Schwert durchschnitt die Pilzkappe!

Plötzlich wurde etwas in die Luft verstreut. Al geriet in Panik. Dieses Etwas umhüllte ihn und den Pilz und erzeugte tiefe Dunkelheit. Erst später erfuhr Al, dass es sich um sogenannte Düstersporen handelte. In dieser Dunkelheit bekam er einen heftigen Tritt ab.

Die „Beine" des Pilzes, waren gar keine umgeformte Wurzel – es waren umgeformte Tentakel. Das wurde Al jetzt klar. Der Pilz konnte sie frei bewegen. Durch den unerwarteten Treffer knickten Als Knie ein. Auch als sämtliche Düstersporen gelandet waren, hörte der Pilz nicht auf, mit seinen Tentakeln auf Al einzuschlagen. Von rechts und links bekam Al heftige Schläge, von denen er nur einige mit seinem Schild abwehren konnte.

Es war Iris, die den Angriff des Pilzes schließlich stoppte.

„Du verdammter Pilz! Verdammt! Verdammt! Verdammt!“ Iris hatte sich dem Pilz von hinten genähert und drosch mit ihrem Stock auf ihn ein.

Das war ein so Furcht erregender Anblick, dass es Al eiskalt den Rücken hinunterlief. Wo auf der ganzen Welt gab es noch eine Weißmagierin, die sich vor den Kämpfer stellte und ein Ungeheuer verprügelte?

Al schlug sein Schwert laut gegen den Schild, um mit dem Krach den Pilz zu provozieren. Tatsächlich zog er die Aufmerksamkeit des Giftfungus auf sich, der sich ihm zuwandte.

Dennoch hörte Iris nicht auf, den Pilz zu verprügeln. Nein, sie schlug nicht nur zu. Sie konzentrierte sich, so wie beim Zaubern, und versuchte, ihre innere Energie zu verdichten. Jetzt konnte Al das auch spüren.

*Langsam kannst du es auch anwenden.* Jeds Worte tauchten in seinem Geist auf.

Da Al bisher davon überzeugt war, er würde mit Zauberei nicht zu tun haben, hielt er so etwas lediglich für Spielerei, aber …

Da Jed es ihm beigebracht hatte, hatte er es trotzdem geübt. Er erinnerte sich.

Zunächst war es wichtig, im Geist das Bild der Flamme zu bewahren. Allerdings durfte er, während er seine Energie sammelte und verdichtete, nicht aufhören zu kämpfen. Denn in der Realität gab es keinen Gegner, der freundlicherweise so lange wartete, bis man ihm seine beste Technik präsentierte. So etwas existierte nur im Märchen.

Die vorgestellte Flamme versuchte Al nun, auf das Schwert in seiner Hand zu übertragen.

Während er das Schwert schwenkte, erhöhte sich seine Konzentration. Langsam hatte er das Gefühl, vom Angriff des Gegners nicht mehr beeinflusst zu werden. Selbst wenn der Pilz ihn ein bisschen verletzen sollte, war das nicht so schlimm, so lange Al ihn am Ende erledigte.

Plötzlich passierte es. Am Rücken stieg ein seltsames Gefühl empor. Er spürte, dass sich die Energie in ihm sammelte. Ein ähnliches Gefühl wie vorhin, als er mit einem Flammenkristall Feuer entfacht hatte. Dieses Gefühl entstand jetzt im ganzen Körper.

Die Schwertklinge in Als Hand begann, feuerrot zu glühen.

Al hatte das Gefühl, die Spur zu sehen, der sein Schwert folgen musste.

Al machte einen großen Schritt auf den Gegner zu. So

wie er es eben gesehen hatte, bewegte er seine Hand. Das Schwert zeichnete eine feuerrote Spur und schnitt den Pilz diagonal durch

Der Giftfungus stieß einen lauten Schrei aus und verdrehte sich. Die Schnittstelle färbte sich schwärzlich, als ob sie verbrannt wäre.

*Brennende Klinge* hatte zugeschlagen!

Ohne innezuhalten schlug Iris ihren lichtsprühenden Stock nieder! Das war eine Technik, die „Seraphs Schlag“ genannt wurde, erzählte sie ihm später.

Der Pilz platzte von innen, als würde er explodieren. Er konnte nicht einmal mehr schreien. Von dieser unerwartet starken Wirkung des Zaubers waren sowohl Al als auch Iris dermaßen erschrocken, dass sie erst einmal beide auf den Hintern fielen. Für eine Weile atmeten sie heftig.

„Hab' ich mich aber eben erschreckt …!“, gestand Iris schließlich und stand kopfschüttelnd auf.

*Sie hat wohl doch mehr Mumm als ich*, dachte Al seufzend. Nachdem auch er sich erhoben hatte, fiel sein Blick zufällig auf einen Bereich direkt hinter Iris, und er bekam eine Gänsehaut.

Iris, die seinen Blick bemerkte, drehte sich um. Ihre Beine verkrampften sich und sie stieß ein überraschtes Stöhnen aus. Aus der Tiefe der Höhle kamen drei weitere Giftfungi heran. Der erste hatte also tatsächlich seine Kameraden gerufen!

„Lauf!“ Al nahm Iris’ Hand, und so rannten sie zum Eingang der Höhle.

Es war nicht sicher, ob sie entkommen würden, aber eins war sicher: Mit drei solchen Gegnern konnten sie es nicht aufnehmen. Da sahen sie den Eingang der Höhle vor sich. Draußen regnete es immer noch heftig. Aus der Dunkelheit fiel ein riesiger Schatten in die Höhle.

Entsetzt blieben sie stehen. Einen Moment waren sie wie vor Angst erstarrt, weil sie befürchteten, dass sie nun von beiden Seiten angegriffen werden würden.

„Al! Iris!“

Als der Schatten sprach, sanken sie vor lauter Erleichterung zu Boden.

Es war Max.

„Seit ihr in Ordnung?“

Hinter Max kamen auch Jed und die anderen.

„Onkel! Ihr seid es!“, kreischte Iris und deutete mit ihrem Finger nach hinten. „Wir werden von Giftfungi verfolgt!“

Drei Giftfungi waren für Max und die anderen keine ernsthaften Gegner. Der erste wurde von Max, der sein beidhändiges Schwert vom Rücken zog, mit einem Hieb in zwei Teile gespalten. Den nächsten Pilz erledigte Shera von hinten, während Jed ihn mit seinem Schwert ablenkte. Den letzten verkohlte Petas Flammenzauber zu einem Grillpilz. Die Höhle war auf einmal von einem würzigen Duft erfüllt.

„Onkel!“ Als der letzte Giftfungus erledigt war, klammerte sich Iris an Max und fing an, laut zu weinen. Es schien, als ob sich in ihr die Spannung löste. Man konnte schwer glauben, dass es sich um dasselbe Mädchen handelte, das kurz zuvor mit ihrem Stock wie wild auf einen giftigen Riesenpilz eingeprügelt hatte.

„Es ist alles in Ordnung. Jetzt bist du in Sicherheit.“ Max tätschelte sanft ihren Rücken.

„Falls du auch ein bisschen Trost brauchst, kann ich dich gerne ein bisschen zur Brust nehmen. Na, wie wär’s?“, flüsterte Shera Al zu, der Iris und Max betrachtete.

Verlegen machte Al daraufhin einen gewaltigen Schritt von Shera weg.

„Hey! Das ist aber nicht besonders charmant“ Schmollend blinzelte Shera ihn an, aber was sollte er machen?

Wäre er nicht zurückgewichen, hätte ihn die junge katzenhafte Frau sicher tatsächlich mit dem Gesicht an ihre üppige Brust gepresst. *Bitte mach doch so was einfach mit Jed!*, dachte Al. Außerdem beneidete er Iris nicht. Al brauchte niemanden, bei dem er sich ausheulen konnte.

„Auf jeden Fall freue ich mich, dass euch nichts passiert ist. Hm, da wir unsere Arbeit jetzt erledigt haben, sind wir sicher alle hungrig, nicht wahr? Also lasst uns einen Happen essen!“, Peta schielte hungrig nach dem gerösteten Giftfungus.

Diese Peta war Al ein bisschen unheimlich. *Vielleicht hat sie nur deshalb den Flammenzauber angewendet?*, mutmaßte Al.

Die Sechs beschlossen, in der Höhle zu übernachten.

Da sie nicht davon ausgehen konnten, dass sie dort in Sicherheit waren, hielten sie abwechselnd Wache. Al, der sehr erschöpft war, fiel sofort in tiefen Schlummer, als er mit seiner Pause an der Reihe war. Früh am Morgen wachte er einmal kurz auf und hörte im Halbschlaf, dass der Wind draußen stärker geworden war. Als er erneut erwachte, war es bereits hell. Er blickte sich um, aber keiner war zu sehen. Dann hörte er draußen vor der Höhle Jubelrufe. Also stand er auf und ging hinaus.

Der Regen hatte irgendwann aufgehört. Am Himmel lachte die Sonne.

„Al, Sieh mal! Wie wunderschön!“, jauchzte Iris und deutete auf den Himmel.

Die anderen blickten empor.

Auch Al guckte in die Richtung, in die Iris zeigte.

Da bog sich schönes siebenfarbiges Band über den schmalen Himmelsstreifen, der vom Boden der Spalte aus zu sehen war.

Ein Regenbogen.

„Als ich ihn entdeckt habe, ist er gerade aufgegangen!“, erzählte Iris sichtlich stolz.

„Willst du dir nicht etwas wünschen, solange er noch am Himmel steht?“, fragte Peta.

„Wie? Etwas wünschen?“

Auf Als Nachfrage erzählte ihm Peta die Legende vom Regenbogen. „Eine Legende, die unter den Schäfern auf dem La Theine-Plateau überliefert ist. Was du dir vom Regenbogen wünschst, lässt die Göttin Altana in Erfüllung gehen. Hast du davon noch nichts gehört?“

„Ah ja …“

Auf Als unbestimmte Antwort zuckte Peta nur mit den Schultern.

Aber Al, der aus Gustaberg stammte, hatte bisher mit den Legenden von La Theine nichts zu tun gehabt.

Außerdem, dachte Al, dass sein letzter Wunsch bereits in Erfüllung gegangen war. Still blickte er auf das Mädchen, das zum blauen Himmel aufsah und glücklich den Regenbogen betrachtete.

Das La Theine-Plateau wurde auch „Das Land des Regenbogens“ genannt, und öfter kamen Paare kurz vor der Hochzeit hierher, in der Hoffnung, einen Regenbogen zu sehen …

## 2

Der Wald Ronfaure war vom Nebel umhüllt. Man hätte sich sofort in ihm verlaufen, wäre man versehentlich von der Verbindungsstraße abgekommen. In einer Schlangenlinie wand sich die Straße durch die Bäume, dann tauchte urplötzlich eine Burgmauer aus Stein aus dem

Nebel auf. Die Mauer, die die Hauptstadt des Königreichs San'doria umgab. Um sie zu bauen, war ein Teil des Waldes abgeholzt worden.
Jetzt trennte die hohe Mauer den Wald, in dem die Ungeheuer hausten, von der Stadt, in der das Volk von San'doria lebte. Auf der linken Seite stand ein hoher Aussichtsturm.

Al und seine Kameraden, die die Stadt durch das Südtor betraten, suchten unter Führung von Max sogleich das Konsulat von Bastok auf, das sich im Nordbezirk befand. Im Konsulat erwartete ein Konsul namens Herak die Ankunft von Al.

Als Al die Papiere ausgehändigt hatte, die ihm vom Präsidium anvertraut worden waren, nickte Herak: „Verstehe ich recht, dass diese Leute hier ein Bündnis mit dir bilden und an dem Feldzug teilnehmen wollen?"

„Hä?" Erst jetzt fiel es Al ein: Sie waren zwar alle, kaum dass sie in der Stadt waren, direkt zum Konsulat gegangen, aber genaugenommen war es nur Al, der mit dem Konsulat zu tun hatte.

*Nein! Wieso bin ich nur so dumm?*

Während Al in Panik geriet, ertönte von hinten eine unerwartete Antwort. „Ja. Wir sind seine Bündniskameraden, Herr Konsul Herak." Das war Iris.

„Gut. Einverstanden. Zunächst unterrichte ich euch über die momentane Lage in San'doria."

Als Herak mitteilte, dass die Truppen in drei Tagen

gegen die Tiermenschen aufbrechen würden, wurde Al klar, dass er gerade noch rechtzeitig angekommen war.

„Zunächst sucht ihr bitte aber erst das Chateau d'Oraguille auf und trefft euch mit dem Herrn Premierminister! Das Meiste habe ich ihm bereits erzählt."

So machten sich Al und seine Kameraden auf den Weg zum königlichen Chateau d'Oraguille.

Als sie das Konsulat verließen, sahen sie es gleich schräg gegenüber.

Shera stieß einen leisen Pfiff aus: „Mann, ist das riesig!"

„Das Schloss und der Dom sind wohl die größten Gebäude von San'doria. Für mich ist es auch das erste Mal, dass ich das Schloss betrete. Normalerweise werde ich nur von den Torwächtern mit grimmigem Gesicht angestarrt, sobald ich mich nähere", erzählte Iris.

Jed nickte, als wollte er sagen: *Ja, das kenne ich.* Aber über seine Lippen drang kein Ton.

„Es ist zwar wirklich groß. Aber, dass das alles aus Steinen gebaut ist, finde ich unvorstellbar", staunte Peta und fügte hinzu: „In Windurst wäre so etwas nicht möglich."

Während die anderen so unbekümmert ihre Eindrücke austauschten, meinte Al plötzlich: „Einen Moment mal, bitte!"

Da sich alle auf einmal zu ihm umdrehten, geriet er etwas in Verlegenheit. „Äh … ich meine … Jed und Peta. Ihr habt doch in San'doria etwas zu tun, oder?“

Daraufhin verschränkte Peta ihre Hände hinter dem Kopf: „Stimmt, das haben wir.“

„Na, dann … müsst ihr das nicht erst erledigen? Ich will euch ja nicht wegschicken oder so etwas, nur …“ Al hatte eins nämlich völlig vergessen. Seit geraumer Zeit zog er die Möglichkeit, dass sie sich irgendwann wieder trennen würden, gar nicht mehr in Betracht. Doch bei dieser Reise hatten sie nur zufällig den gleichen Zielort gehabt. Aber nun, da sie an ihrem Ziel angekommen waren …

„Lass uns das später besprechen, Al!“, bestimmte Max gelassen.

„Außerdem, wenn wir hier noch lange diskutieren, kriegen wir Probleme mit *denen*“, fügte er hinzu, wobei er einen finsteren Blick auf die Torwächter warf.

Al und die anderen schritten durch die Flügeltür des Schlosses und baten, wie es ihnen gesagt worden war, um eine Audienz.

Bald danach erschien der Premierminister Halver im großen Audienzsaal. „Ihr seid also die Abenteurer aus Bastok. Ich bekunde hiermit meinen Respekt, dass ihr euch zu diesem Sonderauftrag gemeldet habt.“

„Ein Sonderauftrag?“, fragte Al unwillkürlich nach.

Er erntete einen vernichtenden Blick von Halver und zog den Kopf ein.

„Uns, dem Königreich San'doria, liegt es fern, Bündnisse mit Kindern zu schließen. Es bringt nichts Gutes, wenn wir stolzen Elvaaner uns mit Gören, grobschlächtigen Taugenichtsen und solchen, die kaum mehr sind als Katzen, abgeben", Halver warf einen Blick hinter Al.

Wer daraufhin eine verärgerte Grimasse zog, waren weder Peta noch Max oder Shera. Sondern Iris.

Verstohlen warf Al einen Blick nach hinten und hoffte, dass Iris nicht wieder explodieren würde, wie damals in den Metallwerken. Dieser junge Premierminister schien ein wesentlich unangenehmerer Zeitgenosse zu sein als Cid.

„Aber aufgrund eines Vorschlags von Bastok und Windurst sollen wir diesmal mit einer alliierten Armee aus drei Staaten das Fort der Orks angreifen. Aus irgendeinem Grund hat Prinz Piejue zugestimmt. Er meinte, er wolle diese Unternehmung als einen Prüfstein für die künftige, alliierte Armee von Altana, sozusagen die *Neue Allianz Altana*, betrachten. In Wahrheit, scheint mir, ist so etwas keineswegs nötig", tönte der Prämierminister und fügte hinzu: „Um die Orks zu schlagen, reichen unsere Elvaaner Ritter vollkommen aus."

„Von wegen! Die Orks haben doch nur einen Katzensprung von Eurer Hauptstadt schon ein Fort errichtet", murmelte Iris, die mit den hiesigen Verhältnissen vertraut war, leise vor sich hin.

Halver hatte das nicht überhört. „Was?"

Neben Al, der beide Hände über dem Kopf zusammenschlug, streckte Iris die Zunge heraus, um Halver zu provozieren. Zwar war auch Al über die unverschämte Art dieses Premierministers empört, aber bei Iris schien die Toleranzgrenze bereits überschritten zu sein.

„Nicht *wir* haben darum gebeten, teilnehmen zu dürfen!“ Als ob er Iris in Schutz nehmen wollte, stellte Jed sich Halver gegenüber, dessen Gesicht sich vor Wut rötete.

Gleichzeitig griff Max Iris an der Schulter und zog sie neben sich.

Iris folgte ihm widerwillig.

„Wird sich auch ein Ritterorden beteiligen?“, fragte Jed.

Als das Thema plötzlich gewechselt wurde, räusperte sich Halver einmal, dann antwortete er: „Die Königlichen Ritter nehmen daran teil.“

„Und wer wird sie anführen?“

„Selbstverständlich Prinz Trion.“

Diese Worte des Premiers überraschten Max. „Der Prinz wird persönlich daran teilnehmen?“

„Allerdings. Wir Elvaaner sind keine Feiglinge. Wir sind keine Zwergenmagier aus Windurst, die lediglich aus sicheren Entfernungen Anweisungen geben! Prinz Trion wird das Fort von Gersba mit Sicherheit einnehmen!“, meinte Halver mit triumphierender Stimme.

Jed betrachtete ihn kühl und murmelte: „Sie sind alles andere als eine leichte Beute."

+ + +

Im großen Saal des königlichen Schlosses fand die feierliche Verabschiedungszeremonie für die Truppen nach Fort Gersba statt. Es war der Saal, der zugleich als Audienzsaal diente und in dem Al und die anderen sich tags zuvor mit dem Premier getroffen hatten. Er war so groß, dass ein ganzes Flugschiff leicht hineingepasst hätte. In der Mitte lag ein tiefroter Teppich, und ganz hinten war eine Rednerbühne errichtet worden. In dem Saal, aus dem sämtliche Tische und Stühle entfernt worden waren, reihten sich die Truppen, die morgen nach Gersba marschieren würden.

Die königlichen Ritter standen in Reih und Glied und trugen glänzende, weißsilberne Rüstungen. Sie gehörten zu einem der beiden Ritterorden, die der ganze Stolz von San'doria waren. Der andere waren die Templer, die hier nicht anwesend waren. Die Abenteurer aus San'doria hatten sich hinter den Königsrittern postiert. Zu beiden Seiten der Ritter standen rechts die Abenteurer aus Bastok aufgereiht und links die aus Windurst.

Al war mitgeteilt worden, dass sein Bündnis als letztes aus Bastok angekommen war. Nur Abenteurer mit anerkannten Verdiensten seien von den jeweiligen Regierungen empfohlen worden. Als Bündnis schien, aufgrund der Ereignisse in den Palborough-Minen, ebenfalls die Empfehlung erhalten zu haben.

Am Rand des Saals stießen die Musikanten in ihre Trompeten oder schlugen die Pauken, immer wenn der Premier oder ein Minister auftraten. Diesmal ertönten die Trompeten besonders laut. Als Al aufblickte, bestieg gerade ein junger Mann in Ritterrüstung die Rednerbühne. Zu beiden Seiten der Bühne wurden die Fahnen, auf denen das Wappen von San'doria prangte, hochgehalten. Die Königsritter salutierten alle gleichzeitig auf die in San'doria übliche Art.

„Das ist Prinz Trion“, flüsterte Iris, die neben Al stand.

Der König von San'doria, Destin, hatte zwei Söhne. Der ältere Bruder, Prinz Trion, war ein ruhmreicher, auf seine kriegerischen Verdienste stolzer Hüne. Es hieß, er wäre einer der besten Kämpfer von San'doria, das als Land des Schwertkampfes berühmt war. Seit seiner Jugend hatte er zahlreiche Erfolge auf dem Schlachtfeld errungen. Der jüngere Bruder, Prinz Piejue, galt dagegen als eine Art Genie und Stratege mit kühlem Kopf. Beide Brüder, die so unterschiedliche Begabungen besaßen, waren wiederum dafür berühmt, dass sie einander nicht ausstehen konnten.

„Diese Rüstungen! Die glänzen so, dass einem die Augen wehtun!“, meinte Peta respektlos. Shera kicherte leise.

Ein Abenteurer mittleren Alters drehte sich zu Al um und legte seinen Zeigefinger auf die Lippen. Er machte eine Geste, die bedeuten sollte: *Seid still!*

*Ich habe doch gar nichts gesagt.*

Aber der ärgerliche Blick des Mannes verdeutlichte eher: *Tu etwas dagegen!*

Es gehörte durchaus zu den Aufgaben eines Bündnisführers, sein Bündnis im Zaum zu halten. Sah Al also vielleicht doch wie ein Bündnisführer aus? *Schön wäre es.*

Nach dem Treffen mit Halver hatte er sich mit seiner Gruppe zu einer Lagebesprechung in Iris' Haus eingefunden. Es war ziemlich groß und ansehnlich. Aber das nur am Rande. Was Al tatsächlich verblüffte, war die Tatsache, dass alle ohnehin vorhatten, an dem Feldzug nach Gersba teilzunehmen. Nur Al hatte davon noch nichts gewusst. Genauer gesagt: Al und Iris. Max und die anderen schienen das abgesprochen zu haben, als die beiden sich auf La Theine verlaufen hatten. Iris hatte nichts dagegen einzuwenden. Doch Al war ein bisschen verlegen geworden, und so fühlte er sich noch immer. Seitdem war er aber wegen der Vorbereitungen für den Feldzug dermaßen beschäftigt gewesen, dass er keine Zeit gehabt hatte, darüber ernsthaft nachzudenken.

„Aber eine tolle Rüstung hat er! Der Schutzeffekt scheint überaus hoch zu sein und noch dazu sieht sie echt klasse aus!“

Sheras Bewertung stimmte Iris nickend zu. „Man sagt, dass sie auch sehr leicht sein soll. Vielleicht ist es eine Zauberrüstung."

„Das ist ja 'n Ding! Könnte man bestimmt teuer verkaufen. Übrigens ist er ziemlich hübsch, dieser Kerl. Und sieht ein bisschen lustiger aus als *unserer.*" Bei Shera war sogar der Prinz eines Staates nicht mehr als ein „Kerl".

„Unserer" – Jed –, der neben ihr stand, zog die Augenbrauen ein bisschen zusammen.

„Prinz Trion hat noch nie beim königlichen Schwertkampfwettbewerb verloren", schwärmte Iris.

„Er sieht also nicht nur toll aus, er ist auch noch super begabt. Er ist bestimmt ziemlich begehrt", mutmaßte Shera.

„Und wie!", strahlte Iris.

„Na, super! Einmal möchte ich in Begleitung eines solchen Mannes spazierengehen."

Die beiden unterhielten sich weiter über derartige Dinge, es machte ihnen sichtlich Spaß.

San'doria war das Land der Elvaaner, daher fühlten sich Hume oder Mithras hier ziemlich fehl am Platz. Das hatten Al und seine Kameraden beim Treffen mit dem Premier am Vortag zu spüren bekommen. Trotzdem schienen die Mädchen bei der Bewertung der Elvaaner Männer nicht groß daran zu denken.

Irgendwie fand Al das alles nicht besonders lustig.

„Steht ihm gut, diese Rüstung, nicht wahr, Al?“

„Hm, weiß nicht.“ Dass Al auf Iris’ Frage so einsilbig antwortete, konnte man ihm wirklich nicht vorwerfen.

Nachdem Prinz Trion einen Vortrag über die Bedeutung einer Allianz der drei Staaten gehalten hatte, trat er von der Bühne ab.

Die Verabschiedungszeremonie wurde planmäßig fortgesetzt.

\+ + +

Im Kamin flackerten rote Flammen. San’doria, das viel weiter nördlich lag als Bastok, hatte sogar im Sommer ein kühles Klima. An nebligen Tagen sank die Temperatur ziemlich tief.

Al saß auf einer Chaiselongue und blickte geistesabwesend in die tanzenden Flammen.

„Geh doch schlafen! Sonst wird es morgen ziemlich hart.“

Al drehte sich um.

Peta war hereingekommen, sie sah irgendwie anders aus als gewöhnlich. „Was hast du denn?“, fragte sie. Sie trippelte auf Al zu und ließ sich auf den Rand der Chaiselongue plumpsen. Dann warf sie ihre Beine nach vorne und ließ sie vor- und zurückbaumeln.

Jetzt fiel Al auf, was an Peta so ungewöhnlich war: Ihre Bekleidung. Sie hatte ein Gewand für Hume-Kinder an. Ein indigoblaues Kleid, auf dem niedliche, gelbe Chocobos herumhüpften. Am Ende der Bänder, die man vor der Brust verschnüren konnte, hingen zwei Glaskügelchen.

„Ach, dieses Kleid? Es gehörte Iris, als sie noch ein Kind war. Es passt mir gut als Nachthemd, deshalb habe ich es mir ausgeliehen. Wie findest du es?"

„Ja, ja. Steht dir gut."

Wenn sie sich in dieser Bekleidung unter Hume-Kinder mischte, würde sie nicht auffallen. Ob sie sich darüber freuen würde? Ein heikles Thema.

„Es ist wirklich ein großes Haus! Fast hätte ich mich verlaufen."

„Das ist ein Witz, oder?" Al lächelte unwillkürlich. Das war doch etwas übertrieben. Obwohl es tatsächlich ein großes Haus war, immerhin hatte jeder ein eigenes Zimmer, und es gab trotzdem noch leere Räume.

Als Lächeln verschwand, als Peta bemerkte: „Es muss hart gewesen sein, in diesem Haus ganz allein zu leben!"

*Ja, wirklich*, dachte auch Al. Hier hatte Iris ganz allein drei Jahre verbracht. Zwar gab es Leute, die sich um Haushalt und Verwaltung kümmerten, aber das war nicht ihre Familie. Nur Max, der sie ab und zu besuchte, hatte ihr näher gestanden. Momentan wohnte niemand mehr hier. Das Personal hatte Iris bereits entlassen. Das Haus sollte bald verkauft werden. Vermutlich wollte sie sich nicht an die einsame Zeit erinnern.

„Und, was ist nun mit dir los?“, fragte ihn Peta erneut.

Plötzlich hatte er das Gefühl, sich bereits früher in einer ähnlichen Situation befunden zu haben.

Ihm fiel der Abend in der Gaststätte „Nest der Fledermäuse“ ein, wo sie nach dem Feldzug nach Palborough gefeiert hatten.

„Habt ihr eure Angelegenheit in San'doria bereits erledigt?“, wechselte Al absichtlich das Thema.

„Ja, schon erledigt.“

„Bitte?“ Al war überrascht.

Sie waren doch erst gestern in San'doria angekommen. Er konnte nicht glauben, dass sie dafür Zeit gefunden hatten.

„Meine Angelegenheit war, auch an diesem Feldzug teilzunehmen. Deshalb ist alles in Ordnung.“

„Ah, so ist das. Und bei Jed?“

„Hmmm, weiß nicht genau ... Vielleicht wollte er nur nach San'doria zurück. Na, mach dir keine Gedanken!“

Da sie so leichtfertig darüber redete, konnte Al das Thema schlecht weiterverfolgen.

„Und, was ist denn nun mit dir?“

Al gab sein Ablenkungsmanöver auf und sagte: „Ich weiß einfach nicht, ob es in Ordnung ist, dass ich der Bündnisführer bin. Diesmal ist sogar Max dabei. Also, warum soll ausgerechnet ich diese Rolle übernehmen, darüber habe ich nachgedacht ...“

Zwar war es Al, der vom Präsidium den Auftrag erhalten hatte, insofern war es logisch, dass er der Anführer war. Auch wenn es nur auf dem Papier galt. Aber …

Sich am Tag vor dem Abmarsch über solche Dinge den Kopf zu zerbrechen, nützte nichts. Das war ihm auch bewusst. Aber sein Herz sprach eben eine andere Sprache.

Al erzählte Peta auch, dass Jed mit den Worten „Du bist der Anführer" einen Scherz mit ihm gemacht hatte.

Peta, die schweigend zuhörte, zog plötzlich ein ernstes Gesicht: „Er hat nicht gescherzt, denke ich."

„Wie bitte?"

„Erinnerst du dich?" Dann sprach Peta davon, was in der Tiefe der Palborough-Minen geschehen war. „Als wir das Boot entdeckt haben, sagte Jed: ‚Wenn man damit hinunterfährt, weiß man es.' Stimmt's?"

Al wusste noch nicht, was sie damit meinte, deshalb nickte er schweigend. Er erinnerte sich zwar, dass es so gewesen war, wie Peta gerade gesagt hatte, aber was hatte das mit seinem Problem zu tun?

„Ihr seid ja immer noch wach …?", war plötzlich Iris' Stimme zu hören. Nur ihr Gesicht tauchte im Türrahmen auf. Ihre Augenlider waren bereits halb geschlossen, und sie wirkte sehr müde.

„Wir wollten gerade schlafen gehen. Mach dir keine Sorgen! Vor allem wirst du dich erkälten, wenn du so herumläufst!", sorgte sich Peta. Sie hüpfte von der Chaiselongue und lief zu Iris. „Na los! Lass uns schlafen gehen, ja? Außerdem fällt Al in Ohnmacht, wenn er dich so sieht."

„Was? … oh, nein!"

Dass sie hinter der Tür ihren Schlafrock zusammenzog, konnte Al an der Bewegung ihrer Schulter erkennen, die gerade im Türrahmen hervorlugte. Aber mehr hatte er nicht gesehen. Bestimmt nicht.

„Oh nein, du bist unanständig, Al …", meckerte Iris.

„Und du schläfst schon halb", erwiderte Al nüchtern.

Peta tätschelte Iris den Rücken: „Dann gehe ich auch mal schlafen."

Mit einem Knall schloss sich die Tür, doch kurz darauf öffnete sie sich noch einmal.

Petas Gesicht erschien. „Äh, genau. Die Sache, worüber wir uns vorhin unterhalten haben. Kannst du dich erinnern, was du darauf gesagt hast?"

Da er sich nicht entsinnen konnte, schüttelte Al den Kopf.

„Du hast gesagt: ‚Lass uns mit dem Boot hinunterfahren'. Na, dann gute Nacht!"

Die Tür fiel zu, und in das Zimmer kehrte endgültig die Stille zurück.

Nachdem er das Kaminfeuer gelöscht hatte, ging Al auf sein Zimmer. Er dachte mehrmals über den Sinn von Petas Worten nach, aber letzten Endes verstand er gar nichts.

Trotzdem fühlte er sich erleichtert, weil er jemandem sein Herz ausgeschüttet hatte.

Dann fiel Al in Schlaf.

In einem langen Gang zog Peta die verschlafene Iris hinter sich her und erinnerte sich: Damals hatte Jed lediglich einen Vorschlag gemacht. Peta hatte absichtlich nichts gesagt. Shera, Iris und sogar Naji, der Musketier, konnten nichts anderes tun, als zuzuschauen.

Der Einzige, der damals in der Lage war, eine Entscheidung zu treffen, war Al gewesen.

„Deshalb bist du der Bündnisführer, Al“, murmelte Peta leise vor sich hin.

## 3

Das Fort der Orks in Gersba befand sich nördlich des Ronfaures.

Es lag nicht weit von der Hauptstadt von San'doria entfernt. Wie Iris es schon beschrieben hatte, war es wirklich „nur ein Katzensprung“.

Es war eine mondlose Nacht. Bestens geeignet für einen Überraschungsangriff. Auch wenn die Orks nachts gut sahen, konnten sie sich bei dieser Dunkelheit schwerlich normal bewegen.

Al verstand, dass der Abmarschtermin von großer Bedeutung gewesen war. Beim Feldzug in Palborough hatte es keinen großen Unterschied gemacht, ob sie tagsüber angriffen oder erst in der Nacht, da es in der Mine ohnehin dunkel war.

Als die Truppe eine schmale Schlucht betrat, behinderten Pfähle, die die Orks in den Boden gerammt hatten, ihr Vorwärtskommen. Sie markierten den Beginn ihres Territoriums. Von da an ging der Vormarsch langsamer vonstatten. Am Ende des Wegs entdeckten sie zwei Totempfähle, die rechts und links wie zwei Torpfosten standen. Darauf war das Totem der Orks gemalt, mehrere konzentrische Kreise.

„Das ist der Eingang ihres Lagers. Jetzt müssen wir gut aufpassen!"

Nach Jeds Warnung waren Al und seine Kameraden besonders aufmerksam.

Iris führte für alle Bündnismitglieder den Schutzra-Zauber durch. Auch bei den anderen Gruppen wurden die nötigen Schutzra-Zauber aktiviert.

Prinz Trion, der Oberbefehlshaber der Truppe, besprach mit den einzelnen Truppenführern den Angriffsplan. Sie wollten sich nach dem Eingang von links und rechts anschleichen. Dabei sollte die Truppe von Bastok die linke Seite übernehmen. Den Auftakt des Kampfes sollte ein Angriff mit Brandpfeilen bilden.

Da die Hütten der Orks wie Zelte zum größten Teil aus stoffbespannten Holzgerüsten bestanden, erschien ein Angriff mit Brandpfeilen äußert effektiv. Auf ein Signal schoss die Bogentruppe die brennenden Pfeile ab. Der Nachtangriff begann.

Unter dem Kommando des Prinzen griffen die Truppenteile, die das Lager von links und rechts umzingelt hatten, gleichzeitig an. Die Bogenschützen schossen ihre brennenden Pfeile auf jede Hütte ab. Und die Schwarzmagier woben ihre Flammenzauber ohne Zögern gleich hinterher.

Vor Al und seinen Kameraden tauchten mehrere Orks auf. Wie haarlose, dicke Affen mit Krallen, so sahen sie aus. Die meisten trugen keine ordentliche Rüstung. Nur wenige hatten zumindest Lederpanzer. Ihre Bewaffnung bestand zum größten Teil aus Schwertern oder Beilen. Es gab sogar welche, die nur mit blanken Fäusten kämpften. Trotzdem waren sie alle gut ausgebildete Soldaten. Würde man unvorbereitet in offener Feldschlacht auf die Orks treffen, wären die Chancen sehr gering. Die Orks, die Al gerade vor sich sah, kannten keine Furcht und stürzten sich sogar mit einem brutalen Grinsen in den Kampf. Dennoch schien es der Truppe dieses Mal gelungen zu sein, die Orks zu überrumpeln.

Die meisten waren nicht ausreichend bewaffnet, sodass Al und seine Kameraden ihre Gegner ohne große Schwierigkeiten besiegen konnten, als es schließlich zum Kampf kam.

Je tiefer die Truppe vordrang, desto weiter zogen sich die Orks zurück.

Am Ende der Schlucht öffnete sich eine Mulde. Auch dort standen ärmliche Hütten, an deren Eingängen Wacht-Echsen lagen, als Ersatz für Wachhunde.

Als der Truppenführer die Tiere bemerkte, warnte er: „Kümmert euch nicht um sie! Wenn ihr eine erledigt, kommen die anderen auch alle an!“

Die Echsen alarmierten ihre Besitzer vor den unerwarteten Eindringlingen mit zischenden Geräuschen. Aber sie griffen nicht an – vielleicht, weil sie die Stärke des Gegners spürten. Sie schienen keine besonders guten Wächter zu sein. Vielleicht wurden sie auch nicht als Wächter, sondern eher als Haustiere gehalten.

Al und seine Kameraden ignorierten die Echsen und stürmten die Hütten der Orks.

Als sie eine Hütte betraten, wurde Jed, der sonst immer gelassen war, plötzlich wütend.

Al, der sich darüber wunderte, verstand es erst, als er sich umschaute.

In einer Ecke stapelte sich ein unordentlicher Kleiderhaufen. Kleider von Reisenden. Es waren keine Kleider, wie die Orks sie trugen, sondern welche von den Hume oder Elvaanern.

Sie waren zerrissen und mit schwärzlichem Blut befleckt. Es waren Kleider von vielen Leuten. Sicher hatten die Orks sie den Reisenden mit Gewalt abgenommen.

Bestimmt hatten sie den Reisenden nicht erst befohlen, sich auszuziehen. Die Orks hatten sie einfach getötet. Um ihre Kleider zu rauben.

Als Al das begriff, begann sein Blut vor Wut zu kochen. Tief aus seinem Hals dröhnte ein dumpfes Grollen.

Hinter der Mulde erstreckten sich einige Hügel und Täler. Der Truppenführer erteilte jedem Bündnis genaue Anweisungen, welchen Weg es nehmen sollte.

Als Bündnis sollte nun in eines der Täler vordringen.

Am Ende des Tales angelangt, erreichten sie eine Seilbrücke. Als sie die schwankende Brücke überquert hatten, stießen sie wieder auf eine Mulde. Dort befand sich ein besonders großes Haus.

Dahinter entdeckte Shera einen Geheimgang, der zu einer schmalen Höhle führte, und am Ende der Höhle kamen sie wieder an eine Seilbrücke. Nach dieser Brücke erreichten sie das Fort der Orks. Hier schien sich das Hauptlager zu befinden.

Schnell kehrten Al und seine Kameraden zurück und erstatteten Bericht über die Lage des Forts.

Prinz Trion ordnete an, die Truppen dort zu konzentrieren.

Zusammen mit den anderen Abenteurern marschierte Als Bündnis in das Fort ein.

+ + +

Ganz tief im Fort.

Als Bündnis hatte unter den zerstreut stehenden Hütten der Orks eine besonders große entdeckt. Man konnte sie schon fast als „Haus“ bezeichnen, aber so wie die anderen, war es auf primitive Weise gebaut: Ein Holzgerüst, auf das Bretter genagelt waren, und darüber waren Zeltplanen gespannt. Immerhin gab es an der Vorderseite eine Tür.

Al und seine Kameraden pirschten sich leise an die Tür. Sie spürten, dass sich dahinter Orks versteckten.

Shera legte ein Ohr an die Tür.

Die anderen verbargen sich hinter einem Baum, der ein paar Schritte vor dem Haus stand.

Die Fackel, die Max hochhielt, warf Licht auf Shera und die Tür.

Shera zeigte ihnen vier hochgereckte Finger.

Al verstand, dass sich vier Orks in dem Haus aufhalten mussten.

Dann glitten Sheras ausgestreckte Finger die Tür hinunter und prüften das Schloss. Ihr Blick war wesentlich ernster als üblich. Die Räuberin aus Mithra verzichtete auf den Draht, den sie üblicherweise zum Öffnen der Tür benutzte. Mit ihrem Finger zeichnete sie auf dem trockenen Boden einen offenen Kreis. Von der Tür zog sie einen Strich in Als Richtung.

Der begriff, dass die Tür nicht abgeschlossen war und dass man sie zum Öffnen zu sich heranziehen musste.

Shera kam zurück.

Jed nahm ihren Platz ein.

Al trug auf diesem Feldzug erstmals eine Metallrüstung. Max hatte schon immer eine getragen.

Nur Jed konnte sich also geräuschlos der Tür nähern.

Iris und Peta begannen, die Zaubersprüche zu rezitieren.

Im richtigen Moment legte Jed seine Hand auf den Türgriff. Mit ganzer Kraft riss er die Tür auf!

Auch Al konnte in das Zimmer blicken.

Vier Orks. Die Hände der zwei, die vorne standen, waren nur mit schäbigen Bandagen umwickelt. Sie waren vermutlich Schläger. So etwas wie Leibwächter vielleicht. In der Mitte des Zimmers stand ein kleiner Tisch, und dahinter befanden sich die anderen zwei Orks.

Der erste hatte sein Gesicht mit einem zerfetzten Stück Stoff maskiert, und auf dem Kopf trug er zur Verzierung etwas, das wie ein Kamm aussah. Er griff hastig nach seinem Stock, der auf dem Tisch lag. Wahrscheinlich war er ein Hypnose-Magier.

Der andere hatte ein Beil an der Hüfte hängen. Er besaß starke, dicke Arme. Er griff nach dem Beil. Es war ein mächtiger Ork, der „Kopfhacker“ genannt wurde.

Iris’ und Petas Zaubersprüche waren schneller als der Angriff. Peta schoss ihren Bio-Zauber auf den Hypnose-Magier ab und Iris den Dia-Zauber auf den Kopfhacker.

Die beiden Orks, die getroffen wurden, gaben den Kampf ziemlich schnell auf. Sie befahlen den zweien, die vor ihnen standen, zu kämpfen, dann flohen sie durch die Hintertür.

Die beiden Leibwächter-Orks wurden von Max und Jed schnell erledigt, aber inzwischen ergriffen die beiden anderen die Flucht.

Jed schnalzte ärgerlich mit der Zunge und drehte sich um. „Was machen wir?“, fragte er Al.

„Wir folgen ihnen!“, antwortete Al ohne Zögern.

Sogleich trat Shera vor und rief: „Finger weg von der Tür! Ich prüfe erst, ob es keine Falle ist!“

Aber an der Tür gab es keine Falle. Als Shera sie öffnete, befanden sie sich hinter dem Haus.

Von hier aus war eine Höhle zu sehen. Gerade waren die beiden Orks dabei, in ihr zu verschwinden.

Al und seine Kameraden folgten ihnen sofort – ohne zu wissen, dass sie direkt in eine Falle tappten.

+ + +

*Es* wartete in der Dunkelheit auf die Zeit zum Erwachen. Hergestellt worden war *es* erst vor einem Monat. Doch *es* wartete bereits seit Jahren auf die richtige Zeit.

Zwanzig Jahre war es her, dass seine Vorfahren zum ersten Mal den Boden von Vana' diel betreten hatten. Wer sie damals erfunden hatte, wusste *es* nicht. Das interessierte *es* auch nicht. Ob es ein Mann oder eine Frau war. Einer vom Volk von Altana oder ein Tiermensch.

Das alles interessierte *es* überhaupt nicht. Was *es* interessierte, war lediglich, alle lebenden Wesen zu zerstören!

Nur das. Jetzt war es an der Zeit zu erwachen.

+ + +

In der Höhle war es dunkel. Außerdem schien sie ziemlich tief zu sein.

Selbst als Max die Fackel hochhielt, war es unmöglich, die gesamte Höhle zu beleuchten.

Aber sie spürten es bereits.

„Es kommt!“, Peta deutete auf einen Punkt in der Tiefe der Höhle. Sie besaß ein gutes Gehör. Sogar ein Besseres als die Räuberin Shera.

In diesem Augenblick erwachte *es*.

Am Anfang traf ein leises Motorengeräusch auf Als Ohren. Dieses Geräusch wurde langsam lauter und verband sich mit einem zischenden Geräusch, als ob etwas die Luft zerriss. Al strengte seine Augen an und schaute in die Richtung, in die Petas Finger wies.

Vom Ende der Höhle kam es langsam heran. Plötzlich erschien *es* im Licht.

Al und seine Kameraden sogen erschrocken die Luft ein. Außer Max wusste niemand, was das war.

Ausgerechnet ihn erwischte es als Ersten. *Es*, das sich mit unheimlicher Schnelligkeit näherte, prallte gegen ihn. Sein riesiger Körper wurde weggeschleudert wie ein Kuscheltier und schlug mit dem Rücken auf. Die Fackel löste sich aus seiner Hand und rollte über den Boden.

*Es* drehte sich schnell auf der Stelle, wo *es* Max weggestoßen hatte.

Im flackernden Licht der Fackel ragte seine ganze Gestalt empor. *Es* war stehengeblieben.

Im ersten Augenblick glich *es* einem riesigen Frosch. Doch der ganze Körper war nicht mit weicher Haut, sondern mit Metall und Holz bedeckt. Der fette Rumpf war mit Nieten besetzt.

Der Kopf, der auf diesem Rumpf thronte, hatte ein Maul wie ein Krokodil. In diesem Maul, das auf- und zuklappte, tauchten dicht aneinandergereihte Fangzähne aus Eisen auf.

In Augenhöhe war eine Planke angebracht, auf die zwei unterschiedlich große Augen aus mehreren konzentrischen Kreisen gemalt worden waren. Von der Stelle zwischen den Augen bis zum Rücken erhob sich, wie bei dem Hypnose-Magier, ein Kamm zur Verzierung.

Jetzt verstand Al endlich. Das war kein Frosch. Es sah zwar äußerst plump aus, aber es war einem Ork nachgebildet. Es war eine vielfach vergrößerte, ungeschickte

Nachahmung eines Orks. Das Geräusch, das Al gehört hatte, kam von den zwei Armen, die sich aus dem Rumpf streckten.

Am Ende der Arme drehten sich Krallen in einer wahnwitzigen Geschwindigkeit.

„W … was soll das sein, dieses Ding!?“, stöhnte Shera mit Furcht in der Stimme.

„Das ist ein *Panzer* …“, ächzte Max. Obwohl er bisher bewegungslos auf dem Boden lag, hatte er seine Augen leicht geöffnet.

„Ein *Panzer*!?“ Dieses Wort hörte Al zum ersten Mal in seinem Leben.

Peta sagte mit zitternder Stimme: „Nein … So wurde eine Waffe genannt, die im Großen Krieg eingesetzt wurde …!“

„Im Großen Krieg? Also ein Überbleibsel aus dem Kristallkrieg!“ Mit diesen Worten hob Jed bereits sein Schwert. Ihn interessierte nicht, wie der Gegner hieß. Entscheidend war nur, ob es sein Gegner war. Da es Max weggeschleudert hatte, war es sein Gegner. Klarer Fall.

„Nein, tu’s nicht, Jed!“ Petas Ruf, mit dem sie Jed zurückhalten wollte, kam zu spät.

Jed griff den *Panzer* bereits an.

Darin saß der Hypnose-Magier. Er bediente den *Panzer*.

Dazu musste er zwei Hebel bewegen, statt – wie sonst

– nur einen. Diese Stöcke kamen aus dem Eisenbrett, das sich direkt vor seinen Augen befand und mit vielen unverständlichen Mustern verziert war. Wenn er sie bewegte, so wie es ihm beigebracht worden war, konnte er den Panzer steuern.

Für ihn war der *Panzer* ein wunderhübsches todbringendes Spielzeug, wie er es sich besser nicht wünschen konnte. Er metzelte die Gegner damit viel effektiver nieder als mit seinem Stock, den er normalerweise benutzte. Außerdem erwies es sich als äußert vorteilhaft, dass er dabei gar nicht müde wurde. Nach dem Zaubern war er immer richtig erschöpft. Im Vergleich dazu, konnte er mit diesem *Panzer* beliebig viele Gegner erledigen, ohne dass es im Geringsten an seinen Kräften zehrte. Er wusste nicht mehr, als dass der *Panzer* mit einem Kristall betrieben wurde, aber das genügte ihm vollkommen.

Watguit, sein Chef, hatte ihm einen Befehl gegeben. Watguit verließ sich nur auf seine Kraft und war der Anführer dieses Forts. Er machte sich dauernd wichtig und erteilte Befehle.

Der Chef hatte ihm befohlen: „Komm erst zurück, wenn du alle umgebracht hast!“

Natürlich hatte er genau das vor.

Den Galka, der am stärksten aussah, erledigte er gleich als Erstes. Danach riss er diesem schmalen Langohr, das so verrückt war, ihn anzugreifen, mit seinen Krallen ordentlich den Bauch auf. So viel Blut floss aus der Wunde, dass er wohl nicht mehr zu retten war.

Die Mithra-Frau und den Hume-Jungen streichelte er nur ein bisschen mit der Schulter, schon flogen sie gegen die Felswand und bewegten sich nicht mehr. Zur Sicherheit walzte er noch ein paar Mal über sie drüber. Er hörte, wie die Knochen brachen.

Ein herrliches Gefühl!

Der Zauber der Tarutaru-Frau bereitete ihm dagegen etwas Schwierigkeiten. Diese Zwergin hatte ihn vorhin schon mit einem Bio-Zauber bedacht. Diesmal nahm sie den Feuerzauber.

Aber dem *Panzer* machten solche billigen Tricks nichts aus. *Für kleine Giftzwerge habe ich das hier.* Er bediente den kurzen Stock, der neben den beiden längeren Stöcken angebracht war. Mit einem Geräusch klappte das Maul auf, und es ertönte erst ein dumpfer Laut, dann ein Zischen. Das kam daher, dass eine vorbereitete Steinkugel aus dem offenen Maul herausgeschossen wurde.

Der Stein war ungefähr so groß wie der Kopf dieser Tarutaru-Frau. *Was wohl passiert, wenn sie den mitten in den Bauch bekommt?*

Wie er es sich gedacht hatte, lag die Kleine nun bewegungslos da.

Jetzt kam der letzte Streich.

Der Magier leckte sich vor Aufregung die Lippen. Dieses schwarzhaarige Mädchen da, das war der Hauptgang. Wie sollte er sie am besten umbringen?

Iris konnte nur zuschauen, als einer nach dem anderen fiel. Es kam ihr in den Sinn, wie machtlos eine Weißmagierin eigentlich war. Sie hatte bereits mehrmals den Heilzauber „Heilen“ angewendet. Aber der reichte in diesem Fall überhaupt nicht.

Wer sich jetzt trotzdem mühsam aufrappelte, war Al. Es war eigentlich unmöglich, dass er aufstand. Denn sie hatte auch bei ihm, wie bei den anderen, nur einmal „Heilen“ durchführen können. Alle anderen hatten sich nur so weit erholt, dass sie gerade noch atmen konnten. Trotzdem.

Er baute sich vor ihr auf und beschützte sie, er stand dem *Panzer* direkt gegenüber.

Iris hatte das Gefühl, eine solche Situation schon einmal erlebt zu haben.

„Lauf!“, rief Al ihr zu.

Ohne auch nur eine Sekunde zu zögern, schrie Iris: „Auf keinen Fall!“

In diesem Augenblick wurde es ihr klar. Genau! Ihr Vater und ihre Mutter waren von ihr gegangen, während Iris ihre Rücken sah. *Ich will es nicht noch einmal erleben, dass ich von jemandem, den ich liebe, als Letztes den Rücken sehe – nein! Nie mehr!*

Iris riss sich zusammen und trat einen Schritt nach vorne.

Ihre leisen Worte drangen an Als Ohren.

Sie klangen anders als beim Zaubern. Es waren Worte, wie er sie noch nie gehört hatte.

„Nein … Iris … tu … das … nicht …!“, ächzte Max.

Al wusste nicht, was Max gerade sah, da er den Panzer nicht aus den Augen lassen durfte. Er wusste, dass er höchstens noch einem Schlag standhalten konnte. Bereits seit einer Weile versuchte er, seine innere Energie zu verdichten, aber er spürte nicht, dass sie den Rücken hochstieg. Wenn er nur einen Schlag aushalten und Iris fliehen konnte, das würde ihm reichen, dachte Al.

Aber diese verrückte Iris betonte: „Auf keinen Fall!“

Typisch. So war dieses Mädchen, Iris.

Der *Panzer* kam auf sie zu.

Er hob das Schwert und hieb es zwischen die Arme des *Panzers*. Er hatte diese Arme eine Weile beobachtet, und ihm war aufgefallen, dass die sich drehenden Krallenhände nicht allzu geschickt waren.

Wie er es sich gedacht hatte, waren sie nicht in der Lage, ihn zu packen.

Er machte einen Schritt nach vorne und versuchte, sich dem *Panzer* entgegenzustemmen.

Max' Worte, dass ein Kämpfer ein Schild wäre, tauchten in seinem Geist auf. Wenn Al diesen Kampf verlieren sollte, würde Iris, die hinter ihm stand, so gut wie tot sein. Der Schweiß rann ihm in die Augen, und sein Blick verschwamm. Da der Blutverlust so groß war, war er kurz davor, in Ohnmacht zu fallen. Der Heilzauber konnte den Blutverlust nicht schnell genug ausgleichen.

Der Arm, der das Schwert hielt, war gebrochen.

*Ich kann ihn nicht aufhalten!* Aber es gab etwas, das Als Knie wieder aufrichtete, als sie sich beugten. Etwas drückte sanft gegen seinen Rücken und stützte ihn. Die verschwommene Sicht wurde wieder klar.

Die Weißmagier band ein Versprechen, das sie abgeben mussten, bevor ihnen irgendein Zauberspruch beigebracht wurde. Eigentlich kannte es jeder: Dankbar zu sein, dass man lebte. Das Gebet. Und Iris sprach es:

„Ich danke dir dafür, dass ich auf dieser Erde, Vana' diel, geboren wurde.

Göttin Altana
Deinem geliebten Kind
Bitte gib ihm deinen Segen."

Iris wurde von einem warmen, weiß schimmernden Licht umhüllt.

Ihr Körper schwebte in der Dunkelheit hell empor. Ihr Haar faltete sich sanft auseinander, obwohl kein Wind wehte. Das Licht, das von ihrem Körper aus strahlte, fiel draußen auf die Hütten und Bäume und warf strahlenförmige Schatten an die Wand der Höhle.

Das weiße Licht, das ihren Körper umschlang, löste sich von ihr in einer Spirale – so als würde Wolle abgewickelt – und breitete sich aus. Diese wirbelnde Spirale bestand aus dem Sturm des Lichts. Der kräftige Wind, in dessen Zentrum Iris war, umhüllte ihre Freunde einen nach dem anderen. Er drückte sanft gegen Als Rücken, drang in Max' Körper ein und ließ ihn wieder aufstehen, er hauchte neues Leben in Petas Mund und nahm all ihre Schmerzen mit sich fort. Dann schloss der starke strahlende Wind mit einem Streicheln Jeds zerrissenen Bauch. Er umwob Shera und heilte ihr Fleisch und flickte ihre Knochen wieder zusammen.

Dann ließ der Sturm des Lichts wieder nach, und Iris' Haar fiel wieder sanft auf ihre Schultern.

Plötzlich ging sie in die Knie. Mit geschlossenen Augen sank sie zu Boden.

Doch wie neugeboren erhoben sich die Kinder von Altana, die der Sturm des Lichtes geheilt hatte. Sie standen auf, um zu leben und um zu kämpfen.

Der Orkmagier wurde fast verrückt vor Wut. Er verstand nicht, was da geschah. Er kapierte nur, dass dieses komische Mädchen vor seinen Augen die Leute, die er so schön niedergestreckt hatte, wieder zum Leben erweckt hatte. Diesem Mädchen würde er niemals vergeben!

„Al, versperr ihm den Weg!“, brüllte Max.

Der *Panzer* war gerade dabei, sich auf Iris zu stürzen.

Max war klar, wie gefährlich es war, was Iris getan hatte. Den Segen der Göttin Altana zu bekommen, führte nämlich dazu, dass die Tiermenschen, die vom Gott Promasia abstammten, der die Göttin hasste, mörderisch wütend wurden.

Bei Max’ Worten sprang Al, so wie vorher, zwischen die Arme des *Panzers*.

„Al, kannst du ihn stoppen?!“, schrie Jed.

Darauf nickte Al. Jetzt war sein Arm nicht mehr gebrochen, und er kannte den Schwachpunkt des Gegners.

„Ich mache den Anfang“, erklärte Jed.

Al spürte, dass Jed begonnen hatte, seine innere Energie zu verdichten.

„Ich als Nächster“, antwortete Max kurz.

„Und dann bin ich dran“, sagte Peta und begann, Zaubersprüche zu rezitieren.

„Shera! Kümmere dich bitte um Iris!“, rief Al ihr zu, der gerade versuchte, den Ansturm des *Panzers* aufzuhalten.

Mit einem lässigen „Yep!“ rannte Shera zu Iris. Da sie sich bereits hinter Al befand, konnte er sie nicht mehr sehen, aber er war sicher, dass sich Iris bei ihr in guten Händen befand.

Dann begann auch Al, seine innere Energie zu verdichten.

Die Schwerter von Jed und Al begannen, rot zu strahlen.

Max hob sein beidhändiges Schwert direkt vor die Augen.

Gerade bevor Peta ihren Zauber beendet hatte, beschwor Jed die *Brennende Klinge.* Sein Kurzschwert zeichnete eine rote Spur in der Dunkelheit. Als es auf den *Panzer* traf, sprühten Funken in alle Richtungen.

Sofort ließ auch Max sein beidhändiges Schwert mit aller Kraft nach unten sausen.

Dies war eine Technik, die „Harter Schlitzer“ genannt wurde.

Die beiden Arme des *Panzers* wurden auf einmal abgeschlagen und fielen auf den Boden. Dann schlug Al, der im richtigen Moment einen Schritt zurücktrat, sein flammend rotes Schwert in den Kopf des *Panzers*. Noch einmal gelangte *Brennende Klinge* zum Einsatz.

Der *Panzer* wurde von einem roten Licht umgeben, dann sprühte das Licht in alle Richtungen, als ob es explodieren würde.

Den Todesstoß versetzte ihm Peta, die den Feuerzauber auf ihn abschoss!

„Volle Deckung!“

Auf Als Warnung warfen sich alle zu Boden.

Der *Panzer*, der von roten Flammen umzüngelt wurde, loderte auf, dann explodierte er.

Den Funken und den Trümmern, die durch die Luft

flogen, entgingen sie, indem sie sich flach auf dem Boden ausstreckten.

Als der *Panzer* ausbrannte, war von seiner ursprünglichen Form nichts mehr zu erkennen.

+ + +

Der Kriegshäuptling der Orks war bereits in das Haus zurückgekehrt, in das Als Bündnis zunächst eingedrungen war. Dass Al und seine Kameraden den *Panzer* besiegen konnten, hielt er für unmöglich.

Als sie allerdings zurückkamen, war er so überrascht, dass er in Panik geriet. In einem solchen Zustand war er chancenlos gegen sie.

Der Grund, warum er ins Haus zurückgekehrt war, wurde bald klar. Auf dem Tisch lag ein Pergament aus Schafshaut ausgebreitet. Er war zurückgekommen, um es zu holen. So wichtig war es.

Als Al und seine Kameraden sahen, was darauf aufgezeichnet war, wurde ihnen bewusst, dass sie etwas Ungeheuerliches entdeckt hatten. Es war der Bauplan des *Panzers*.

„Aber komisch." Es war Iris, der es auffiel. „Seht mal, die Worte auf dem Plan! Dieser Plan ist in einer Sprache geschrieben, die jeder verstehen kann … warum?"

Es war ein Befehlsschreiben an die Orks. Dass sie nach diesem Plan den *Panzer* herstellen sollten.

Unter ihnen befand sich jemand, der die Antwort darauf kannte.

Petas Stimme klang dunkel: „Damit jeder Stamm den *Panzer* anhand dieses Planes bauen kann.“

„Was heißt *jeder* Stamm?“

Auf Sheras Frage antwortete Peta: „Egal, ob es der Stamm der Orks ist, der Quadavs oder der Yagudos. Oder der Goblins. Erinnert ihr euch, dass die Quadavs eine ähnlich aussehende Panzerpuppe gebaut haben?“

„Das bedeutet, dass der, der das hier gezeichnet hat, es unter den Tiermenschen verbreiten lässt, oder?“, murmelte Jed leise vor sich hin. Er formulierte den Satz zwar als Frage, aber die Antwort schien er schon zu kennen.

Peta stimmte zu: „Genau so ist es.“

„Aber wer könnte das sein?“, ächzte Max.

„Du weißt es schon, oder?“, sagte Peta. „Der Schattenlord!“, sprach sie den Namen desjenigen aus, der den Kristall-Krieg vor zwanzig Jahren zu verantworten hatte.

„Lass uns diesen Plan mitnehmen! Aber wir sollten noch nichts davon erzählen, bevor wir in San'doria angekommen sind.“

„Warum?“, fragte Iris, als Al diesen Vorschlag machte.

„Das hier betrifft nicht nur San'doria allein. Nicht, dass ich Prinz Trion nicht für vertrauenswürdig halte, aber ich finde, diese Information sollte nicht nur San'doria zur Verfügung stehen."

„Ich stimme da vollkommen mit dir überein. Ich glaube, auch Windurst möchte diese Information haben", Peta nickte.

„Daher werde ich Konsul Herak darum bitten, dass wir in Anwesenheit der Vertreter der drei Länder – wenn möglich, sollte auch jemand aus dem vierten Land, Jueno, dabei sein – diesen Plan zeigen."

Bei Als Vorschlag nickten dieses Mal alle seine Kameraden zustimmend.

# EPILOG

Der Hafen von Selbina war so ruhig wie bei ihrem letzten Aufenthalt. Das blaue Meer glitzerte im Licht der Sonne.

Al und seine Kameraden warteten am Kai auf das Linienschiff.

So wie damals, ertönte von irgendwo her leise Musik.

Nur die traurige Stimmung, die damals so bedrückend gewesen war, hatte sich etwas verflüchtigt. Vielleicht hatte es an seiner eigenen Mutlosigkeit gelegen, dachte Al.

„Es scheint zu kommen.“, Max wies auf die offene See.

Hinter den weißen Wellen bauschten sich weit draußen die Segel eines Schiffes, das Al schon einmal gesehen hatte.

Wieder zurück in San'doria hatte Als Bündnis den erbeuteten Bauplan durch Vermittlung von Herak den Konsuln von Bastok, Windurst und Jueno sowie dem Premierminister San'dorias vorgelegt.

Dass der *Panzer* existierte, davon hatte der Königshof von San'doria bereits erfahren. Denn Als Bündnis konnte nicht auch noch die Trümmer des zerstörten *Panzers* beseitigen. Aber diese Information wurde, so wie Al es geahnt hatte, nicht an die anderen Staaten weitergeleitet.

Ohne Als Bündnis darüber zu informieren, das den *Panzer* immerhin erledigt hatte, hatten die Königsritter die Trümmer aufgesammelt und mitgenommen.

Der Premierminister hatte zunächst eine unerfreute Miene aufgesetzt, als Als Bündnis den Bauplan allen vorlegte. Aber dann schien auch er davon überzeugt zu sein, dass diese Angelegenheit letztlich das ganze Volk von Altana betraf.

Nachdem das geklärt war, wollte Als Bündnis jetzt das Schiff nach Windurst nehmen.

Unter seinem Kittel trug Al den Bauplan des *Panzers* und ein Handschreiben vom Königshof San'dorias. Den Anlass für diese neue Reise hatte Peta geliefert.

Dass sie und der Konsul von Windurst sich eingehend unterhalten hatten, hatte Al bemerkt. Und nach einer Weile wurde – wie aus heiterem Himmel – Als Bündnis damit beauftragt, den Bundesstaat Windurst aufzusuchen. Die offizielle Begründung lautete wie immer: Windurst wollte Abenteurer anwerben, die bereit waren, sich an einem geplanten Feldzug zu beteiligen. Es wurde gewünscht, dass Als Bündnis daran teilnahm. Der eigentliche Grund war aber, dass sie das Handschreiben von San'doria aushändigen und den Bauplan des *Panzers* der Akademie von Windurst vorlegen sollten.

Windurst, das Land der Zauberer, galt auch als Land des Wissens. Es gab viele Fachleute, die sich mit dem Großen Krieg gut auskannten.

Das Schiff näherte sich. Jetzt waren nicht nur die Segel, sondern das ganze Schiff zu sehen.

„Ist alles in Ordnung mit dir?“, fragte Al Iris, die neben ihm stand und das Schiff beobachtete.

„Wieso?“

„Tja, wieso wohl?“ Dass sie mit leichenblassem Gesicht ein Schiff angestarrt hatte, war erst einen halben Monat her.

Aber unberührt von Als Sorge, lächelte Iris ihn liebreizend an: „Was hast du denn bloß, Al? Du bist aber komisch!“

Er hätte sich keine Sorgen um sie machen sollen! Oh, Mann! Dass sie so eine kecke Zunge hatte, zumindest daran hatte sich nichts geändert, seitdem sie sich kennengelernt hatten.

*Aber es ist auch gut so, wenn sich das nicht ändert*, dachte Al.

Mit gestrafften Segeln und einem Pfiff lief das Schiff in den Hafen ein.

Al stand seine erste Schiffsreise bevor. Welche neuen Abenteuer wohl auf ihn warteten?

Der Anfang einer unendlichen Reise …

Das Abenteuer geht weiter in
FINAL FANTASY
Band 2 – Der Sternenschwur

**Über die Autorin:**
Miyabi Hasegawa
Geboren am 30. Juni 1963. Sie lebt in der Stadt Urawa in der Präfektur Saitama, in der Nähe von Tokio. Solange sie Geschichten und Spiele zur Verfügung hat, braucht sie keine anderen Freizeitaktivitäten. Sie ist außerdem ein leidenschaftlicher Fan vom FC Urawa-Reds.

Von ihr bisher erschienen:
Tearing Saga, Yutona Helden- und Kriegergeschichten (3 Bände/Famitschu Bunko).
http://plaza.harmonix.ne.jp/

**Über den Illustrator:**
Eiji Kanedo
Geboren in Tokio, wo er auch lebt.
Er illustriert TOREKA und Spiele.
http://www.din.or.jp/%7Ec-o/